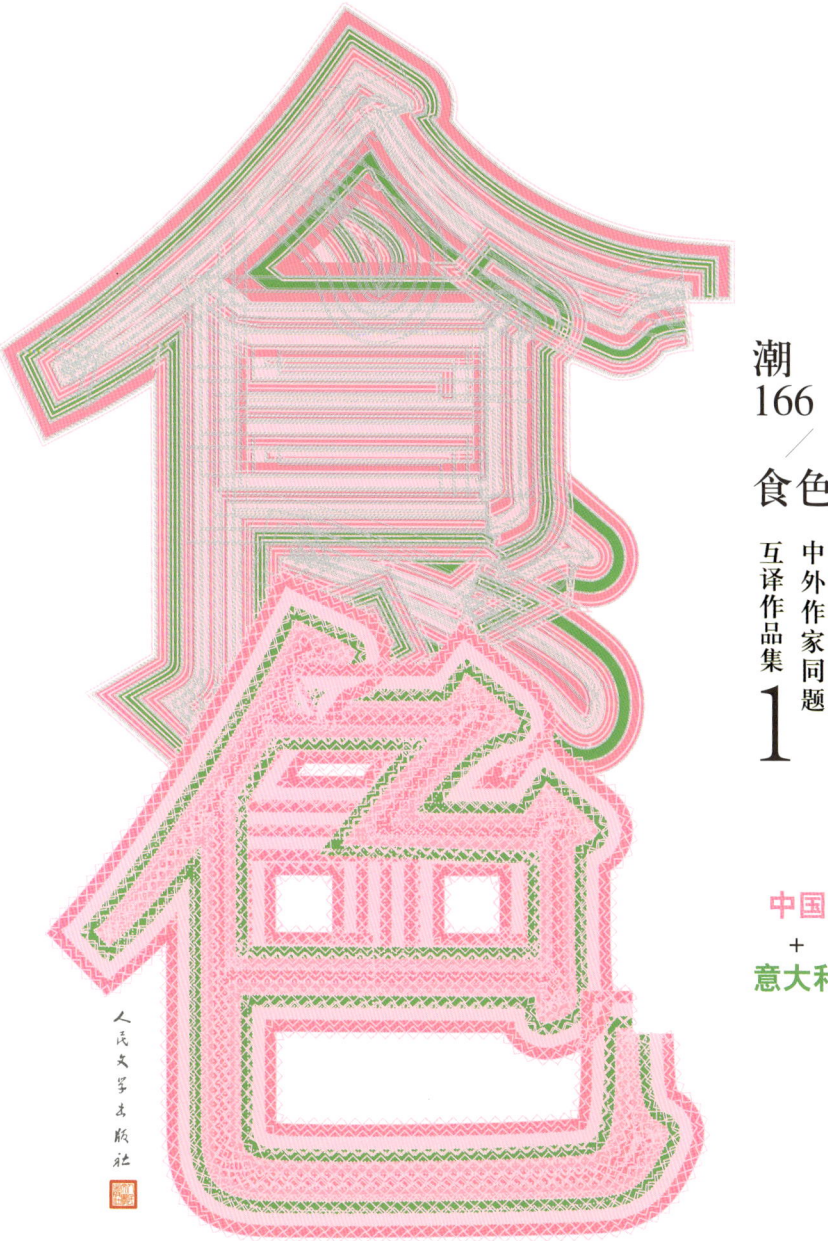

潮 166

食色

中外作家同题
互译作品集 1

中国 + 意大利

著作权合同登记号　图字01—2019—1734
Gli insaziabili
Sedici racconti tra Italia e Cina
A cura di Patrizia Liberati e Silvia Pozzi
Published in coedition with Nottetempo，Italy
Chinese stories © 2019 People's Literature Publishing House Co. Ltd.
Italian stories © 2019 Nottetempo srl

图书在版编目(CIP)数据

潮166：食色/鲁敏等著.—北京：人民文学出版社,2019
(中外作家问题互译作品集)
ISBN 978-7-02-015179-0

Ⅰ.①潮… Ⅱ.①鲁… Ⅲ.①长篇小说—小说集—世界 Ⅳ.①I14

中国版本图书馆CIP数据核字(2019)第075980号

责任编辑　鲁　南　刘　乔
装帧设计　陶　雷
责任印制　徐　冉

出版发行　人民文学出版社
社　　址　北京市朝内大街166号
邮政编码　100705
网　　址　http：//www.rw-cn.com

印　　刷　天津千鹤文化传播有限公司
经　　销　全国新华书店等

字　　数　186千字
开　　本　880毫米×1230毫米　1/32
印　　张　8.25　插页5
印　　数　1—8000
版　　次　2019年10月北京第1版
印　　次　2019年10月第1次印刷

书　　号　978-7-02-015179-0
定　　价　42.00元

如有印装质量问题，请与本社图书销售中心调换。电话：010-65233595

目 录

《食色》烹调步骤 …………………… 李莎、傅雪莲 001

天花板之上的天空 ………… 米莱娜·阿古斯 杨逸 译 001
麻将 ……………………………………………… 冯唐 011
螃蟹 ………………… 保罗·克拉格兰德 杨逸 译 021
枕边辞 …………………………………………… 鲁敏 042
为了爱情 ………… 阿里桑德罗·贝尔旦德 梁爽 译 061
艳歌 ……………………………………………… 张楚 071
佩内洛普之唇 ……………… 乔治·吉奥蒂 梁爽 译 091
西瓜 ……………………………………………… 文珍 109
玛格丽特 ………… 吉内薇拉·兰贝尔蒂 高如 译 128
浣熊 ……………………………………………… 葛亮 138
鸡蛋 ………………………… 劳拉·普尼奥 文铮 译 165
一千零一个夜晚 ………………………………… 张悦然 182
情人节的自白 ……………… 米尔克·萨巴汀 梁爽 译 199
正义晚餐 ………………………………………… 阿乙 209
他是陌生人 ……… 加布里埃略·迪·弗龙佐 高如 译 229
双食记 …………………………………………… 殳俏 239

作家、译者、插画师介绍 …………………………… 250

《食色》烹调步骤

你们是否曾经问过自己为什么恋人们到了圣瓦伦丁节,也就是情人节,会互相赠送巧克力?这是因为巧克力是引起性欲的春药,赠送巧克力表示一种对甜蜜、好感的承诺。食物和情爱是人类的基本需要,是人们之间传达情意的本质媒介。

从这个概念出发,我们策划了这个"八加八"的文学选集(即八位中国作家和八位意大利作家的优秀作品),目标是初步提炼出中国和意大利对饮食和爱欲的理解、偏好,等等。并从中展示两个民族、两种文化对这些生活中重要的、不可缺少的因素的态度,寻找出两者差别中的统一。

我们试图列出食物和爱欲的共同点:它们同样一、是通过炼金术般的流程达成的结果;二、遵循仪式、规则的安排;三、可以作为传达某种信息的手段;四、有社会集合的作用;五、可以用为易货贸易的交换品;六、是文化模式的特殊表现;七、是构造意义的媒介;八、可以促进跨文化交流,等等。

假如你们仔细地去想一想,编辑在策划一本选集的时候免不了也是在承担厨师、调味师、炼金术士的角色吧?配方里面的主料和配料是作家的各种故事。有了好配方也便有了好选集。

现在把几位作家的故事集成一对,或者一组方便大家识别和分析。考虑上述多面、多变、万花筒式的意境,我们试图将几位作家的作品进行初步的分类。而这就是我们得到的结果。当然每个读者也可以按自己的品位、趣向、审美进行自然拼图、重新组合。这也是我们想跟大家玩的一种游戏。

关于食物作为壮阳(阴)药、灵药、妙药、爱情魔药的描写。

食物烹调是一种炼金术,魔术式的过程。因为食物是通过嘴进入我们身体的东西,需要将它们潜在的危险驱逐出来。所有关于食物的具有象征意义的表达,如神话和仪式都是从此概念演化而来的。在我们看来,殳俏的《双食记》、保罗·克拉格兰德的《螃蟹》和劳拉·普尼奥的《鸡蛋》就是对这个概念从各个角度去阐释。

关于食物作为调和、沟通手段的理解。

赠送和分享食物可以增进人与人之间的感情,表示亲近、体贴。人类品尝食物的过程能够促进记忆。吃和爱可以开拓人新的精神纬度。经常吃、尝、吞噬也能让人联想到爱的经历。吃饭和享受爱也表示对生命乐趣的一种歌颂,表示人们对满足、愉快、欣慰的追求。我们认为文珍的《西瓜》和阿里桑德罗·贝尔旦德的《为了爱情》就足够表达这一点。

关于"爱可以成为交换品"的主题。

我们选择了三个故事,在这三部作品里我们可以读到爱情和性爱如何作为交易品,以及人们为了得到经济保障所使用的策略。这几个故事主要是女人们为了获得佳偶或嫁入豪门所做出的各式各样的选择。我们所挑选的作品里,在追求完美的经济婚姻的问题上,有类似葛亮的《浣熊》这样的成功案例,也有像冯唐的《麻将》一样失败的情况,也有可以视为"道德准则"的,即米莱娜·阿古斯的《天花板之上的天空》。

对年轻人来说,接触爱欲是一种从童年到成人的"成年礼"。

鲁敏的《枕边辞》和乔治·吉奥蒂的《佩内洛普之唇》充分写出爱欲和爱情冲动对少年的魅力,对身体散发出来的欲望信息的发现,以及对满足爱欲的强烈追求。

当然一个人对爱情的追求也会促生对他人拥有、占有的欲望。嫉妒会引起一系列的波澜。在这里张楚的《艳歌》、阿乙的《正义晚餐》和米尔克·萨巴汀的《情人节的自白》都给读者很多值得认真思考的事(食)物。

最后但同等重要的是对爱情、性爱、性欲的各种"变态",或者说,边缘性的表现。

张悦然的《一千零一个夜晚》的女主人公有类似灵媒的特异功能,加布里埃略·迪·弗龙佐的《他是陌生人》里的女人是怪物,可也被很多男人视为爱的对象,吉内薇拉·兰贝尔蒂的《玛格丽特》把对爱情的需要转化为手机短信,以及对口腔卫生和内脏活动病态式的关注。总体而言,这些故事都探讨了变态的爱情,及人们对另类、恐怖、邪恶所表现出的迷恋。

好的,我们这两位小巫婆将故事作为主料和配料先用清水洗净(选择),浸泡整宿,浸水武火煮沸(翻译),转文火慢熬三至四个月后,另置放凉(编辑)。

现在贡献给大家。请品尝。

李莎、傅雪莲

天花板之上的天空

米莱娜·阿古斯　　杨逸 译

第 一 幕

我母亲总说让她幸福快乐其实非常容易，只要我结婚就行。她所有女性朋友的女儿们，在我这个年龄的时候，都已经结婚了，或者是订婚了，甚至好多都已经有孩子了。她无法解释我到底有什么问题。也许错就错在她没有戴的那枚戒指上吧。

父亲去世之后，就只剩下我和母亲两人，但他给我们留下了一大笔财产。我们的这笔财产来得很干净，既没有巧取豪夺也没有靠伤害别人而获得，然而我的情路坎坷表明了主对我们并不满意，于是我母亲就不再去教堂也不再做祷告了，因为她觉得受到了冒犯和羞辱。

我和母亲坐在餐桌旁，我们的用人贝尼尼亚太太为我们服务。母亲开始细声细气地抱怨：她碰到了贝尼尼亚的女儿和女婿，又碰到了她的另一个女儿带着小孩子。她们比我多拥有了些什么呢？

她们当然没有我的大长腿，没有我丰满坚挺的胸部，没有我浓密卷曲的秀发，没有我碧绿色的眼睛，没有我成绩优异的毕业证,而且,也没有我的钱。

尽管如此贝尼尼亚太太却比我们要开心,她的女儿们全都有了归宿。我母亲总是觉得,贝尼尼亚认为我们的这种不幸是公平的。这样我们和她就扯平了。我们有钱,她有两个已经嫁人的女儿和一个在世的丈夫。她丈夫会在工作结束之后来接她,然后他们手挽着手一起离开。

贝尼尼亚给我们带了照片来,照片里是她家刚出生的宝宝偎在爸爸妈妈的怀里。她走了以后,我母亲说:"贝尼尼亚真是太坏了。她给我看她那幸福家庭的照片简直就是在打我脸。"

还是那么细声细气的,母亲开始细数那些曾经单身,但最后却没有娶我而是被另外的女人拐走的男人。

"你总是在外面晃悠,但就认识不了几个单身男人,"她说,"你长点心吧。你就没真心想找一个丈夫,不然你不会总是跟女人出去玩。有时候你们甚至是四五个女人一起。其他女人我不操心,她们出去稍微散散心,回到家之后就会发现她们的真实生活。但是你让我很焦虑,因为你没有真实的生活。"

我沉默不语。我对认识其他男人不感兴趣,因为我爱着我的那个男人。我没有真实的生活,因为我就喜欢我自己的生活,我的虚假的生活。

他没有结婚,也没有订婚,但我们总是偷偷见面。我们本可以一起晒太阳散步,手挽手走在人群中,结婚,生子。

然而我们总是在他租住的公寓里约会,那不是他真正的家。但那公寓里什么都有,家具,陶瓷餐具,桌布,床上用品。他自己粉刷了墙壁和天花板,颜色各异,色调层叠。卧室是蓝色和紫色,小客厅是绿色,厨房是红色和黄色。

窗户后面那棵大树的树冠挡住了远景,每次我进门的时候总会想起莱奥帕尔迪笔下的篱笆和僻静的山丘。

他是对的,沉迷在幻想的汪洋中是一件美妙的事。

他知道我非常富裕,因为我们的城市太小了。而且所有人都知道他是一个普通的职员。

但是当我提出我付房租的时候,他提高音量大声说不行。他以前从来没有这样过。于是我不再跟他提这事。

一开始的时候我让厨娘准备了美味佳肴,还跟她说我得带着去一个闺蜜的晚宴。但是他把菜肴放进了冰箱里,然后开始下厨。下一次见面时,我发现那份菜肴已经变质该扔掉了,因为他不住在那公寓里,我们两次约会之间的那些天,没有人吃掉它。于是我就不再带任何东西来了。

我们的约会就是性爱,但又不仅是性爱。我喜欢跟他讲述每一件事,包括我母亲的那些细声细气的抱怨,因为尽管我有钱,身材匀称,学业有成,但我就是找不到丈夫。他听得饶有兴致。

我一般总是很沉默,也难于言表自己的想法,因为我感觉很蠢。但跟他在一起的时候,我就成了一个话痨,而且自我感觉很讨喜。

我来公寓时穿着女士西服套装,衬衣的每一颗纽扣都系紧,穿着软皮鞋。然后脱掉衣服,换上大网眼的渔网衣在房间里转悠。或者是想象着在沙滩上,我就穿上一套三点式的金色的泳衣。他连这都要给我脱掉,然后我们就赤裸着躺在浴室的地板上晒太阳,就像在想象中的泳池边一样。客厅里的小沙发在我们看来就是小汽车里的座椅,我们在从沙滩返回的途中找了一个僻静的地方,然后冒着被人看见的风险做爱。

筋疲力尽之后,我枕着他的胳膊,觉得那就是我在这世间最心安的地方。在别处晦涩复杂的一切在这里都变得简单,不可能的也变得可能。

我唱着:"你与我在这里时,这房间不再有墙壁,而是无尽的树;你靠近我时,这紫色的天花板也不复存在,我能看见我们头顶的天空……"

"你开心吗?"他问我。

然而离开的时候,我难过又悲伤。如果由于一些原因我们要一起离开公寓,就各自走各自的路。如果我们不得不一起走一段路的话,他从来不挽着我的胳膊,也不会在离别时在我的脸颊上轻吻一下。如果我要吻一下他的脸颊,只是一个羞涩的轻吻,他也会突然后退。在我们极少的几次偶然碰面中,他也不停下来说两句话,他只是跟我打个招呼,就像跟一个熟人打招呼一样。有一次,我看见他在街对面拿着手机眉飞色舞地打电话,我叫他名字跟他打招呼,他就朝我点点头,然后继续打电话,没有流露出丝毫的感情,但我们前一天还在疯狂做爱。

我们之间的关系对他来说,怎么能边缘到如此的地步?

我爱他,而他不爱我。我能明白这一点。爱情是一种神秘的感情,无关于你跟这个人有多少云雨之情,也不取决于你因为对方讨喜而获得了多少愉悦感。但是在那个公寓之外,我对于他来说,竟然是不存在的。

第 二 幕

在我们城市的沿海公路下方,有一个浮出水面的半岛,它与其他狭长的半岛的一部分淹没在水中,但是透过水晶般的海面仍然可以看见。在这里矗立着一个中世纪建筑风格的大型酒店。

它曾经真的是一座城堡,然后就成了大型酒店。

每一次在沿海公路散步,总是能看见它如幻象般出现。尤其是在日落时,当它华灯初上,黑岩上的星星闪闪发光,我们就停下来出神地观看一会儿,然后冲对方微笑。

在一条通向酒店的种满了树的大道上,往返着载着王孙贵胄或者著名艺术家的劳斯莱斯汽车。而这个有着白色塔楼的酒店坐落在一大片人工草坪上,常常有世界上最富裕最高贵的那些人的私人直升机在那儿降落。

有一天,我母亲说:"我们富裕到一无所有了。首饰都在保险箱里,你也从来都不戴。土地和房屋的租金我们也花不掉。你从来不去旅游,我也不去。这么富裕哪怕对我们有点用也好啊,改变下生活什么的……"

在一次与几个朋友散步的途中,母亲在那家大型酒店附近的沿海公路上看到一个布告牌,上面写着"出售",她震惊了。

在我们那个所有人的所有事儿都会被传得尽人皆知的小城里,竟然没有人谈论过酒店出售这件事,于是,出于好奇,我们沿着那条种满了树的无尽头一般的斜坡走去了城堡。它真的在出售中。

那之后,母亲让朋友们开车带她去了那儿很多次,回到家以后她总是进行着同样的一些思索。

我们的财富从来不曾发挥过作用。我们仍旧是一个丧夫的母亲和一个独生女,还是个剩女。为什么不变卖一切然后买下那个城堡呢?

这样我们就可以住在那个城堡里,我就可以认识充满魅力的男人们,那些在世界各地跑买卖做生意的男人们。甚至可能认识一个王子也说不定呢。

母亲事先没有跟我商量,因为我就是那种天生擅长泼人冷水的人。但她跟她的闺蜜们还有一个经济顾问讨论了这个事,所有人都很赞同。

母亲,贝尼尼亚太太和我,我们三人一起去凑近看了那家大酒店。在酒店门口挂着第二张写着"出售"的布告牌,像一面小旗一样在风中飘摇。

"既然他们关张了有可能是因为没有人光顾了吧,难道不是吗?"贝尼尼亚太太唐突地说道。

"哎,得了吧。也许是老板觉得累了。毕竟经营管理这样一家酒店可不是开玩笑的。"

"那对您来说呢,太太,这会是个玩笑吗?"

"当然不是,但是对您来说,贝尼尼亚,您有那么些持家的经验,管理服务人员应该不难吧。"

母亲跟我说起来这事的时候眼睛里都闪着光。那个酒店将会改变我们的人生。

将会有世界各地的有钱或者贵族单身男人,只身来到这里。

"你开心吗?"她问我。

为了买下那座城堡,母亲卖掉了所有东西。

几个月之后,酒店重新开张了。雇用了一大批穿着制服的服务员,每一个部门的服务员都分别由曾经在我们家和我们的市郊别墅里工作过的用人们指挥管理。

只有贝尼尼亚太太不会在酒店留宿。工作结束之后,她丈夫在酒店大厅等她,然后他们手挽着手走路回家。

我们的财产分散在四处的时候,都让人注意不到,但是当所有财产都集中在那儿,集中在那个半岛的尽头,集中在海天一线的广阔无垠中时,就会令人害怕了。

就像是海浪。一浪高过一浪拍打在岸上,像是威胁着要淹没那些被礁石分割开来的小沙滩。

就像是日落,先是令人满心欢喜的紫红色,之后满是凄凉。

就像是那些在风中绕着塔楼的城垛展翅飞翔的尖嘴的鸟。

或者是像那些看门护院的狗,吠叫的声音回响在阴郁黑暗的空气中。

所有事物,凑近了真切地去看,都令人害怕。

但是母亲与我相反,她搬去了酒店住。她穿着那种电影明星穿的长而宽松的丝绸睡衣在酒店里转悠。她个子那么小,裹在那样的睡衣里显得苍老了许多。我去看望她时,总是会自然而然地搀扶着她从沙发上起身,而她会邀请我跟她一起走一走,走过那些红色的会客厅、那些金黄色的宴会厅,或者是那些沉浸在蓝色雾霭中的泳池。

她的声音,曾经细声细气的声音如今变得尖锐而歇斯底里,只有在责备我时才又变得哀怨。她责备我,因为她为了实现我的梦想才开了这个豪华酒店,而我却从来不去那儿,就算去了也总是很快就离开了。

但是,她又重新开始去教堂了。她跟上帝和解了,并请求他宽容我们一次。

去酒店的一般都是有钱的爱侣或者是来新婚旅行的富裕的夫妇。没有王子来这里。满世界做生意的单身又有魅力的男人也极少。而且我总是怀疑这些极少数的男人们是因为各自的一些不清不白的原因而躲到这里来的。

酒店的运营成本远远超过了客人的消费。

每天都有大敞篷货车从城堡出发去市场,满载食物而归,然后腐烂掉,因为一家五星级的酒店不可以摆上速冻食品。

电费也非常惊人,因为城堡即使在夜里也要显现出轮廓,于是那条大道上的灯总是亮着,尽管路上荒无人烟。空房间的灯也都要开着。劳斯莱斯汽车和开车的司机都要付费,即使没有要接送的客人。

为了支撑这个摇摇欲坠的烂摊子,母亲用酒店做抵押向银行贷了款,最后破产,交付拍卖。

她搬去城堡住的时候,我仍然住在以前一直住的那套房子里,我们就只剩这套房子了。于是我们就挤在一起住,一人一半的空间。

过了很长时间以后,母亲才明白我们是穷人了。

是哪里错了呢?是她没有戴的那枚戒指吗?撒丁岛上全是奢华的酒店,没有一家酒店像她的酒店那样潦倒了事的。

我们闭口不谈酒店倒闭的事,但母亲又不再去教堂了,因为她认为这一次上帝再次表明他是不爱我们的。

关于酒店破产和我们变穷了的事,我却会跟他说。

但一如既往的,当我在那不真实的生活中靠近他,我感觉是在从远处或者从高处看着所有一切,而在那里,我觉得这些大事都变得像小玩具一样。

"你要镇静些,"他说,"不要哭哦。"

"跟你这儿我哭不出来,"有一天我回答他说,"但是之后我会哭,当我走了以后。"

"那你留下来吧。"

"什么意思?"

"意思是我们结婚吧。"

我以为我们会离开那个虚假生活过的公寓,去他真正的家里。但实际上他住在一套公寓的一个房间里,跟住在那里的其他职员共用厨房和卫生间。

他房间里有一张单人床,上面盖着棕色的绒线床罩,两把草编坐垫的椅子,其中一把椅子用作床头柜,还有一个两开门的衣柜。整个房子还有家具都是床罩的那种棕色。

"如果说有一种颜色让我深恶痛绝的话,"他说,"那就是棕色了。但是这里的房东太太不让房客随心所欲地行事,而她又非常喜欢棕色。"

曾经不真实的那个我们秘密约会的家,变得真实了。

第 三 幕

最终,母亲对于新的生活非常满意,尽管她回避着沿海公路,回避着我们曾经的那些房子,还有那些陈列着我们的昂贵家具的古玩店。

贝尼尼亚太太继续无偿地帮助我母亲,不同的是她只在她愿意的时候才会来工作了。但是她常常都是愿意的。其他的一切都和以前一样,她丈夫来接她,然后两个人手挽着手回家。她给我母亲带相册来,里面记录了她的小外孙们的成长,但是现在母亲不再嫉妒了,因为我也怀孕了。

母亲又重新开始做祷告和去教堂了,并且当有人说上帝坏话的时候,她就摆出一脸年老的智者的表情,说主知道我们的事,也知道什么时候剥夺什么时候给予。

她又开始路过那些让她回想起过去富裕的时光的地方了,甚至还去了沿海公路,因为她不愿意夺去她外孙的海风和美景,他刚出生的时候她就总是想逗弄他的。

我们在一起生活以后,我和丈夫还是常常做爱,但是穿渔网衣,在浴室地板躺着假装在泳池边晒太阳,还有在客厅的沙发上做爱还假想着怕被别人从汽车窗户看到,都让我觉得非常荒谬,谁知道是为什么呢?

我爱我真实的生活和真实的家,但是墙壁不再是无尽的树,紫色的天花板也不再是我们头顶的天空了。

"为什么你那时不向我求婚呢?"有一天我问他,"就是我很有钱那会儿。"

"这太刺激了,我受不了中彩。"

2016年5月,卡利亚里

麻 将

冯 唐

一 公元二〇〇九

商淑下定决心,要尽快把自己嫁出去,坚决不做剩女。

"就算伏低做小,我也要嫁入豪门。"我带的咨询项目小组一起吃晚饭,商淑恶狠狠地咬了一筷子肥瘦均匀的顺德叉烧,毅然决然地说道。

"豪门如何定义啊?"刚加入公司的布有德认真地问。布有德刚刚被我教育过,做管理咨询这一行,对于任何数据,先要搞清定义,否则毫无意义,比如港口吞吐量下降,要搞清是同比还是环比,含不含集装箱,再比如才女,会吹口琴、下个跳棋、写庞中华体的毛笔字、泡个不会背唐诗的作家,不能算。

"富到想吃一个冰激凌就吃一个冰激凌,想买三斤上好的荔枝就买三斤上好的荔枝,看上一条裙子,三种颜色,每样买一条,钱包不觉得疼。"商淑又恶狠狠地嚼了一勺叉烧底下垫着的水煮花生:"叉烧的味道都渗进花生里了,好好吃哦。"

商淑其实年纪不大,中期八〇后,大家都说不用着急,可以先耍几年。轻狂趁少年,泡各类帅哥,负担轻,身上痒痒的地方,都趁早蹭了,心里的各种皱褶,都趁早熨平了。"裸奔、野合、3P、江户四十八手。"项目经理董无双喝了口雪花啤酒,遥望远方的海,海风吹,海浪涌,想起自己少小时代看到的日本 AV,想起北条香理、工藤静香美、苍井空、川滨奈美、堤莎也加、町田梨乃、二阶堂仁美、饭岛爱、饭田夏帆、饭冢友子、芳本叶月、冈崎结由、冈田丽奈、高木萌美、高田礼子、高原流美、宫本真美、宫岛司古都光、光月夜也、宫泽理会、河村亚季子、河井梨绪、黑崎扇菜、红月流奈、华歌恋、吉川萌、及川奈央、吉川真奈美、吉崎纱南、吉野莎莉、今井明日香、今木翔子、金泽蓝子、进藤玲菜、井上可奈、久保美希、酒井未希、臼井利奈、菊池丽香、菊池英里、菊池智子、橘真央、具志坚阳子、可爱亚织沙、葵小夏、蓝山南、兰望美、里见奈奈子、里美奈奈子、里美由梨香、立花丽华、立木爱、凉白舞、铃川玲理、铃江纹奈、铃木麻奈美、芦屋瞳、麻川美绪、麻生叶子、美里霞、美崎凉香、美雪沙织、美月莲、明日香、木谷麻耶、奈奈见沙织、内藤花苗、内田理沙、鲇川亚美、片濑亚纪、平山朝香、前原优树、前原佑子、浅见伽椰、浅井理、青木琳、青木玲、青野诗织、青羽未来、青沼知朝、秋本玲子、秋菜里子、秋元优奈、如月可怜、若林树里,想到自己没有实现的理想或许可以由后辈的实践间接实现,董无双提示商淑说。

"我着急。"商淑说,"我的理想不是做麦当娜,不是做希拉里,不是做龚如心,不是做林巧稚,我的理想是相夫教子,无疾而死,找个我喜欢的男生,我玩他的手指,他玩我的手指,天天腻在一起。在当今中国的残酷世界里,A 男娶 B 女,B 男娶 C 女,C 男娶 D 女,A 女一不留神就成了剩女,只能做 A 男的情人,或者 B 男的红颜知己,或者 C 男的人生导师,或者 D 男的女神,我不要。我认可这个魔咒,我们的专业是帮客户制定战略的,战略最重要的是时机,时机之窗对于我并不大。去美国念个书,然后事业心按捺不住,手痒痒,埋头仔细做几个项目,稍微一晃,就过三十,就是剩女了。"

商淑基本可以定义为 A 女。

先是小镇传奇,在异族繁盛的西南边陲,汉语优秀,算数精准,未成年考入清华。再是清华系花,虽然三选一,但是萝卜也是菜,毕竟是拔得头牌。没上研究生,本科刚毕业,直接进入最好的咨询公司,做分析员,三年下来,参与制定的大集团战略,比清华经管学院的白胡子导师一辈子真正参与的都多。用 Excel,和过去的账房先生用算盘一样灵巧,做 PPT,比六七十年代的大字报更精准贴切。三年之中,还去了欧洲一年做项目,在西班牙写过日记,在希腊摘过迎春花。再向未来张望,商淑做完手上这个北方港口的战略规划项目,就要辞别边陲的父母,去哈佛商学院念书了。

虽然是清华女生,但是商淑也写博客,也背唐诗,也拍照片,也见花望月。虽然个子不算高挑,但是面容姣好,比例合适,凹凸有致,在绝经之前,不施粉黛,穿童装,永远能激发萝莉控,如果在欧美,即使再老,去酒吧,都会被要求出示身份证明,证明已经成年。

更难得的是商淑性格好,乐观积极。上清华的时候,送友谊宿舍的男生每人一个抱枕。项目开始之后,每天早上给大家熬泰国香米粥。战略规划阶段成果汇报的时候,项目小组上午讲解演示,下午,客户请来的十来个外部专家点评。也不知道客户从哪里淘来这么多不靠谱的老头老太太,除了常识没有,脑子里什么干的、湿的、圆的、方的破烂都有，从妈祖到李嘉诚、从解放台湾到金融风暴、从自给自足丰衣足食到跨国并购，最烂的一个老烂仔竟然把自己的论文当众念了三十分钟。服务员一直在给我的茶杯补水，我一直带着微笑听着，五个小时之后，我的脸部肌肉定型，笑容可以直接从我脸上扒下来挂在墙上。全部专家发言之后，我被邀请做出回应："听了各位专家的点评，我们觉得非常有深度，非常有广度，非常有激情，对我们之后的工作非常有指导作用。"其实，我心里默默引用的是我老妈被我老爸气疯了之后常说的一句话："我怎么想也想不明白，为什么过了一辈子，你还是个老傻屄？"在那个漫长的下午，商淑一直自然地微笑，我发短信给她，夸她性格好，她回了个短信："改革开放三十年，这些老头老太太一直战斗在领导岗位上，我们伟大的祖国还能如此高速发展。之后，这些老头老太太都死了，我们伟大的祖国该多么美好啊。这么想着，我就由衷地微笑了。"

在清华，雌银杏树和电脑母板都有人怜爱，作为系花的商淑当然长满恋情，其中多数的枝干是和一个青梅竹马的高中同学，一起金童玉女地坐火车来到清华，一起金童玉女地在清华园溜达，一起金童玉女地毕业。男友去了美国，一分三年。

商淑说："我今天和他分手了。"

布有德问："为什么啊？"

商淑说："长距离恋爱没有结果，不能总是执手相看，一定有问题，爱情就在朝朝暮暮。"

布有德问："你不是马上就去美国了吗？不就团聚了吗？"

商淑说："但是没有结果的这种结论已经形成了。"

布有德问:"为什么呢?这种结果的成因已经要不存在了啊。"

商淑说:"好吧,好吧,我看上别人了,我觉得我的青梅竹马太小了,心理年龄太小了,不成熟。"

布有德说:"早说嘛,现在,这个故事就有逻辑了。"

"独立思考,布有德有成为一个好分析员的潜质。"董无双说。

项目上另外一个资深分析员冯牡丹替布有德总结:"做访谈的时候,需要动动脑子,多问几个为什么,不要怕出丑。出丑总比回去之后写不出文件来要好。"

我问商淑:"你容易看上别人吗?"

商淑说:"可容易了。"

我接着问:"那怎么办呢?如何表白呢?"

商淑说:"不表白。多数野花,开了,自己就慢慢败了。"

冯牡丹接着问:"不败的呢?也不表白?"

商淑说:"打死也不说,我死等。再说,其实我现在看上的这个也不在身边。我们这样干管理咨询的,除了电脑和内裤在身边,什么都不在身边。其实,通过我新欢,我只是发现,我不能和我前男友再糊弄下去。"

之后,商淑的前男友就开始越洋快递给商淑鲜花,最多隔三天就有新的,每次都变些品种或者造型,"和我小时候生病之后,我爸妈就给我买好吃的零食吃一样。"商淑说。冯牡丹买了花瓶,项目小组办公室就天天有鲜花看了。取决于当天客户对小组的态度,小组有时候劝商淑和前男友复合,有时候劝和现在的暗恋对象表白,基本上是毫无原则,唯恐不乱。过了大概七八周,连续四天,没有花了,董无双说,作为金融危机的真正第二波,估计美国信用卡危机爆发了。商淑说:"我昨天和我新欢表白了,人家没理我,好失败啊。"

我们一起问:"怎么表白的啊?"

商淑说:"我发了一个邮件。"

我们一起接着问:"写了什么?"

商淑说:"我说昨天很忙,挺累,但是PS(注,problem solving,问题解决/头脑风暴)会之后,关键问题想通了,有些爽。人家一直没回信,我每十分钟查一次我邮箱,查了一天,好失败啊。"

我们一致认定,1.商淑的新心头所好很可能是我们咨询公司内部人员,因为她在电邮里使用了PS等我们咨询公司的内部黑话;2.商淑有严重的情爱表达障碍;3.鉴于商淑的疾患程度,小组决定牺牲已经很少的睡眠时间,帮助商淑制定制胜战略,在美国两年,打破魔咒,嫁给A男。否则,去哈佛念两年书,一定是一无所获。

布有德又一次表现出优秀新人的学习能力:"战略使命已经明确了,在哈佛两年,嫁给A男。之后,第一步是界定潜在目标市场,哪些A男是有希望嫁的,并进行市场细分,这些A男,可以再细分为哪几个品种。第二步是优选目标市场,哪些A男的细分品种是首要目标。可以根据两个维度判定,一个维度是A男细分品种的吸引力,咱们可以借助我国古典智慧,明朝的王婆总结,极品男人的标准五个字,潘、驴、邓、小、闲,貌如潘安,屌壮如驴,富比邓通,伏低做小,有闲陪你。另一个维度是商淑针对这些A男细分品种的竞争力,我们一起议议,商淑对于这些不同细分的A男,杀伤力有什么差异。第三步是对于第二步优选出来的A男,制定详尽的战略举措和实施步骤。第四步是估算财务投入和财务回报并评估可能的主要风险。"

董无双说:"咱们还是把正经工作和公益事业分开吧,不要这么严谨,直接进入第三步,头脑风暴,为商淑想一些差异性的战略举措。"

冯牡丹开始头脑风暴:"商淑可以装清纯,装可爱,装到被A男认定为B女为止,可以借鉴日本的kawaii。一定要装得像,一定要露出惊讶和崇敬的表情和音调,'真的啊,你会用鼠标耶! 超赞!''真的啊,你的脑子好清晰啊! 我为什么想了这么久都没有找到思路呢?''真的啊,你的好大啊! 你一定引发过很多敬畏的尖叫吧?'等等。"

董无双说:"必须要跳出俗套,扩大可得A男的范围,比如把已婚但是婚姻不幸福的加进来,你说,婚姻哪有幸福的,是吧? 又比如,打破年龄限制,思想解放些,男的比商淑小五岁,不算小,小十岁,刚刚好。或者大十五岁,也刚刚好。再比如,打破种族界限。黑人都当总统了,我们商淑怎么就不能找个穆斯林兄弟呢?"

一个小时之后,商淑在绝望中,看着小组达成了共识,杀手级战略举措是商淑去哈佛商学院之后,租个大些的公寓,开个麻将馆。学习本来就无聊,何况是商学院,在美国本来就寂寞,何况是波士顿。具体实施是,商淑上学之后,先观察一个月,在无聊寂寞的男生中,找出四五个让她心里怦怦动或者至少让她看着顺眼的,发出邀约,周末去她那里打思乡和谐爱国麻将。

商淑说:"我不会打麻将啊。"

冯牡丹说:"战略举措的关键不是让你自己打,关键是你要在周围观察,你要对他们做出优异表现。打麻将的时候,最容易看出男生人品,比如对于得失的把握,对于命运的态度,脑子好不好使,有没有幽默感和气度,有没有体力,到后半夜是否还能挺住,总之,仁、义、智、勇、洁,都能看出来。你呢,要适当做出表现,比如打了三四圈麻将,你切盘水果啊,端四五小碗冰激凌啊,快到吃饭的时候,你让他们不要停,你去做饭,让他们闻到饭菜香味儿,等他们自己决定要吃的时候,千万不要催,再开饭,快到后半夜的时候,再补一顿夜宵,小虾米皮紫菜馄饨啊,黑芝麻汤圆什么的。"

董无双说:"但是你得会打麻将,虽然,坚决不打。这样,你夸那些男生就能夸到点儿上,他们闪都没处闪。我们给你电脑上装个脱衣麻将程序,你抓紧练习并且感受气氛。还有,你可以进一步发挥你女性感性的一面,去买一副麻将,先苦练摸牌识牌的本事。你想想,一个Ａ男要和一把大牌,很紧张,摸了三圈,都没摸到,说要借你手气,你伸手一摸,看都不看,说,七条,和了,清一色,双杠开花,牛屄大了。那个Ａ男,当时心里没有野猪乱撞才怪。"

布有德说:"再最后总结一下,你要调整一下你的课程。少修一些金融啊、会计啊、商法啊什么的,强攻厨艺,最好主攻中餐,兼修西餐。还可以学学外围相关的学科,比如插画,比如中医针灸。在异乡生病的时候,想来心灵最柔软。"

"如果连续十周,没有一个男生爱上你,我负责帮你解决一个好工作,保证你富到想吃一个冰激凌就吃一个冰激凌,想买三斤上好的荔枝就买三斤上好的荔枝。"我许诺说。

二 公元二〇一二

商淑毕业的时候,也没嫁给 A 男,也没找我解决工作。听说常去圣女麻将馆的四个男生都有了名头,赵东风、钱青龙、孙小对、李不靠。

商淑和这四个人的各种故事有各种版本,人生、凶杀、色情都有。我问商淑,真实的版本是什么啊?商淑说,打死也不说。

大家都知道的事实是,商淑毕业之后,和赵东风和李不靠一起创办了东南西北棋牌乐,先从北京和上海开始,和街道居委会组成战略联盟,很快构建了中国最大的棋牌乐连锁店。不到半年,经营现金流开始为正,不到一年,息税摊销前利润开始为正,第一笔融资,一个叫也士的私募股权公司出了五千万美金,买了20%的股权。

三 公元二〇三〇

夏天,哈佛校园里来了一个长得小巧的中国女生,虽然个子不算高挑,但是面容姣好,比例合适,凹凸有致,激发萝莉控。看上去像来夏令营参观的中国中学生,但是她也不照相,也不摸哈佛校园里那个著名铜像的脚,她到处打听:"您知道圣女麻将馆是这栋公寓楼的哪间房子吗?您记得那张麻将桌去哪里了吗?"

关于商小双的身世有各种版本,人生、凶杀、色情都有。商小双问商淑,真实的版本是什么啊?商淑说,打死也不说。大家都知道的事实是,商小双的血亲父亲在怀商小双的那个夜晚和了一把豪华七小对,但是那个秋天至少和了五十次七小对和十次豪华七小对,并且赵东风、钱青龙、孙小对、李不靠四个人都和过。

  二十年过去了,那张麻将桌竟然还在公寓楼的储藏室里,商小双掸了掸灰,看到了桌边缘上刻着一只浅浅的幺鸡。一个大家都不知道的事实是,商小双的血亲父亲在和牌的狂喜之后、在怀商小双之前,用指甲在桌面上刻画出来一只昂首挺立的幺鸡。

  商小双从双肩背包里拿出一张白纸,对照了一下。白纸上面潦草地画了四只幺鸡,每只幺鸡下面分别标注着:赵东风笔迹,钱青龙笔迹,孙小对笔迹,李不靠笔迹。

螃　蟹

保罗·克拉格兰德　　杨逸 译

　　含糊不清的真诚比谎言更糟糕。

　　　　　　　　　　——阿尔贝·加缪

　　那些呼吸着的人的气质性格中发生着什么——利弗利奥·拉蒙那卡说——从来没有人给我们清晰透明地解释过这一点，因为在这过程里有一个出卖人的计算，而我们又意识不到这一点，因为我们有点懒，还有点蠢。我们信任有机体，但那是我们的敌人，我们也信任科学，但它是有机体的帮凶。每一次呼吸都是锤子敲在石头上的一次击打：而我们所有人，曾经都是相当可观的石头，如今却像是一些丑陋的雕塑，畸形的柱子，或者像是一些墓地的石碑。

　　利弗利奥·拉蒙那卡住在布伦比奥的布鲁利奥，那儿的空气充满了铵、镉、锑、铍等物质，在大脑头皮区域作用导致了传导系统受损以及所谓的分析区域的混乱。除了一些工具性的词汇以外，我并没有虚构杜撰任何东西：这是有美国的调查研究的，这些研究既定位在布伦比奥的布鲁利奥地区，也与主管分析的大脑区域，也就是左脑相关，就比如利弗利奥·拉蒙那卡的左脑。

左脑是近期才诞生的。之前只有右脑,它用于认知所谓的现实,比如区分一棵树和一条沟渠;假如那棵树就在沟渠边,假设沟渠里有水,水里游着一条鱼,右脑记录下这些事实而不会深入到其间关系的本质中去。很长一段时间人类都保持这个状态,他以形式主义且分裂的方式,靠着仅有的右脑,获得了树、沟渠、水、鱼以及所有无意识的知识。而那时的右脑是全部的大脑装置,因此我们现在为了方便称之为半脑是不恰当的。

左脑是后来的,带着所谓的紧要的需求,也就是要改变视界,要明白那棵树和那条鱼之所以存在是否跟沟渠里容纳的水有关系:这是思想迈向多样性与统一性的巨大时空差距的第一步。但是要发现这一点需要百万年的时间,因为科学并不是一个脱离出来的实体,而是人类同源先祖的产物。一开始古猿看着那棵树,那条沟渠,沟渠里的水还有那条鱼,而没有规划;他也许可以做一个粗糙而节制的预估,或者是有限的联系,或者是低级的排序,也就是说水里装着鱼,水又装在沟渠里,沟渠被树遮盖着,但只有当他掉进了沟里,水才会变成一个凸显的实体,他可以喝水或者是捉鱼或者是淹死,又或者这三件事连续发生。

如果推理清晰并且前驱性这个词不会让人恐惧的话,那么左脑不只需要在大脑中占据合法合理的位置,还要能够在发现自身的同时发展出一种前驱性的思想。

美国的科学家们预测,假设在一个稳定的种族中存在一种根深蒂固的同质性血统,那么布伦比奥的布鲁利奥地区可能就会与左脑的压缩相关。在这种压缩之前会经历一个阶段,那就是脑神经组织的松弛和胼胝体的衰弱，也许在本世纪它就会变成现实，而这也方便和推动了右脑的扩张，直到击垮另一半脑，但并不是杀死它，而是在下个世纪内奴役它或者使它混乱。

但是我们回到呼吸上来。利弗利奥·拉蒙那卡的理论很久远，我们可以把他的理论放置在德国经济奇迹和石油危机之间的这个年代。那时住在布伦比奥的布鲁利奥的人或者偶然经过那里的人，能在午饭时分在铁路附近碰到一个年龄在八到十二岁之间的小学生，他迈着冗长又单调的步伐走回家，目光沉浸在永恒的谜中。说实话，在布伦比奥的布鲁利奥，几乎所有人都那样走路，因为铵、镉、锑和铍的协同作用，使得人们姿势怪异并且情感认知模糊。但是在那个小学生身上有一种更加无孔不入甚至可以说是末世感的东西：简单来说就是，他的步伐和目光叙述着死亡的荒芜与沉重。那个小学生就是利弗利奥·拉蒙那卡，我可以提前说出来，但文章还是应该要遵循高潮的节奏的。他走在铁路附近，因为他住在那里，和他的父母一起，当然这一点本来也是不明确的，但是明确这一点也不花费什么代价。再看看那些多年之后的调查研究，利弗利奥·拉蒙那卡的状况可以用一句话概括：抑制动机酶。

什么是动机酶？这是一个合情合理的问题，其答案可以从上下文中挖掘出来或者大致计算出来：那么我就把计算公式保存在优美的行文格律中而不做其他解释了。我们说早在童年时期，利弗利奥·拉蒙那卡就感觉到了宇宙灾难，这对于古猿来说是个未知领域，但是对于现代人类来说，灾难意味着区分体质的生长和成年主体恰当的智力性调整安排。动机酶随着所谓的后期成熟而耗尽，而后期成熟不是必然与衰老吻合的，因为年龄只是一个因素，也有人寿终正寝时还带有活性酶呢。

拉蒙那卡的左脑从他出生时就缺乏动机酶，因此只会获取偏向灾难的不幸的信号和悲剧的刺激。比如，在学校度过的几小时，对于一个认知正常的学生来说，会让他有些泛泛的不爽，但是却会让利弗利奥觉得沮丧和折磨并且怀疑人生，像是熔解在一个化学合成中，像是霉菌或者是寄生虫生长在一个有机体里。布鲁利奥的老师们意识不到这一点，也或许是他们不想重视这个问题，因为他们也是暴露在同样的环境因素中的，只是大概由于年龄和稳定的新陈代谢的原因，受环境侵略的节奏更缓慢些罢了（铵、镉、锑、铍进入到大气中，则要追溯到从"罗素的茶壶"到重工业的发展之间的这一个时代了）。

利弗利奥的这种情况在饮食方面可以说是找到了一种平衡，因为，就像已经解释过的那样，动机酶的抑制导致了7号染色体中的一种激素被削弱，我们为了方便就称之为伊万，它是控制食欲的。伊万的阻滞又解放了一种对抗性的酶，也就是饥饿的酶，为了方便我们称之为弗拉基米尔，它的过分活跃导致了下丘脑的兴奋以及饱食机制的挫败。这种人体的机制是不自然的，掺假的，研究人员对它的解释是，由于弗拉基米尔酶泰然自若地发号施令，利弗利奥本就多余的身体产生了不相称的过分的需求。

到了十八岁时，利弗利奥·拉蒙那卡的体重达到了一百四十公斤。面对着自身的衰落，就像是映射了一个奔向宇宙灾难的世界的衰落一样，他精心整理了呼吸的理论，认为这是一个积习已久的不断重复的动作，且它的目的只有一个，就是陪伴着人类灭绝。概括一下他的思想就是，科学让你相信呼吸这个动作是有益且充满生命力的,但是它其实是一个强制性的生物化学进程:面对呼吸的不可避免性,人类无能为力,这就已经揭露了有机体的专横的谎言了。这就像是一个安排好的叛徒,一只手从你那里拿走一些东西,另一只手献上无尽的谄媚,就像是普罗米修斯的礼物。没有这个叛徒,有机体也可以被捏造出来。

他的理论可以在诗人们的文章中获得证实。在文章里,呼吸几乎总是和死亡相连,比如说,当诗人要表达一个人濒死,就会说他吐出最后一口气或者是尽头的叹息,或者更明确一点说,那垂死的叹息使人不再动弹。对于那些长于抒情的叙事文学作者们来说也是如此,呼吸的话题总是与墓地或者最终的医护这种语境相关。更别说那些各种自编自唱的歌者的呼吸了,充满了悲观主义的哀伤,他说:你是呼吸,却夺去了我的气息。由于诗歌是宇宙的起源力量的象征召唤,那么这一环节就到此为止吧。

我允许自己在无尽的谄媚以及歌者的呼吸困难上加上普罗米修斯的礼物。但其实基本概念是,关于利弗利奥·拉蒙那卡,我还一点都没有谈及呢。

为了不产生误会,必须要说明的一点是,拉蒙那卡的精神状况和身体状况之间没有关系。也就是说,我们不是在说性格抑郁导致了强迫性贪食症,进而导致了体形膨胀变丑,然后嫌弃自己直到自我边缘化,之后就变得愤世嫉俗,归咎于他人,归咎于全世界。在利弗利奥这儿,以上这些都没有,既没有抑郁症,也没有战略性的愤世嫉俗,什么都没有。相反,至少直到某一刻,利弗利奥是保持了可接受的社交水平以及正常范围内的自尊的。也许他没有充分意识到他显著的体力，而这是一个重要的细节，因为一般来说虚胖会抑制体力，而体力会增强自尊。事实证明，利弗利奥在二十岁时可以把他父亲的组装的瓦特堡汽车从前保险杠处抬起来并坚持七秒，而且司机还坐在车里；他可以从自己的房间向外扔石头，击中了窗户，还扔出去三百五十米远；他还可以徒手弄断收割机的轮齿，火星四溅。这也许是酶的失衡导致的结果，也有可能是因为环境的原因，或者说两者都有影响，谁知道呢？于是出现了一种假设，要养出这样一身力气，有些食物是做了极大贡献的，比如布伦比奥的红色维孔扎。这些食物的成分在不相称的新陈代谢中运作，激发了生长激素，将过剩的那部分能量征收，用以细胞再生以及肌肉和骨骼建构，再剩下来的过剩的营养就堕落成了人体脂肪。我们还会回到布伦比奥的红色维孔扎上来，但不是现在，因为贪多嚼不烂，而且这个话题还需要组织一下语言好好说。

有意思的是，在他获得了布鲁利奥高中的毕业文凭的那个人生阶段，更历史化一点，就是在美国的海盗号探测器登陆火星的那个时候，利弗利奥·拉蒙那卡认识到了呼吸的致死性，这是一个高级阴谋的结果，而没有人知道这个阴谋的目的是什么。于是他想出了一个颠覆性的战略对策，就是尽可能少地呼吸，也就意味着将需氧的节奏维持在最基本的门槛水平，而且要避免焦躁和气喘的情况，因为这会加速需氧的节奏。综合来说就是，利弗利奥选择了身体和情感的静止作为求生的方式，同时这种举动也是在挑战有机体这个叛徒，它被呼吸控制和操纵，每一次呼吸都从它那里敲掉一块东西。这个决定标记了利弗利奥人生中的一个结点，如果可以称之为结点的话。因为限制呼吸是一个极端的选择，随之而来的是放弃和失去，比如说工作，或者那些逾越了客套礼节的社会关系，还有一些带有情感反应的娱乐消遣，比如看报纸、听广播；甚至看电视也不行，因为神经中枢系统和神经末梢系统之间的复杂互动可能造成呼吸频率的波动反弹。而注册大学是有利于利弗利奥的这个选择的，因为上大学允许思想停滞。利弗利奥的选择还排除了展示体力，说实话他很不情愿展示体力，那都是别人叫他这样做的：别人叫他把收割机的一个轮齿拿来然后对折，叫他从窗户扔石头要扔三百五十米远，或者叫他抬起瓦特堡汽车，同时他们争着坐在驾驶位上。在布伦比奥的布鲁利奥，人们都是这么娱乐的。

在社交关系中，利弗利奥也做了一个严苛的选择，到最后只剩下布伦纳·特雷纳兹了。布伦纳·特雷纳兹，人称"宝贝"，是一个听力有些障碍的自行车修理工。

布伦纳·特雷纳兹娶了艾格尼丝，跟她生了四个女儿，四个都挺漂亮的。他也当姥爷了，因为最小的女儿，十六岁的西尔瓦娜，也有了一个儿子，至于孩子的父亲，那位先生的确切信息是缺失的。利弗利奥·拉蒙那卡很乐意照看她们，尤其是大女儿阿芙拉，但是节省需氧量的计划是不允许某些分心的。另外，布伦纳的女儿们与利弗利奥也极少有交集，一方面因为他不合她们的品位，另一方面因为她们从来不去布伦纳的修车铺，而利弗利奥每天下午都在那儿，坐在一张理发店的那种椅子上，看布伦纳修自行车，听他讲述他空想出来的人生经历，情节总是不同，而且从来没有什么戏剧性的变化会打乱听者的呼吸平衡。在这些下午里，利弗利奥只会起身两次，一次是为了让布伦纳的狗进来,那条狗叫戴维,它会在外面用爪子挠门,一次是为了让它出去,它会在里面用爪子挠门。利弗利奥这样做不是本着一种服务的精神,而是为了避免听到戴维挠门时的那种神经生理的不适反应,因为戴维可以持续挠门好几刻钟,布伦纳还是听不见,因为他听力有障碍。那张理发店的椅子被放在门边,就是为了将运动量减到最少。

简单说一下,布伦纳·特雷纳兹也被称为"宝贝",因为"宝贝"是他在讲话时最常用的一个词。比如,戴维那条狗被外地的专家认为是宝贝,他们每天都向布伦纳开价想要买它,但是他一直拒绝,因为那些为了垂暮之年而收拾起来的宝贝的价值,就在于你不需要添加任何东西它就会自动生成其他的宝贝。他的机动三轮车赫拉克勒斯也是一个宝贝,因为只在很少的厂商生产。另外他的小外孙的父亲是一个工程师,在美国和俄罗斯转悠,设计河流、湖泊什么的,也许也会获得一些宝贝呢。总的来说就是,世间万物不管是由于什么原因只要是进到了布伦纳的私人范围,都会自动变成宝贝:从多功能螺丝刀到压缩机,到助听器,到利弗利奥·拉蒙那卡坐的那张理发店的椅子,最后到那些从来没有见过但全部被称为宝贝的亲朋好友。布伦纳身高一米四,有一张像是从不幸中奇迹般逃生出来的脸,除了听力有障碍以外,他还向十点钟方向斜视,但他面色红润发光,因为手里总有一个酒瓶。

艾格尼丝不是本地人,她曾经是由十个人组成的供应品中的一员,这十个人来自阿布鲁佐大区的齐特拉城,她们乘坐着一辆前军用汽车来到这里,由一个经理开车领队。这个经理为那些靠自身行头找老婆无望的男人们带来命中注定的妻子;有一年他来回转了二十几圈儿,而带回来的女人非常少,那年之后就再没见过他了。艾格尼丝就是这样轮给了布伦纳。

我刚刚轻言细语讲述的这个故事,仔细想想就觉得芒刺在背,布伦纳是不会讲这个故事的。他只会说艾格尼丝是一个宝贝,但是不会提到买卖的价格。艾格尼丝和布伦纳,要是每次只见到其中一个人,就会觉得他们很好,但是在这种生殖买卖的不断发酵中,不管是从精神还是从更加技术的层面上,都很难想象他们的结合。事实上,没有哪个女儿长得像布伦纳,除了红色的头发,但是艾格尼丝的头发也是红色的。于是就有了很多流言蜚语,但是在这种流言蜚语中有一种有节制的嫉妒的成分,我说有节制,是因为在布伦比奥的布鲁利奥一切都是有节制的。当他们全家一起坐着机动三轮车赫拉克勒斯满城转悠的时候,流言总是又反馈回来:你看那儿——他们说——宝贝和姑娘们还有那个小私生子。但是这仅是有节制的嫉妒,因为肉眼可见的事实就是,那是一个幸福的家庭:布伦纳握着赫拉克勒斯的手柄,一副主人的权威模样,艾格尼丝怀里抱着小外孙紧靠着他,四个女儿则在后车厢里。

我想深入到布伦纳·特雷纳兹的内心,去探求那个自行车修理铺子的周边的一切。利弗利奥·拉蒙那卡每天下午都在修车铺那儿,在身体和感情的精打细算中求生。

从各系统的动态水平来看,利弗利奥·拉蒙那卡在这个人生阶段的形象可以描述成一种懒惰与严谨的粗糙的联合,且这种严谨也没有让他面临不安和混乱:他早上十点起床,吃一份充满能量的早餐,去浴室待上五十来分钟,然后回到卧室穿衣服,然后又躺回床上隔着一段距离看大学课本,这些书都立在他爸给他安装的一个架子上。到了正午,他坐在餐桌边,他妈妈给他端上方便食用的三道菜和一份富含红色维孔扎的配菜,一些面包,一杯圣麦迪奥,咖啡加糖;然后闭目养神半小时,等他醒了以后就去特雷纳兹那儿,走十二步就到了,然后在那儿待到下午七点;回家,吃晚饭,三道菜加红色维孔扎、面包、圣麦迪奥和咖啡,之后回房间,然后理所应当地睡去。我跳过了一些衔接的步骤。

就这样一直过了四五年。可以说这段时光是幸福的,更是稳定而平和的,因为一个追求正确的事业且与自己和睦相处的人,也可以与世界和平共处。在这种平和的状态中,利弗利奥克制了自己的宇宙灾难感,全神贯注于对抗有机体的专横谎言和弗拉基米尔酶的强权,后者由于激素伊万的阻滞,仍然在不知廉耻地发号施令。

直到那一天。从日历上看,那天是在一个仍然繁花盛开的深秋。但是这种开花时节对于布伦比奥的布鲁利奥的生态系统来说是不恰当的。在布鲁利奥,铵、镉、锑、铍的协同作用造成了一种季节的失语症或者说是季节的语言障碍,从而打乱了循环。

那一年,按照历史来看,人类战胜了天花病毒,捷克斯洛伐克战胜了欧洲人。在那特别的一年的特殊的一天里,在某一个时刻,大致估算一下我们可以指出是在下午两点半到三点之间,利弗利奥·拉蒙那卡走进了布伦纳·特雷纳兹的修车铺,喉咙里还有红色维孔扎的淡淡回味。

但是他没有找到布伦纳。他找到了艾格尼丝。

艾格尼丝之前从来不曾来过这个自行车修理铺,实际上这么些年利弗利奥一共见过她三次，夸张一点吧，每次她都只是很快路过这里而已。除了这一点以外，艾格尼丝的出现本身是没有任何可疑之处的。无法解释的是布伦纳不在，他除了星期天和节假日，其他时候简直就是生活在修车铺里，艾格尼丝会给他带午饭和晚饭用的锅还有储备的大酒瓶。他回家只是为了睡觉。

  这里我要插一句很实用的话，我很快就说完。在自然的动态发展中，游离的偶然性事件是运动着的，它们重叠、交锋或者互相规避，然后在这些偶然性事件的基础上来酌量历史及其事件、其帮凶和其自动生成的尴尬的产物，于是绝望就构成了历史与愚弄人的偶然性之间的黏合剂。每一次绝望都跟我们说：我早就告诉过你的，比如说立几根杆子然后安装些东西是没有用的，或者圣诞节和复活节的祝愿也是没有用的。假如你祝愿了，那也是因为你在等待或期待些别的东西。根据自然法则来说，你决定的都是不会顺利的。而有一个讨人喜欢的哲学家的观点，解读一下是这样说的：人们祝愿的事情不会发生是一件好事。我不知道我从哪儿讲到了这里，但是我感觉就这样结束我的插话也是个不错的方式。

  对这些游离的偶然性事件的集合体，我们常常会抓住那些无穷小的转瞬即逝的征兆，而其间的联系被混淆和交换：靠触觉听到声音，靠听觉尝到味道，靠嗅觉感知色彩。实际上，在我们正在讲的这个事件里，利弗利奥·拉蒙那卡在进入修车铺时，第一眼就立马感觉到了断裂点。

  艾格尼丝正背对着他，向前俯身在一个盒子里寻找着什么东西，那个盒子装满了零碎废料，比如轴承、刹车手柄、车铃铛的外壳，还有比如咖啡壶滤网、肩带的钳扣之类。人类所在之处都有这样的一个盒子，装满了东西，就像一个宝矿，你永远找不到你要找的东西，但你可以找到别的东西，且它也大致遵循同样的规律。也有可能你会找到相关的东西，但是这种情况非常罕见。找了几分钟之后，艾格尼丝转过身面向门的方向，手里拿着一个齿轨的开瓶器，于是就可以明白她是在找一个螺丝起子。她走到利弗利奥面前，跟他说："今天布伦纳不在。"这件事本来可以到此就结束了的，没有任何意义，除了发现了那个开瓶器以外。

但是我们要往回倒一下，回到利弗利奥走进修车铺，立刻感觉到断裂点的那个时刻。就像我之前说过的，那是转瞬即逝的混乱感，是在有意识的思想的边界，在那里你可以窥探到应该发生的和将要发生的事，但是在我们的时间限度里，没有人可以在其中停留一天抑或一时。

无论如何吧，那稠密黏糊的一刻结束以后，利弗利奥呆在那儿看着背对着他的艾格尼丝，那种奇妙简直难以言喻，就像当你看到某种与众不同的东西从每天强制性的全貌中解脱凸显出来时一样，或者就像当你掀开窗帘，看到下雪了，而你并不记得之前的天气是什么样子。直到那一刻，以前一直都很顺从很平缓的呼吸开始加速，完全不遵守利弗利奥·拉蒙那卡的需氧平衡，但他却没有做任何让呼吸恢复平稳和谨慎的事。他一动不动地呆在那儿，眼睛上下打量，从艾格尼丝的头一直看到脚踝，在间歇中想起来所有的事：来自阿布鲁佐齐特拉的挤满了卡车的那些女人，地下恋情，长得不像父亲的女儿们，等等，这些向来不会令他感兴趣的事现在都做起了平方，更准确点来说就是这些事就像数字一样列成了竖式。当艾格尼丝手里拿着开瓶器走近他,不,是挨着他时,对他说:"今天布伦纳不在。"她说这话时还带着微笑,利弗利奥就在那竖式的下面画了等号线,然后突然决定可以开一个括号。因为人性是含糊难测的,而大脑又从来不会保持一个严格的航向。

美国的研究者们说,这种骤然的转向,取决于语气中流露出的享乐快感和所谓的欢愉之暗语,在快感和暗语中眶额皮层中的变量开始起作用,而眶额皮层就是返祖的或者抽象的情感模式重新浮现出来的地方。

从艾格尼丝的头发看到她的脚踝,在这所有温香软玉的过程中,利弗利奥的眶额皮层给享乐的语调插上了翅膀,同时刺激了神经元,神经元又通过某些有点玩世不恭的神经递质,驾驭指挥了他的手。但这不是说那是一个无意的举动,必须要说明这一点,否则在这种推理背后就会觉得似乎所有一切都是在他不知情的情况下发生的。他的手的动作是自愿的,是故意的,是一个推算的结果。这个推算始于来自阿布鲁佐齐特拉的那辆卡车,到怀疑不忠,到这个偶然的亲密情形,最后到布伦纳实打实的缺席以及那个确保计算结果准确的微笑。在这个暗语的过程中,就连那个齿轨的开瓶器也起了作用,或者说它也是一个象征。

艾格尼丝回应了,及时而明确。

她有一双大手和丰润健壮的臂膀,就像阿布鲁佐齐特拉的那些女人们一样,也许布伦纳也告诉过她这一点,谁知道呢,但是可见他是不小心的。

在利弗利奥的记忆中,接下来的时段一片混乱。他清楚地记得他的手朝着可触摸的不明确的区域伸过去，但是不记得后来他的手有没有到达，尤其不记得艾格尼丝的那一记回铲。几乎是在那臭不要脸的手势的同时，她就扇到了利弗利奥的脸上，那是一次合乎情理的运动学的重建，在他整个人上面做了跟弹射器或者投石机一模一样的抛物线运动。我们现在在说的是利弗利奥·拉蒙那卡这整个人，他又不是一个芭蕾舞演员，所以这种重建可能显得有点太夸张了。但这是物理定律，谁也不知道该说什么。不过投石机那个比喻是我的。

把这个故事的碎片整理下，结果发现布伦纳·特雷纳兹那天没有来工作，是因为吃了河沟里的螃蟹而突然消化不良了；去那个盒子里找螺丝起子也是因为要拔出治疗消化不良的药的瓶塞，而且很紧急；艾格尼丝确实靠近了利弗利奥，但仅仅是因为利弗利奥把门堵住了，但是她又得出去；为了绕开利弗利奥这个障碍物而靠近他的时候，艾格尼丝也没有微笑，她只是说了一句借过，说了一次，然后又说了一次；第三次的时候利弗利奥不仅没让开，还把手伸向了那些可触摸的而不明确的部位。

不管怎样，利弗利奥再睁开眼时看到了修车铺的屋顶，还有艾格尼丝和阿芙拉的难过的脸，她们俯身问他一些他不明白的问题，意思是他知道那些话是问题，但是他一个词都不懂，而且他无论如何也说不出话来。然后他被扶起来，放到那张理发店的椅子上，阿芙拉给他拿来一瓶费内特酒，这让他的身体重新有了知觉，同时也感受到左脸上火辣辣的疼，脑子里像是有一团乱糟糟的蚂蚁。

要说这件事呈现了利弗利奥人生的一个断裂点，大概是有些夸张了，更相称一点的说法应该是一次转折。转折也可能是遵循一个阶段渐进的过程的。因此，为了给推理一个正确的曲度，我们可以说这次事件代表了利弗利奥·拉蒙那卡的性启蒙，同时也是研究者们所说的不可逆性的偏向的第一阶段。不可逆性的偏向是什么意思呢？这是另一个可以从上下文中推论或者通过计算而得出答案的问题，因此最好还是将答案置之彼处吧。我要跳过这个微妙阶段的开头以及所有事实的或者现象的过程，来说一说拉蒙那卡。一直以来坚定而毫不妥协地反对有机体的专横强权和谎言的拉蒙那卡，开始反思放弃的意义，尤其是对于性爱的放弃，从广义上来简单说，就是按他的看法，艾格尼丝的那一铲打开了一个视觉空间。这些思想中包含了一种侵入式的也可以说是外科手术一般的内省，一种对自我的深渊的入侵。我们私底下说吧，这种操作是非常危险的，因为他面临一个风险，就是掉进认识自我的情色旋涡之中，也就是一个人可以做的最不负责任的那件事。统计数据显示，有些人千方百计想要认识的这个自我，百分之九十都是堕落的，是一个不配拥有友情和信任的坏人，最好不要认识他，要与他保持距离或者最多限于一种形式上的关系，纯属客套而已。总之，利弗利奥·拉蒙那卡进入了这种虚假的内省的圣殿，冒着遇到坏人的风险。如果后来在自我的深渊中，他真的遇到了自我，那他真是太惨了，反正医生是没有盼咐他进去的。

总的来说我觉得他没有遇到，我还想起来，在布伦比奥的布鲁利奥，是很难有人遇到自我的，尽管人们都处在某些深渊里。

但是不管在内省的旅途中遇到了何人，拉蒙那卡最终得到了两个结论：第一，指挥着手伸向艾格尼丝的可触摸的部位的那个魔鬼不该就这样消失了：得跟他谈一谈，在恰当的场合以一种不同的方式来谈，比如艾格尼丝不在场的时候。第二，针对有机体的专横谎言的反抗从道义上来说是不可放弃的，从策略上来说是必需的，但是现在也到了该暂停一下歇一歇的时候了。把这两点结合一下，我相信就能理解研究者们所说的不可逆性的偏向了。

从第二点开始说吧。自从那件事的第三天（那件事的第二天奉献给内省式的入侵了），利弗利奥就像是换了一个人。他准时进到了修车铺，还是那样身体行动迟缓，但是脸上却传达着积极的且有规划的想法，比如想多帮忙或者扩大眼界，当然也要给戴维那条狗开门。互动。对接。

布伦纳立刻就意识到了这一点，就像是从外面飘进来的一股恶臭一般。不是布伦纳不喜欢说话，而是他不喜欢跟别人聊天，他不理解交流的含义，对于倾听也并不擅长。另外，一个人想要帮忙是一个重大的危险，不是因为怀疑这人的能力，毕竟在利弗利奥这个个例中他的能力不管怎样都是值得怀疑的，主要是因为在修车铺里只有布伦纳可以工作：其他人可以进来，观摩，坐下来，如果愿意也可以倾听，或者走两步，这些都不会让布伦纳觉得厌恶。人们也可以在那个废料盒子里翻找，检查那些零碎，而且也许这还会让他高兴，因为每一件零碎都是一个神奇的碎片。但是想帮忙却是一个厚颜无耻的主意，就像是自以为是地去教堂做弥撒一样。

然而关于第一点，就是跟性爱板块相关的那一点，利弗利奥意识到他缺乏基础，就比如说找一个女性交谈者（他是这么称呼她的),还有发明创造一些他感兴趣的事情。除了布伦纳·特雷纳兹的幻想类的主题,他唯一擅长的一个话题就是布伦比奥的红色维孔扎了,在之前我们就提到过这个。他了解红色维孔扎的价值和奥义,它的味道,它的玄学。他可以解释它的播种与收获的时间和方式,撕脱的技巧,植物病理学和寄生虫,还有钠、钾、氮的浓度。这些知识来自那些代代相传的种植世家,来自阅读,以及全凭经验的实验。这个话题有点专业性,比较小众,但当一个人对一个话题着了迷时,知识就会超越能力的范围而进入到性爱的范畴;热爱会引领好奇,比如在科学中就是如此,在性活动中也是如此。一个人可以喜欢甲虫,或者中式坟墓的雕塑,或者一些更胆大妄为的事物比如网络性爱或者文学批评。谁知道这些的原动力是什么呢?利弗利奥喜欢红色维孔扎。于是他想就从这儿开始吧。

但是在布伦比奥的布鲁利奥这个宇宙中,没有探讨高级话题的这种品位:我的天啊,玄学、分子遗传学、维孔扎,都不行。是有一些数量有限的有可能性的女性交谈者的,但是关于维孔扎这个话题,对话根本开展不起来,或者不能产生相应的共鸣。另外,在布伦纳修车铺里的孤立隔绝的状态,使得利弗利奥脱离了社交环境,并且对时兴的话题毫无准备,而那些时兴的话题跟红色维孔扎真是相去甚远,又没有任何人帮助他。

在这种凄凉的情况下,一种新的灾难感产生了,它更加鲜活而血腥,因为它不再是从斗争中升华而来的了。成年了的利弗利奥·拉蒙那卡一度重新开始在火车站附近行走了,带着死亡的荒芜与沉重,但是从那里经过的人都不看他一眼。

研究者们认为自杀的念头不总是与绝望相联系的,在那念头后面有可能是一种紧急的对尽头的探求,是一种超越了计算和偶然性的研究,在那种调研里,实验者就是实验本身。不排除在利弗利奥·拉蒙那卡的头脑中可能产生过自杀的念头,在这个想法中运转的恰恰就是想要理解死亡的奥义及其动态发展的迫切愿望。也或许他没有任何念头,我们是在胡乱说一说罢了。但有一点是肯定的:在他的步履沉重中,多了某种东西,不只是正常的灾难感,这东西来自最近的记忆,而且很容易明白这段记忆的火花在哪里。

到达脆弱的角落也就是一刻钟的事,那是铁丝断裂的地方。有时人们经过了那个角落而不自知。但有时恰恰是在那里,在一毫米远的地方,迎来了救赎之语。事实上,利弗利奥·拉蒙那卡就是在还有一毫米就要到脆弱的角落时,迎来了那句救赎之语。

有一个没有说到的重要的细节,就是布伦纳·特雷纳兹知道所有的事。在利弗利奥昏厥过去和醒来之前的这短短的时间跨度中,艾格尼丝跑回家,用齿轨的开瓶器拔开了瓶塞,告诉了布伦纳发生的事,然后和阿芙拉一起回到了修车铺。布伦纳有一种发自内心的怜悯,没有吃醋也没有坏心眼。第二天没有在修车铺看到利弗利奥,他还有点担心,但是第三天当看见他一脸开心地走进铺子,布伦纳更担心了,那一脸开心的样子简直就是准备自杀的人才有的典型表情。这件事他反复思考了很长时间。

过了几天,修车铺里一片沉默,戴维的呼吸让这沉默变得很有节奏。在这沉默中,布伦纳放下工具,转过身向着那张理发店的椅子,一只眼睛盯着利弗利奥,另一只眼睛盯着木屑,然

后给他说了那救赎的话。那句话是:

"秘密就在螃蟹里面。"

他说的螃蟹指的是河沟里的螃蟹,这一点毋庸置疑:其他的螃蟹,海里那些,那是哄人的假螃蟹。在布伦比奥的布鲁利奥,螃蟹生活在树荫遮蔽下的沟渠里至少已经有一百万年了。它们肉肥鲜美,但也许有点过时了,没有人再吃它们了,除了布伦纳·特雷纳兹。直到一个新的时代到来,这个新时代就是从这儿开始的。

产螃蟹的季节在深秋,尤其是在布鲁利奥地区的小气候里,尽管它的季节更替和循环失常。在那个时段,布伦纳总是吃螃蟹:晚上他去捉螃蟹,白天他就吃掉它们。他的四个女儿都是在产螃蟹的季节里孕育出来的,而且好好算一算的话,他的小外孙也是这样。因此我们可以说产螃蟹的季节是布伦纳·特雷纳兹的繁育季节。这个季节一过,这些刺激就下降到一个冬眠期,布伦纳和艾格尼丝都是这样,他们的生物节律打从艾格尼丝从卡车上下来的那天开始就已经融合渗透在一起了。那是一个抵偿性的冬眠期,因为在繁育期间,年历上的所有圣人日①下面都会画上钩,甚至每个圣人日下面会画上两三个钩,要是把这些事都记成账本的话,就会出来一个大数字,足以终止小城里的那些流言蜚语了。

布伦纳从来不曾讲过这些事,只有那一次他说了,但也没有明确的讲述,因为要尊重艾格尼丝。他特别提到了螃蟹,在

---

① 圣人日:基督教的传统,日历上的每一天都与一个或几个圣人相联系,称为圣人日。

吃了螃蟹之后他的气力不会减退，如果可以用减退这个词的话。

"你什么都不要做，"布伦纳对他说，"让它来做。螃蟹是非常慷慨的。"

从科学角度来说一下这个话题：河蟹有一副待人冷淡的外骨骼躯体，长满了钳子和腿，不太适合杂交，也就是理论上来说不太适合交尾。但是大自然对于生命的现象有着一种实际的看法：若身体不行，便需依靠灵活的头脑和坚忍的毅力，就像一些哲学家说的那样，欢愉就是对天赋和坚忍的酬劳。在这种哲学中，螃蟹可以像其他物种一样进行交配，甚至交配得更好。

"如果螃蟹都可以，那么你也可以。"布伦纳还跟他这样说。怎么说呢，换个视角来看，螃蟹就是利弗利奥的一个隐喻吧。

美国的研究者们认为，以河蟹为基础的饮食使一种叫作费洛蒙的物质被吸收，这里我们为了方便，称费洛蒙为迪米特里。迪米特里是一种分子，一旦通过嗅觉接收，不需要什么计策和智力的促成，就可以使同种生物之间彼此产生性趣。计策和智力的强迫促成压抑了人类很长时间，因为两个半脑、酶、激素等之间的关系并没有得到妥善处理。因此布伦纳所说的，也是大自然一直以来一边散播迪米特里分子一边说的话：你什么都不要做，让它来做。

利弗利奥听了他的话。然后现在我们跳过若干年，再谈此事。

在布伦纳·特雷纳兹的葬礼上，小城里一大部分人都来了：好奇的，冷漠的，八卦的。在众神居住的那无法逾越的浩瀚苍穹里，也有了他，他欣赏着这场面，然后讲给那些灵魂听（那些灵魂也是宝贝），直到永远。

就在那一天，当然这只是个巧合，那些美国的研究员来了，直到现在他们还在那里。他们有神奇而惊人的机器，有移动引擎和固定引擎，还有精神动力学的望远装置，这种装置可以查看呼吸着的人的内部：他们看到了情绪、哀伤、色彩以及两个半脑的工程。他们有用镁钢和钨制作的飞行部队，它们吸吐着季节的气息。他们有匍匐蔓生的情色仪器，来探查暗无生机的植物群和懒惰的动物群，还有人物传记，比如利弗利奥·拉蒙那卡的传记。在红色维孔扎的床上被端上桌的河蟹，如今已经被全世界悉知，这都多亏了研究者们，因为各分支的专家都在谈论它。

利弗利奥常常回想布伦纳的救赎之语。在市政厅领证结婚那天，他眼中满含泪水想起来那句话。后来他的孩子一个接一个地出生了，五年生了五个孩子，每个都是红头发，而且没有一个孩子长得像他。

当下，在时令季节开始时，利弗利奥同有机体和呼吸签订了停战协议，就像以往每一年一样。这只是停战，因为这场战争是永远开放的并且永远不会结束。

每天早上，他跟阿芙拉和孩子们告别，然后出门，以最慢的节奏走到修车铺开张。但是在开始工作前，他还是会转一圈，看看街上来往的各个年龄阶段的男男女女。他每天都这样。他不再去寻找匍匐在他们身体中的背叛：他只是看着他们，就够了。看着他们今天被锤打得比昨天更厉害，每天都被锤掉很多石块，有人像一座丑陋的雕塑，有人像一根畸形的柱子，还有人像墓地的石碑。然后他走进修车铺，关上了门。

枕边辞

鲁 敏

一

今天两人都有些激烈,像两团纸,彼此都被搓揉得不成样子。这会儿,他们理直了、平铺,尽可能地摊开,好像正上方有一个巨大的扫描仪。

接下来通常该是迷糊而宁静的阶段。她却开口讲话,"知道吗,我从来,就不是清纯少女。"

他未及接话,她早有腹稿似的,举起一长串例证。她高中时下了晚自习常到公园去转悠,偷窥长椅上搞花样的情人。她在电梯里被人捏过屁股,真的捏,很疼,可她气儿都不吭,真想那家伙再捏上一把,为此她可以一直坐到顶楼。她同时交往过三个男朋友,日程排得紧张而严谨。她尝试过"摇一摇""漂流瓶""陌陌",还匿名到网上发表过体会报告。"无耻吧,看我多无耻。"她高兴地辱骂自己,"讲出来可真痛快!我早想着要向你交代。吓着了吗?"

他做出惊愕的样子,出于礼貌。她小他十来岁,又是单身,这本就蕴含一切可能。再说他这个年纪,还有什么会惊吓的。

"我敢打赌,每个人肯定都有一大堆这样的事情,"她在"这样的事情"上加重语气,表情随之也变得凝重似的,"但只有在枕头边,像我们这样,跟特定的人,才能和盘托出……"

"特定的人?"有点累,他不愿显出疲态,尽力抓到核心字眼。

"对,特定的人。并且还是在特定的情况下。"她有意停下,侧过脸看他,"你对于我而言,就是这样的人。了解不深,不可能到爱的地步,因此特愿意什么都对你说。"

"谢谢,我……"他让自己听上去有点感动。她对他的这种依恋,是在赶时髦吧。女孩们似乎很乐意通过一个半老不老的家伙来寻求与延长青春期。离婚后的这些年,他碰到多例。

"你也讲点儿吧,这样才公平。你讲一个,然后我再讲一个。"看起来,她今天是想把自己挖个底朝天。

"我更想听你说。你说得好。"他知道这时应当如何应付。

果然,她按捺不住地讲起大学时期与舍友的一段同性接触,似是而非。她伸手到床头摸到手机,举到两人眼前,在图片库里一张张捞,要找出那个女孩的照片。许多人脸滚动着,她偶尔解释,"我表姐。我同事。这是我老妈。"

他突然插嘴,"她多大?"

"我们同一年生的呀。"

"我问的是你妈妈。"

她皱着眉继续找照片,"她三十三岁才生的我,你算呗。呀!找到了我的女孩子,帅不帅?你看这眼神,我那时真的很迷她。"

"那她六十二岁了,属兔?"他突然翻身坐起,抢过手机,把照片往回倒,"让我再看看你妈妈。"他精神振奋,放大她和她妈妈的合影,研究似的端详,"身体倒是不错。可头发这么白了?我看这种珍珠项链不适合她,显得老气。她不化妆?好多女人都这样,自己先不要自己了。"

她鼓着嘴巴不吭声。

"你们家有美人基因。"他抬头敷衍一句,眼光又落到照片上,"你妈妈如果注意减肥会更好,头发染一下,换个发型。其实,六十二岁,并不算很老的……"

她把手机一把抢走扔到床下:"搞什么啊,有老头子托你介绍对象?你可知道,"她尽力掩饰下愤慨,"我正在对你说……说出我的一切啊。"

他索然噤口,躺下。隔了一会儿,没头没脑地,"我上午在医院,呆呆坐了一个小时。"她关切地昂起身子,他挥手,"去拿报告的,顺便坐了会儿。坐在'体液检测中心'那个区域,就是查血尿屎的地方。人们庄严地移送着各种小小的容器,表情峻迫地走来走去。我就一直坐着看他们的脸。我喜欢'体液'这个叫法,真该替人们化验更多的。比如口水啊,眼泪水啊,汗水啊。"

"还有精液!"语调欢快。她说服自己不要生他的气。他对她总是漫不经心,打发小孩似的,可某种程度上,她又喜欢这一点。

他眼睛定住,好像又看到了那些面孔,"医院里有许多年老的女人,比大街上要多。"

"像我妈那样的?"她似懂非懂。他这人就是有许多让人迷惑的阴影。同样地,她也喜欢这一点。

"有六十二岁的。也有的都七十多了。"他认真地回忆,"我留意她们的病历,可惜有的没填上年纪。"静了好一会儿,带点沉吟地,"你那同性恋讲完了?那要不,我也讲一个我的吧?"

她眼睛一闪,这是从未有过的。莫非他终于感觉到了:今天,是不一样的?

"有点长,你不要打断我。"他表情显得隔阂,眼神也像抛物线一样,一下子甩到遥远处了。

二

那时我在外地读中专。有天突然接到电报,爷爷病危。连夜到长途车站,总算买到张站票,次日七点半发车,到县上再转车,顺利的话,夜里能够到村里。

不幸第二天来了位老驾驶,又打开水又抠眼屎又跟熟人闲扯,磨磨蹭蹭过了八点还不开车。我等了大半夜已经很累,又急,就催他。那老油条反而把腿翘到方向盘上,甩来一长串下流话,我急得用老家的脏话来回敬,但还是吃亏,因为没人听得懂。众人都不吭声,只在各自的位子上瞧着,大概都觉得我就不该招惹司机。

正难堪着,有个女人从后排站了出来,先大声骂我,"这死弟弟,念书念呆了。"一边从哪里摸出一根烟,亲手点上、用嘴吸熟了,递与那司机。她涂了红指甲与口红,轻浮得漂亮。老家伙很吃这一套,乜斜着我,一边受用着红指甲把烟塞到他嘴里。车子抖动着发动了。女人扯着我往后排走,一边低声用老家话表扬我刚才骂得好,并补充了几句更为恶毒的。呀,老乡。我一下子得到安慰了。

为了找座位,她继续宣称我是她弟弟,有意发挥着她特有的优势。我不太愿意她这样,但的确有效。有个男人独自带着女儿,女孩晕车,她像母亲一样凑坐过去,跟男人拉话,抱起女孩替她掐虎口、哄她睡觉。小姑娘醒了之后,她才带着半条麻木的胳膊坐回来。我坚持要站,她却又跟邻座老头磨叽上了,最终让我挤在她那一侧,她则往老头那边靠。老头瘪着嘴,随着车速东倒西歪,倒到她这边的概率要大得多。并不能怪老头,她的肩膀软软的热热的十分舒适,我也瞌睡地靠上去,像几百年没挨过枕头。

……一觉醒来,坏消息。车子抛锚了,老司机正发着脾气。天色近晚,人们乱糟糟地往下拿行李。一家小旅店来了两人殷勤帮忙:大生意来了,都得在这里住一个晚上,等明早的替换车子。

我没行李,她倒有三个包,我替她拿了两个,瞌睡而懵然地跟在众人后面,绝望地想着,爷爷啊你可要等我。住宿的事情,她一手替我办了。等回过神,发现自己跟她已经在一个房间了。

"我可以报销的,反正两张铺。再说他们都知道你是我弟弟。"她挺有经验地用绳子把三个包串在一起,"这种路边店,单人住反而不安全。你正好替我保护这些东西。"她把头发绾起,麻利地又掸床单又拍枕头。我呆站着,我还从没有住过旅店。

她抱怨房间有霉味,没窗户,也没卫生间。她出去打开水,要来两只杯子。买了大饼和茶叶蛋,还替我买了牙刷毛巾,两人轮流出去洗漱上厕所。我木然地,她怎么说,便怎么行动。

她发笑地逗我,让我猜她的职业。

"猜……不出。"我结巴了,但愿脸没有红。我的专业是机械,班上统共三个女生,都轮不到我跟她们讲话。

"在姐姐跟前还这么个尻样,将来要吃瘪的!"她不满意,用土话骂我。

"我有姐姐,她才不这样。红指甲、红嘴巴,你太妖精了。"对嘛,讲土话!我稍微放松一些。

"所以才叫你猜嘛。别人都是一眼就看出!"她急性子地自己介绍起来。原来她是唱淮戏的,还是剧团的半个负责人,本省唱遍了,就到外省唱,这一趟就是"跑业务"的,也收些旧账。她朝墙角的行李努努嘴,"那是套行头,吃饭时,扮上了就能唱。"小有得意地压低声音,"钱收回来也藏在里头,松泡泡的人家以为就是衣服。"

房间两只灯泡,一只坏了。黄而暗的光里,我悄悄打量她。眼睛并不很大,但眼梢向上,黑眼珠总像在流动。嘴唇有些棱角。头发很重,原来拢成一把的,现在又滑了下来。

"这么说,您是演员。"我不知怎么又换成普通话,并理理衣服。昨天打了半天的球,运动服都没来得及换下,但愿没什么汗味。

"屁个演员,跟要饭的差不多。"她脆声骂着,"反正啊,干什么都是要饭。你念的什么学校?将来会做什么?看你这瘦条条的,能干什么呀。"她可怜似的眯起眼瞅我。吊梢眼,可真好看。

"要饭。"我学她的腔调。

"不许乱讲,一定要做大干部!"她教训我,又续满杯中水,

"哎呀,一天没喝上。"她仰起长脖子,水从嘴角溢出,她爱惜地伸出舌头舔,好像那是神仙汤。我看得有点惊怔,胸腹中说不出来的空洞,一时移不开眼睛。她从杯子上方锐利地盯我一眼,遽然起身,拉掉灯,"歇吧,明天要早起。"

没有窗户,一黑就是全黑。

我扒掉运动服,摸进被子躺下,耳朵却一下子灵敏了。她那边的动静十分清晰。先是脱掉拉链外套,然后褪掉长裤,接着是衬衣:我自认为每一步都推测得很准确。她这会儿身上应当没什么衣服了。她没有立即躺下。是了,总要套件睡觉衫嘛。她果然又做了什么动作,这才掀开被子。她的床重了一重。我试图回想,我姐姐以前是穿什么睡觉的?汗衫还是背心?却怎么也想不出。算了,她跟姐姐完全不像的。

本来就不是姐姐。

这个事实突然让我很不自在,一下子清醒了。从昨天接到电报,一直迷糊着,直到这会儿心里才开始抽疼。不跟老司机吵架,车子就不会坏了,就不会整整耽搁一夜了,我竟然还跟一个漂亮演员睡在一屋里,并且在仔细听她脱衣服。爷爷最宝贝我了,我这是干什么。我躺不住,恨不得抽自己的脸。我扯被子蒙上头,不让她听到我在淌眼泪。

被子外没有声音,太闷了,我又悄悄拉下。看来她是睡着了。我又有点失落,这才觉察到床很软。

我此前只睡过两种床,家里的木板床,宿舍里的铁架子床。都一样的硬。我用手划着床单,想起一个电影。那里头也有很松软的床,男主角打女主角一个耳光,她倒在床上,弄得床直晃。老早看的片子,这会儿全想起来了。男女主角很快和好,双双滚在床上……我意识到,我下面有情况了。真不要脸啊。我翻身把脸埋到枕头里,憋着气,很长时间,直到慢慢挨过去。

很疲倦,可就是睡不着,也不敢翻身,喘气也觉得响,莫名其妙地紧张极了。不久脚又抽起筋来……总之极为难挨,真不该白天在车上挨着她肩膀睡那样多的。

"哎。"她突然招呼我,"睡着了?"声音很轻,听来却像敲锣打鼓,戏台要拉开似的。

猛然想到她点烟递给老油条的样子。是演员呢,什么做不出。我暗中捏起拳头,一边紧咬着牙,命令自己:我睡着了。我不能动。我一定不要动。

床弹了一弹,她坐起了。两只脚瞎子似的先后摸到鞋。磕磕绊绊碰到我的床,停住,继续往门口摸,摸到大门,改了主意,又折回。手里拿了什么,再次经过我的床。这回没停,径直到她的那边。腿关节响了一下,然后是"哗"。

天哪,她在小便。就在这房间里小了,就往脸盆里。声音多响啊,简直是瀑布,黄果树大瀑布。

她也被这巨响吓得停住,停了一会儿,改成一小股,停一会儿,再一小股。真是的!这更可怕。我不得不等着,听,再等,再听。她刚才水喝太多了。这小便特别的长,长得我都能在黑暗里看得见了:看到她的短裤褪到了脚面,她是怎么样蹲着的,白白的大腿与小腿如何交叠,又是怎么在一阵一阵地小便,那脸盆中间有朵颜色艳丽的牡丹,她的液体在花蕊间飞溅。我看得实在太清楚了。

总算结束了,她轻吁一口气,舒服了。接着很慢地,比先前更耐心地、无声地往床上爬。准以为根本没惊动我呢。

我挺生气的,并且发现我也想小便了。这难道跟打哈欠似的,也传染吗?也好。我立即翻过身,一个鱼打挺起来了。光脚板打地,使劲儿找鞋子,还故意咳嗽。我东撞西碰地往门口走,一路拍着墙找开关。

"别开灯。"她突然出声,"也别去外头厕所,那里估计没灯。再说你出去了,万一有人进来……这是路边店啊。"

又拿路边店吓我。但我知道那厕所,大小便堆在一起,积了多少天的。

"就在……盆里吧。反正明天不用的。"她看来也拿被子蒙上了头,声音不大明亮。

我有些气恼,但实在是要小便。只得依她所言。我摸到她床尾,拿脚踢踢盆子,尽量对准位置。这回该是尼亚加拉大瀑布了。我故意学她,中途也停下几次,发现是有点难度。

她噗地笑了起来,把头伸出来了,"原来你在装睡!不过姐也一直没睡着。"她特意强调出她是姐姐。

两个人的尿液混合在一起,发出臊味,并不难闻。小时候,我们姐弟几个都是共用便壶的。

不过,她哪里是我姐呀。我好像揪到什么歪理,走到她的床尾,一屁股就坐了下去。她的床弹了弹,我和她都被晃悠了一下。我自己先吓了一跳,这是要干什么?

她也同样地质问,"哎,你要干什么?"

"床太软了,没法睡。"我挺委屈的。身上的汗背心太松垮了,不保暖。我打个喷嚏。

"快回床躺着。或者裹点什么,外套,被子也成。"她声音带点慌张。

我听从了最后一个建议,不客气地从下头拽起她一半被窝,裹到我身上。我的脚不小心碰到她身上哪里。我猛然发现:她上身是空的,根本就没什么睡衣。

我一下子不能够做主了,简直是有人把我往水里推。扑通一声,我掉到她被窝里去了。扎猛子似的,我把头和脸尽可能地往深里埋,不顾一切地埋。她上身其实有件小内衣,太小,又松开了。我到处能碰到肉,海绵一样,我也像对待海绵似的胡乱挤压。我用脚掌压着被角,整个被窝被我弄得像个密封的盖顶。我觉得这样就不会有任何人知道我在干什么了,包括她。

她可能真不知道吧。她嘴里呜呜啊啊的,没词,只拼命扭着身体推我。徒劳地。扭了前面扭不得后面,推了上面推不了下面。被窝里乱透了。我要爆炸了。

然后我就爆炸了。

我水淋淋的脑袋被她拖到枕头上。她还是不让开灯,摸索着从外套里找到几张手纸塞给我,又让我把背心脱下来垫在床单上脏了的位置。她同意我继续留在那里,但身体离我尽量的远。我僵硬地躺着,羞愧与狼狈使我全然失去了活力。

"我那衬衣容易皱,又没带别的褂子。我当自己是姐姐的。"语气带着检讨,好像这是她的错。

我不吭声。

"多大了?"

"十八。"照老家的习惯,我讲的虚岁。

"老天啊,快两代人了。好在刚才没有真的……"她离我更远一点,隔了一会儿,她伸手敲了一下我的脑袋,"就知道你还是个娃娃哎。从来没有?"

我承认了。

"不要急,以后会有的。会有好多呢。"她是想安慰我,可听来却很刺激。我绝望地发现,我又有反应了。

"你,有好多?"无措中,我竟这样反问。

"一般人都是这样想的。唱戏的嘛……"她顿住。因我正往她那边蹭,又想往被窝里钻了。

"你刚刚为什么哭?"她冷不丁问。

我一下子动不了,想到爷爷。耻辱与忤逆把我给锁死了,下面的坚硬给吊绑在绝处。

"家里有事?那更不能的。"她就势把我往回推,她的手碰到我哪里,哪里就针刺火烧。我真是觉得要死了。救救我啊。我绝望地死命抢到她一只手。

她往回抽,抽不动。她叹气,"要不,我给你讲故事吧。"

她倚在她那边的枕头上,依然离我老远。全然的黑暗中,我们只有两只手连在一起。黑暗,既是体己的掩护,又纵容着烈火,如同我与她的尿腥,满溢出奇特的交融感。

她讲不同的人怎么吃她的豆腐,村里农民和县里戴眼镜的,方式不一样的。她讲半夜被叫了去喝花酒,三四个男人就她一个女客。讲候场时被对手男演员猛地亲了个嘴,一次她算了,两次也忍了,以致成了习惯,后来每到这场戏都要亲,后来学戏的还以为这是规矩……

她的声音那样的放荡而娇气,在我耳边细细地吹。我哪里听过这些啊,真气恨她这么风流,还讲得这么活灵活现。我难以忍受。我把另一只手悄悄伸到短裤下面。她知道我的动作,只接着讲。她正讲到两个有情有义的追求者，一个是乡里文书，一个是打鼓的。后来她与其中一个要好了。她甚至讲到要好的细节，在哪里，她怎么样，那人又怎么样……她的手摩挲着我的手，手掌相贴，缓缓地拉动着包揉着，有力而温存。

要死啊，我真的又要死了……这一次，死而复生了，锐利的脱了壳般的感觉。

她停止讲述，好像带我走完一个仪式。等了我一会儿，她才用手揩掉我脑袋上的汗，声音骤然有点苦咸，像午夜的海水扑打而来。"真怪啊。你这娃儿太招人疼了，心里疼身上也疼……可姐哪能坏了你，随便怎样，姐不能的。"

听懂了。可我能说什么呢？我把脸贴到她掌心里，这唯一可倚靠之处。

"唉。"黑暗中，她的叹息像一床薄而大的被子，把我们俩都裹在里面，"这样你就还是个好好的男娃娃呀。睡吧，这下能睡着了。"她拍着我，轻轻地一直拍，真的像在哄孩子睡觉。

"要多大，才不算娃娃？"

"在我这里，你一直都是。"她笑着，假笑，"我比你整整大十六岁呢。你记好这个。"

三

她可能也听得有些瞌睡了，他讲罢好久，才反应过来，不信，"就这样？"

"我第二天中午两点半赶到家里，见到了爷爷，他吃了我喂的半勺米汤，走了。"

"我是问,你们最终都没有那个?"她口气有点儿矛盾。

"就知道你会关心这个。当然我也关心。"他语带自嘲,接着往下,"四年后又见过一次。我从中专考了大专,毕业后却进了另一个行业,她一定费了许多周折,才找到我工作的地方。"

他停住,不是卖关子,是等待那个场景的重新浮现。

"她是晚上来我宿舍的,衣着比本地晚一个季节。她只字未提她的山水迢递,只磨磨蹭蹭地说着题外话。老是捋耳边的头发,抚弄裙子上的皱褶。一条丝巾解了系上,系上又解下。每一个动作都竭力悠闲,同时拼命搅动着四周的空气,急迫地呼唤我。听到了,我一直都听到了。她向上的眼梢里,水一样地流动着浓情。她身上发香,看上去处处绵软,像处于身体的巅峰。我那时已谈上女朋友,有了多次那方面的经验。她太吸引我了,比十八岁那晚还要强烈一百倍。"

她支起上半身,很有兴致了,"这么长的铺垫,可终于等到了。"

"抱歉,没有什么。旧事历历在目,十八岁那晚所没有发生的,后来在我身上所发生的,像两只拳头共同暴打着我。我既伤心又愤怒,心里全是冰冷的火。她应当在那一晚跟我好的!这时候辛辛苦苦找来有什么用,我都不再是娃娃了。我强忍住对她的饥饿,把心扔到盐巴里腌。我用非常明显的方式冷落她。她脸色慢慢发白,发僵,眼神都转不灵便了。终于,她低头看表,一边抬腿往外走,差点都扭了脚,嘴角露出那晚唯一的皱纹,'看,我真糊涂,都忘记时间了。'"

"老天!你这多伤人。"她愤愤地,尾音却泄露出某种平衡。她猜到会是这样,他身上向来就有这种无情的因子,不独对她的。

"她最后那一句,是双关的。准以为我是嫌她老了。"

"本来就是。你们男人都是。"她别有深意地看他,好像全天下的女人附体在身。他并未看她,他们的眼光总也碰不到一块儿去。

"我,不是。"他简洁地纠正,"其实我后来找过她好多次。她的剧团被合并了。她到一家小公司做出纳。她到幼儿园做保育员。她返聘到社区去管计划生育。我每次回老家都会打听到她所在的地方,我会跑到对面的小店买东西或吃面条,像要跳楼的人那样犹豫,要不要跑过街去找她?我……始终没有,至今没有。"

"嗨,这犹豫什么!"她咽口干唾沫。他有心肠的,对那个女人。

"原因很多。心理,生理,现在大概已经是精神上的了。"他快速地概括,显然也琢磨过多次,"还有具体行动上的。我总也想不好、总也拿不定主意。我,怕得很。"

"我看是你怕自己,薄情寡义的,会辜负她!"她下判断,像比他本人更有研究。

"一年年过去,阴天驮稻草,这犹豫越来越沉重了。"不理会她的评论,"去年,我对六十一岁敏感。大前年,是六十岁。我总关注着比我大十六岁的女人。这成了我长期的习惯。小区里碰到邻居,在单位里跟同事聊天,到外地出差,随便哪里,我都会留意那个年纪的女人。我留心她们的发色和嗓音,手和脖子上的皮肤,走路的速度,是否戴老花镜,是否还穿裙子。我以此来推想她的样子,并试图根据这个想象,来做出决定:我是否去跟她见面,以及见面之后,我打算怎么办。"

"你希望她还是女人,而不是老人。"再次打断。

这回他面容有动,小幅点头。

"听听,那不就是怕她老了!承认吧,没别的缘故。"更加不客气了。

"不,不是。我心里真不是这样。"他企图修正,又无从辩解,苦恼地陷入这个小小泥沼。

她故意一拍手,"怪不得你对我母亲那样有兴趣!"她忽感不忍,他若果真是一个多情的人,就应当会预想到,很多年以后,她也会这样想到他的。

"是啊,请多包涵。"他记起讲这故事的初衷,勉强一笑,"你妈妈身体算是好的。刚才在医院,碰到好几个六十二岁,有的白内障看不见了。有的胖得只能穿男人衣服。有一位,都在轮椅上了。"

"干吗跟她们比呀,我妈也不行的。"她反而鼓励起他,又捞出手机来,好像那是如意百宝箱,快速地翻找,"喏,给你瞧我师娘,比我妈还大半岁,看不出吧。穿得比我都时髦,每周游泳三次。人家可是淮戏演员,会保养的,起码得是我师娘这个样子!"

他推开手机,毫不领情,"她是该老了,比我老十六岁。"他发出牙疼似的声音,"我一次次错过最好的时间。她四十岁时见下就好了。四十五岁也成。尤其是我生儿子的那一年,我下定决心都拨通她电话了。她'哎'了一声。我一慌,马上就挂了。那确乎是四十八岁的声音了,太残酷了。放下电话,半天都走不动路,我一下子也老出许多。"

她妒忌了。更喜欢他了。

"觉得我老了吗?"他突然问,谦逊地,额头临时起了一排皱。

"所以我才喜欢你啊,否则我会这样?"语中带烫,她几乎都动情了。可说完就知道,这根本不是他要听的话。

他神情一淡,眼神又抛远了,像条孤独的金鱼,只在他的那只小缸里游动,"连我都有白头发了,真不敢想象,倘若跟她见面……"

"那就不要想了。"她果断地替他拿主意,"我也是女人,我敢打赌:她一定不要见你。我跟你也一样,一旦到了某个界限,那就是最后一面,一辈子的最后一面……"她刻意地紧盯着他,差点儿就要说漏嘴了。他如果看看她,只一眼,会明白的!

他急于分辩,"不一样。我跟她之间,绝对不是老不老的问题。"他再次否认,也是向自己强调,"你不会理解,我有多想她,她肯定也一样地想着我这个娃娃。这些年,我总是回忆那个晚上,她给我讲的那些黄色小故事,估计并不是真的。她既要护着我,又那样体谅地,想帮到我。多想还能那样跟她并排地躺着,让我好好地待她一回。可我不知道,真要见了,我能不能那样待她,或者说,那合不合适……"

她感到说不出的疲惫,顺着他的话,重新想了想,"要不,什么也不做,你就跟她讲讲枕边故事好了。你结婚又离婚,有几大箩筐的韵事,可不就该跟她说说!我敢保证她一定乐意听:你这娃娃可长大了!"

他终于正眼看她,慎重考虑这个建议,但没有立即回应。良久,脸上显出羞愧、犹豫的样子,都有点可怜:"可我总得先决定好,见不见她啊。"

车轱辘又倒回来了。唉,他就不能留意一下眼跟前的人吗,今天可是不一样的。她决定换话题,"对了,你刚才去医院,拿什么报告?"

"报告。"他咀嚼着这两个字,又回到医院,"那个轮椅里的六十二岁,我推了她一圈,攀谈了几句,她得的,是癌。"

"行了,那又不是你的那个她。"

"也可能是她。更可能是我。万一就是我呢,你说,我该不该去找她?"他面上突地露出一丝喜色,好像找到出路。

"你!"她惊吓地捂住嘴,胳膊上一层鸡皮疙瘩,"我就感觉到,你刚才在床上很反常。原来你今天……?"

"我只是假设一下。"他不耐地,"迟早的事嘛。她或者我,有一个要死了,我们就再没机会了。这一点,真要能逼上一把,倒也算值了。但是,"他挑剔地皱眉,又想推翻这个逻辑,"用绝症来促成见面,不好,也不对。这并非我要见她的本意。不行,我得再想想。"

"她,或者你。绝症。"她重复,被突然而至的悲恸所挟持,"行了,不要做这些负面的假设。不是都爱讲随缘吗?虽是陈词滥调,但就不必负责任了。随缘吧。"

"根本没有随缘这回事。我若穿过马路,就能见上她。反之,就永远没有。"他一字一顿,像朝自己胸口打空心子弹。

"我跟你之间。我是打算随缘了。"她突然噎住,憋了一大口气,"接下来……我要正式谈男朋友了,结婚的那种。"

哦,结局来了,可不嘛。他露出欣然之笑,"好哇,祝贺,早该贤妻良母了。等你结婚,我要给你送份大礼,说说呢,想要什么?"

"随便好了。"她突然起身穿衣服,"有点凉了,你不觉得?"像是完成计划,急于要离开这里。他听出她的情绪,但不理会。她这么年轻,会过去的,出门大概走上一百五十米之后就好了。他看着她穿衣,从内到外。

……她穿得特别慢,有意拉扯着他的目光。她展示她的耻骨与臀,她的后背线,她的乳头,她的胳肢窝,套上丝袜之前的脚趾与大腿。她的每一个动作都像在说,你好好看看我,像初次见到一样地看,像不会再见到一样地看。

他还是走神了。"其实,如果真去见她的话,我才不会说那破箩筐里的风流事情。不会说你或任何女人,不会说到我的妻儿,也不会说到离婚。都不会。你知道吗,在她面前,我可完完全全又是个男娃娃了。"他声音飘飘的,像飞到了白色云朵之上,有种幸福感,夹杂着童贞的悼念之情。

"那你倒是说什么呢?"她已扣好最后一个扣子。她想她并不太难过。她凝望他的鬓角,他的双下巴,他左额上一个黄褐色的斑点。她要记住他此刻的样子。他就要从男人成为老人了。

"没准,嗯,讲讲老早以前的事情。比如第一次遗精。我记得可清楚了。初三第一学期考数学,卷子难得要命,我本来就最怕这门课,收卷的铃声一响,我吓得勃起了,发现还有大半张卷子没做,猛然就出来了。"他遽然拿手掩住额头,发出类似于笑的声音。

"啊哈。"她也接近于一笑。全身齐整、可以出门了,她拎上包,挺负责地追问,"你最后跟我讲句实话,那报告,到底严不严重?"

他把手拿开,脸上涌上强烈的失望,好像她问了一个最愚昧、最无关紧要的问题。他愤怒地张口,她突然拦住,"算了,你不要说。我不想知道了。都一样不是吗。再。见。"她与他道别,像个商务秘书,一本正经,毫无色彩。

为了爱情

|阿里桑德罗·贝尔旦德　　梁爽 译

　　七月炎热的夜晚,布宜诺斯艾利斯大街灯火通明。朱砂红色的火烧云点缀着天空,看起来犹如雕刻在威尼斯门①上神龙吐出的烈焰一般灼热。到了盛夏,季风式微,骄阳似火,中世纪古老的神话故事逐渐在这座城市弥漫开来。

　　很多来自日本的情侣在霓虹灯下排着队,这一幕被热情的路人拍了下来。日本情侣和子女有说有笑地浏览着东方大门②附近的橱窗,脸上写满了幸福。东方大门是历史留给这座城市的美丽印记。我坐在白昼旅馆门口观察着世间百态,觉得自己像一个外乡人,毫无归属感。这时从柏油马路尽头腾起的热浪扑面而来烘得我喘不上气。威尼斯门上描绘的神龙正是在这里被杀死,然而我对此毫无兴趣,只是像着了魔一样一动不动地沉浸在夏日让人难以抗拒的魅力中无法自拔。我大把地挥霍时间,幻想着去邂逅我的爱情。

　　当我终于决定起身走走的时候,布宜诺斯艾利斯大街依然

---

①　威尼斯门:意大利米兰的古代大门之一,曾被称作"东方大门"。
②　东方大门:威尼斯门旧称。

霓虹闪烁。没走几步我便累了,我很饿,但这燥热的三伏天却让人胃口大减。潘菲洛路上有一家阿拉伯烤肉店,在那里可以品尝到美味的异域佳肴。店面宽敞明亮,对面就是大海,墙上嵌满安达卢西亚天蓝色瓷砖。我走进烤肉店,跟店主相互问候。店主是突尼斯人,已入花甲之年,笑容真诚,言语机敏。他曾在俄罗斯工作,而且总是喜欢讲述那段经历,仿佛拥有游历世界的经历可以让人变得更了不起一样。美丽的厨娘也是突尼斯人,她明眸皓齿,五官精致,神态中充满母性的慈爱。人们很少见到她,因为她总是待在后厨,不到万不得已不会出来。出来时也只是拣重点低声说几句就很快返回。我知道她不是店主的妻子。也许有人每晚都在某个地方等着她,并时刻都在惦念她。我看着摆在桌子上的五颜六色的美食,忽然想到几年前的夏日,那时生活对我而言充满未知和无限可能,我经常旅行,幻想着仅仅通过旅行就可以了解世界。

我点了一份法拉费①,加了很多洋葱和酸奶汁,酸奶汁已经多得溢到包装纸袋上了。我选了一个角落里的位置,这个地方既隐蔽,又可将餐厅全貌一览无余。我对厨房的每一个细节都十分熟悉:这里最早是古董修复作坊,我年少时曾在这里打过零工,负责把修好的摆件送到客户家里。

那时我还在上大学。

当时的街区与现在迥然不同。人们称它为卡斯帕②,但显然这种叫法是错误的。因为当时这里的阿拉伯常住居民十分

---

① 法拉费:中东特色小吃,又名中东蔬菜球、油炸鹰嘴豆饼,用鹰嘴豆或蚕豆泥加上调味料做成。
② 卡斯帕:(北非城市中的)阿拉伯居民区。

稀少，仅有的阿拉伯人只是过境游客，他们在这里忍受着暴力和肮脏。除了几个总是提着黑皮包且十分顾家的埃及水利商外，其他人都是非法小贩。他们的境遇让人同情：个个看起来都形容枯槁、体态孱弱、走路蹒跚。

他们都是被命运抛弃的人。

夜晚被乡下的喧闹搅得纷乱嘈杂。穷困潦倒的乡民们脸上满是岁月留下的划痕，他们携着二十厘米的长刀在街区的道路上大喊着互相追逐。他们边跑边喊，勾搭在一起互相咒骂，互相亲吻，互相拥抱。一番嬉闹后人变得更多了。随后来了一位长者，喧闹的人群安静了下来，长者总是振振有词地背诵那些呼吁人们坚守荣誉和肉体的祷词。但在漫长喧嚣的夏日里，有时人们会将坚守荣誉抛到脑后。于是鲜血四溅，道路会突然变得死一般寂静，连呼吸声都听得到。我也缄默不语，像一个阴谋家一样从二楼的窗户下看着人群，在他们施暴的瞬间我恍如置身动乱的边境。这太惊心动魄了。

除了几个埃塞俄比亚人，这里的常住居民几乎都是厄立特里亚人，他们都是有色人种，相互之间总是矛盾不断。在法西斯殖民时期这些来自东非殖民地的人们被带到意大利，经过几代人的繁衍，他们已经逐渐融入社会：他们的子女都十分漂亮，脸形瘦削，颧骨突出，轮廓鲜明的脸庞散发出一种古典美。讲话时操着地道的米兰口音，这种外貌和口音的反差十分有趣。但如今他们的人口数量也在下降。几年前，这片街区开始进行土地改革，房主们开始重装公寓。东方大门被四周道路包围，形成一个四方形的小广场，这片区域也因为土地改革变得更为开阔，如今已经成为服务业人员和那些整天无忧无虑的年轻人的聚集地。年轻人想住在这些世纪之初建成的洋房里,这些建筑典雅精致,玻璃彰显出自由主义,阳台用灰泥装饰,具有巴黎格调。

痛苦无处不在,留下来的只有鬼魂。

这里是布宜诺斯艾利斯大街旁边大河的"左岸"①。至少女诗人帕特里齐亚·瓦尔迪尤加②是这样评论的。她和诗人同伴乔瓦尼·拉博尼经常在转角处的咖啡厅享用早餐。在这里,我曾每天用投币电话机给女朋友打三次电话,总是要忍受女服务员不耐烦的神情。普利亚那帮神情呆滞的老呆瓜会在那附近贩卖偷来的汽车。每天早晨从八点到十点,工薪族们为了生计奔波劳碌。"左岸"也日复一日一成不变。而这条大河,奔流不息,流淌的节奏却变幻无常。

那个时期属于我的珍贵的片区永远都不可能和梅尔佐路以及周边区域的"右岸"③混为一谈。毋庸置疑,后者更为小资、更引人注目,同时具有米兰式的优雅格调。而在属于我的那片区域里不乏造型雅致、构造复杂的房屋,它们拥有结构不对称的屋顶,如此的设计非常具有古典韵味。屋顶上布满烟囱和小平台,只要你足够勇敢,顺着平台就可以去到任何地方。屋顶上有许多流浪猫,你既可以坐在那里赏月,也可以听几个孤独

---

① 左岸:是地理上的一个区域的泛称,位于法国巴黎塞纳河左岸的圣日耳曼大街、蒙巴纳斯大街和圣米歇尔大街,一个集中了咖啡馆、书店、画廊、美术馆、博物馆的文化圣地。
② 帕特里齐亚·瓦尔迪尤加(1953—):意大利女诗人、翻译家。她是意大利诗人、翻译家、文学评论家乔瓦尼·拉博尼的女伴。
③ 右岸:原指巴黎右岸地区,即塞纳河北岸地区。现意为追求实际和奢华的文学艺术流派,与左岸派相对立。

的老人讲述有关谎言和背叛的故事,他们不再信任任何人。但这并不重要。

故事仍在继续。

法拉费的味道相当可口,里面的调料不多不少恰到好处。一瞬间东方仿佛更近了,那种异域气息近在咫尺。我挪了挪椅子以便能更好地透过橱窗看到外面。我盯着一个破旧的电器零件店,那儿还有那种高得都快冲破天花板的木架,上面堆满了虽然不值钱但不可或缺的小零件:螺丝钉、铆钉、艾伦扳手和12号膨胀螺丝。隔壁是一家非洲手工艺品店。可下面一家令人失望的房产中介门面毁掉了视觉的享受之旅。

建筑的一层曾是一所妓院,那里曾因店中来自世界各地的美艳女子而名声大噪。然而随后一位来自维内托大区的天主教民主党女士对这一行当口诛笔伐,于是这家妓院和其他风化场所一同倒闭,新的工作地点被挪到了街上。

生活最糟糕的光景不过如此。

无名的突尼斯店主(其实是他从未告诉过我名字)打开门,一股热浪夺门而入。酷暑在我还没有准备好的情况下将我包围,虽然天气炎热,但我还是要继续散步。我起身结账,店主笑眯眯地问我下次什么时候再来。我们又不是情人关系为什么要告诉他,于是我什么也没说就大步走了出去。

气温仍在上升,当我看到比萨店里烤箱中熊熊燃烧的火焰时,觉得这一切都是如此不真实。比萨店的名字是"四十",因为它正好位于这条路的40号。我不认为这样命名是缺乏想象力的表现。我觉得这是一种古老的对数字表示尊重的方式:人类历史的洪流一直都跟随一种听不到但一直在我们身边的频率振动而改变,数字正来源于这种频率的变动。我也在随波逐流,当走到潘菲洛路尽头时,我再次看到被水泥堤坝包围的大河。河堤周围熙熙攘攘,人们在步行道上要时刻小心以防撞到别人。虽然逆人群而行,但我依旧步伐缓慢,并没有打算改变方向。我喜欢观察陌生人的脸,喜欢三五成群大声说笑的年轻人,喜欢步伐轻快行色匆匆的女人,喜欢在夏季也依然优雅的长者,因为男人们在这个炎热的季节穿着随意,恨不得让自己看上去像未开化的野兽。

　　我看到一个美式快餐店门口排着长队,一个大块头男人躺在地上。他有一头金黄色的短发,身着短裤,脚穿橡胶拖鞋。他整个脸红通通的,热得气都喘不上来。几个路人凑过来看他,他们不知道该做些什么来帮助这个男人。最后就只剩下对他的同情,然而男人拒绝这种恶意的同情。几米开外一个体瘦的少年穿着大得不成样子的黑色运动鞋踢着无轨电车的车门,他自认为足够成熟可以为所欲为,所以通过这种行为展现愤怒,然而并没有意识到这种愤怒冒失而轻率。

　　电车司机骂骂咧咧地站了起来,威胁了他两句后又回到了座位上。但是少年并没有要停下来的意思。

　　那个呼吸困难的大块头男人靠在一位先生身上试图站起身来,说着谁也听不懂的语言。我俯下身来帮助他,这时救护车来了。

　　救护车的鸣笛声响彻整条街道。

　　少年踢门踢累了,心中的怒火也暂时熄灭了。他对没有参加这次抗议的同伴表示不屑。大块头男人哭得像个孩子,护士们在人群中拨出一条道。

我继续往前走。

大河咆哮着向前奔流。

布宜诺斯艾利斯大街与圣格里高里奥路的交会处有一盏红绿灯,再往前走,大城市的痕迹就会越来越稀少,取而代之的是一个小镇。战后时期这里曾是裁缝和服饰商的聚居地,他们大部分都是犹太人,那时的米兰人还没有一门心思地要赚大钱。1946年11月,一场大屠杀在这里发生:一个被男人抛弃的女子杀掉了她的情敌和她的三个孩子,其中最小的只有八个月。她的情敌是男人的合法妻子,但由于这位女子无法生育,她被嫉妒冲昏了头脑,冲进男人家去,用一个小铁杆猛击受害人头部,就这样毫不犹豫地夺去了四个人的生命。事件的男主人公叫朱塞佩·里奇迪,他是一位来自卡塔尼亚①的布料商,女人们都十分喜欢他。这位女子在失去了朱塞佩·里奇迪后便犯下这一骇人听闻的罪行。这就是背叛的可耻之处。

当时的各种新闻评论都把她称作"圣格里高里奥路的野兽"。

她的名字是丽娜·福特。同事们说她是一个非常棒的员工。我不由得浑身战栗。

还能再做些什么?

为了爱情。

继续向前走了大概一百来米,我就看到旁边的岔路上伫立着彰显权威但设计刻板的皮莱罗内大楼②。一位自认为是颠覆

---

① 卡塔尼亚:意大利南部西西里的第二大城市,也是卡塔尼亚省的首府。
② 皮莱罗内大楼:伦巴第大区议会所在地,位于米兰中央火车站附近。在1958至1966年间曾是欧盟区最高建筑。

者的作家鲁契亚诺·比安奇阿迪①十分憎恶这座大楼。他从浪漫主义和地方主义视角出发,认为皮莱罗内大楼真的具有某种意义。而憎恨也是爱的一种表现方式。撇去深思熟虑,我只知道这座大楼不再具有任何象征意义。在米兰,其他一些钢筋混凝土大楼已经拔地而起,很快这种建筑就会鳞次栉比。但也许对我而言,它们不具有任何意义。

我继续往前走,直到看到路左边挂着一些粗制滥造的霓虹灯牌,上面打着亲民大超市的广告。

事实上,这个超市看起来就像一个大仓库,里面堆满了各种各样的货物。商品没有摆放顺序,更准确地说应该是摆放有顺序但这种顺序让人无规可循。

橱窗里的人体假模特看起来非常廉价:它们白色的身体上十分肮脏,轮廓粗糙,看起来就是那种用用就扔的产品。它们穿着颜色艳丽的衬衫和短裤,好像在说:你们快来,所有人都可以在这里找到合适的产品,你们这些可怜的穷人也可以。隔壁橱窗里展示着形状各异、色彩斑斓的灯泡,还有夜光竹蜻蜓、橡胶凉鞋、泳衣、成千上万个手机保护壳、电动玩偶、大功率手电筒、毛绒企鹅、吊灯、奇形怪状的打火机、螺丝刀、工具盒、不具实用性的塑料零件和数不清的塑料制品——这些塑料制品多到简直可以替代其余所有材料了。对面有一个售卖饮品和小面包的小木屋,散发着典型烧烤摊的香味,这是一种虽然让人感觉不卫生但是在所有城市都如出一辙的味道。小木屋的旁

---

① 鲁契亚诺·比安奇阿迪(1922—1971):意大利作家、杂文家、记者、翻译家、电视评论家。

边只有外国青年在闲转：南美人、菲律宾人、中国人、阿拉伯人、非洲人和几个眼神凶恶的斯拉夫人。他们都是年轻小伙儿，毕竟今天是节假日。

我继续散着步，这次旅程即将结束。再往前走几步，布宜诺斯艾利斯大街旁的大河就汇入那个荒谬的圆形广场了，所有北边的道路汇入那里。实际上，与其说它是广场，还不如说它是一个十字路口。这个并不环保的十字路口被灯光和沥青包围，在"二战"结束后由房产投机商建成。那时人们可以为所欲为。

它就在这种时代背景下被建成。

我没有见过比这里还要简朴的地方，但它却十分出名。洛雷托广场可以说是恶名昭著。七十年前墨索里尼①、克拉拉·贝塔西②和几名法西斯官员的尸体在这里示众。这些官员在被斩首时仍然表现出对法西斯主义的忠贞，或许这只是一种天真草率的表现。他们被倒吊在一个标准石油③旗下的加油站顶棚上，这个加油站连同这起事件留下的所有痕迹已经不复存在。我想，这样也好，十多年的富足生活足以摧毁任何一段苦难的记忆。可以指出当年悬挂尸体具体地点的人也许屈指可数。那些对尸体吐口水、拳打脚踢的人内心满是愤怒的火焰，他们

---

① 墨索里尼（1883—1945）：出生于意大利费拉拉省，意大利国家法西斯党党魁、法西斯独裁者，第二次世界大战的元凶之一，法西斯主义的创始人。
② 克拉拉·贝塔西（1912—1945）：贝尼托·墨索里尼的情人，1945年4月27日她与墨索里尼一起从意大利北部向瑞士逃亡时，被意大利抵抗运动的共产党游击队俘房，和墨索里尼一起被处决，享年三十三岁。
③ 标准石油：又称美孚，是美国历史中一家实力雄厚的，综合石油生产、提炼、运输与营销的公司。

都是普通大众,他们对任何一段政治时期都充满恐惧。而我相信自己可以指出事件发生的准确地点,我沿着河边走,一直走到河流开阔处。汽车向各个方向飞驰。

我穿过马路。这条路并不宽,只需跑几步就能到另一边。

现在我位于广场中央,有一条水泥环形分隔带将广场中心分隔开来,在分隔带上还长着一丛丛三米高的绿竹。这些本应长在东方却出现在米兰的植物本身就看起来滑稽可笑。

我没有任何情感。

此时缺少一个具有象征意义的事物,它可以是任何一个可以见证此时此刻并具有纪念意义的事物。我现在只是隐约有一种预感,而这并不重要,那个时刻即将来临。

穿过广场,我的旅程结束了。

取而代之的是另一条林荫大道,我终于准备好了。

去邂逅我的爱。

艳　歌

| 张　楚

一

女服务员似乎还想说点什么，单泽不耐烦地摆摆手，她莞尔一笑，这才离开。她穿了条廉价的棕色筒裙。

这家旅馆，位于燕大对面。燕大大概是这个省最好的大学了。这个省，既挨着北京也挨着天津，天生一副丫鬟命，骨子里处处透着谦卑。省会不用说了，只有八十年的历史，看上去像个巨大的、灰头灰脑的农庄，高楼大厦的缝隙穿行着头裹白羊肚手巾的农妇。还好，这座濒海的城市，多少色泽要鲜艳些，除了海水的蓝、沙滩的白和俄式洋房屋顶的红，还有沙滩上数不清的美女——这大概是单泽喜欢这座城市的缘由了。

从生活了二十多年的省会跑到这里已经四年。他的身份很特殊，如果用言语来描述，那就是，他是一个任何时间都有权利邀请公民"喝下午茶"的人。他对目前的工作很满意，虽然他喜欢运动，但一天天、一月月、一年年坐在电脑前，时刻关注着一些"特殊群体"的动向，也没有什么不好。最起码，他有充足的时间在人人网贴一些自拍的照片并以此自娱。当然,那些照片他PS了无数遍,谁也猜不到这个萌翻了无数腐女的时尚小正太其实是个身材魁梧、声音沙哑、一只拳头能把一头藏獒打翻的警察。这是单泽最得意的地方。

他们的单位虽然特殊,可但凡有未婚青年之处必有"红娘"。他们单位的"红娘"便是"水母"。"水母"也是一糙爷们,年龄不大,也算不上小,常年穿件粉红格子衬衫——如果是冬天,里面会套件脏兮兮的保暖内衣。单泽一直怀疑他患有软骨症。这样说一点都不能证明单泽是个不尊重前辈、不尊重领导的孩子,而是事实如此:这个头大如斗、肥肉乱颤的中年男人走起路来时,双手和双脚总是向后轻柔地摆动,犹如潜水员戴着鸭蹼在水底缓慢而忧伤地捕捞鲍鱼。"水母"先后给单泽介绍了三位女孩。这三位女孩除了都比单泽大三两岁外,再没相同之处:一个眼睛有些轻微斜视,盯着人时总要不经意散射出蔑视的神态;一个走起路来就像是"水母"的妹妹;还有一个,貌似网络红人"凤姐",见面当晚就想跟单泽回家。单泽哀伤地意识到,"水母"其实是剩女们的上帝,总是迫不及待地要将这些孤独的老天使发糖果般分发出去。

这个叫米露的姑娘,也是"水母"介绍的。

第一次见面他去晚了,他刚结扎了件棘手的事。到达茶馆时,他远远看到"水母"正背对他跟一位中年妇女聊天。那个面目模糊的女人有头蓬松的、乌黑的头发,这让单泽有种错觉,仿佛女人的身体跟空气没有了界限,随时都会被吸入到一个黑洞里,而他在朝他们行走的过程中,女人的轮廓却越来越明亮,从看清她的黑沉沉的眼袋到看清她眼角被脂粉涂盖的皱纹,他的心情才豁然起来。他跟"水母"打了招呼,又跟女人握手。当他眼光游离时才发现,中年妇女身边坐着个瘦女孩。他很惊讶刚才走进来时竟没有瞅到她。也许,是恰巧她头上的灯光太暗,抑或是,她母亲庞大的身坯将本就瘦弱的她挤成一张可有可无的影子。

"你好,我是米露。"她欠起身,朝单泽点了点头。她那么羞怯,仿佛一只刚从洞口探出头颅的鼹鼠。她的眼睛很大,她的鼻子尖上有一颗黑芝麻粒般大小的黑痣,她的脖子像天鹅的脖子般纤细嫩滑。单泽刹那间觉得有点……隐隐的心疼。他不禁朝她咧嘴笑了笑。他知道自己的牙齿很白。

那顿下午茶,基本上是例行公事的下午茶。米露的母亲肯定不是第一次带女儿相亲,她的问题至少演习过多次,有种无可抑制的、略显疲惫的惯性。比如她问了单泽的家庭情况,父母的职业啊,年龄啊,家庭成员啊,他是哪里毕业的啊……单泽盯着这个中年妇女一一作答。后来他不等她再问询就主动说下去,他觉得这样会让这个眼神如秃鹫的女人歇息会儿。说实话,她干燥、浓重的鼻音让他有种被审讯的感觉。他说,他上班时间不长,只有四年;他说,他在北区买了一处楼房,还没装修,不过面积不大,只有九十平米;他说,他的工资不高,如果不算奖金,只有三千多块……在他平静地介绍自己时,留意到女人的眼神越来越冷淡,有那么片刻,她甚至有些走神,呆呆地凝望着黄色桌布上的一块铜钱大的油渍。她那头蓬松的头发上栖了只苍蝇。单泽看到那只苍蝇安静地舔着毛茸茸的纤腿,仿佛对这场无聊的对话也厌倦了。

"时间不早,我们先回去了,"女人白了女儿一眼,"你晚上瑜伽馆不是还有课吗?"

单泽刚刚知道米露除了白天在东区的街道办事处上班,晚上还在一家瑜伽馆当教练。

"水母"瞥了单泽一眼,单泽就犹豫着说:"阿姨,我送送你们吧。"

"不用了,"女人说,"我们自己开车来的。"

女人的语气有些意料中的生硬。单泽知道这次相亲又泡汤了。他扭头去看缩在女人身后的米露。米露只是垂着头。这是一次奇怪的相亲,他只听到这个女孩说了一句话。单泽甚至怀疑"水母"给他介绍了个漂亮的哑巴。女人也没有跟单泽要电话号码。其实按照惯例,如果双方有意,擅长察言观色的媒人会委婉地提醒双方互留联系方式。

单泽在洗手间洗了把脸,然后看着镜子中的男人。男人身形挺拔双肩宽厚,长了对桃花眼。他搞不清为何没有中意的女人肯嫁给他。

在胡同口倒车时,一辆红色轿车从他那辆Q7旁缓缓蹭了过去,他瞅到"水母"正开着车窗抽烟,就摇下玻璃按了按喇叭。"水母"见到他似乎有些吃惊,朝他软软地摆了摆手。这辆车他从来没开过,上班时他只骑自行车。

十五分钟后,他接到"水母"的电话。"水母"说话的声音也是绵软的、透明的,随时都会被风吹走。他说,米露的母亲对他很满意,希望他跟米露先处段时间,待会儿就把米露的手机号发过来。"好好把握机会啊,""水母"叮嘱道,"别忘了过年的时候给我买条猪背腿!"

二

  他们第一次单独约会是两天后。他一直盼望着米露主动给他打电话。他知道这有点难。这该不是她的性格。他在电话里跟米露说，如果有空，晚上去海边走走吧。米露犹豫片刻方才诺诺道，她晚上还有一堂瑜伽课，可能要晚点儿。他柔声说道："没关系，多晚我都等你。"

  那天晚上，他们在海边走了很久。虽然是春末，空气还是有点凉，他把衬衣脱下披到她肩上。他们也没怎么说话，仿佛散步的目的只是为了验证双方都是沉默寡言的人。后来他看到她把衬衣抻下，搭在秋藕般的胳膊上。那件白色衬衣就随着缓慢的脚步不停随海风摆动，在黑漆的海边夜晚，仿佛他不是跟女孩散步，而是跟一件散发着自己体味的衬衣散步。这让他有点憋闷。还好，他们终于在沙滩上坐了下来。沙粒也是凉的，他就把那件衬衣铺在上面。米露想了想坐在了衬衣上。她裹了条黑色吊带裙，犹如一尾刚从深海钻出的鳗鱼，浑身散发着蓬松的、湿漉漉的腥气。这气味让单泽不禁伸出臂膀去揽她的腰。米露没有动，过了片刻才把单泽的手静静挪开。单泽就自责起来，点了根香烟闷闷问道："你……处过男朋友吗？"

  米露没有回答他，沉默半晌才用细弱的、犹如烟头般明灭的嗓音反问道："你第一个女朋友……是做什么的？"她的声音里听不出好奇的成分，仿佛这样问，只是让他们看起来更像是约会的情人。

  第一个女友？单泽皱了皱眉头，眼前就晃荡起红酒推销员来。红酒推销员长了对丹凤眼,是单泽同事的高中同学,经常来他们宿舍玩扑克。这是个东北姑娘,跟大多数东北人一样能说会道,三两句话说完仿佛已是几辈子的交情。她时常带些廉价的红酒、热腾腾的麻辣烫、隔夜的蒜蓉牡蛎过来,招呼他们几个单身汉一起猜拳喝酒,很有些御姐范儿。后来,她私底下单独约单泽出来几趟。本来单泽以为推销员对同事有意思,这样看来自己才是她的菜,心下竟生出几分暗喜。他们第一次做爱是在她家附近的胡同里。他喝了点酒,喝了点酒的他吻了她,吻着吻着两人就跌跌撞撞着倒进路旁的灌木丛。那是单泽第一次进入女人的身体。和想象中没什么不同,唯一和自渎不同的是,耳畔响动着推销员的叫声、身底下花荆挣扎的"噼啪"声以及灌木丛外匆匆行走的路人的脚步声。他确信这不是推销员的第一次,她的叫声跟日本AV女优的叫声如出一辙,甜蜜中掺杂着表演的成分。当子弹射出,他死死顶住推销员肥厚绵软的小腹,双手则掐住她粗壮的、血管汹涌的脖颈,仿佛这样做不是因为痉挛时略带羞耻的快感,而是因为被女人肉体初次淹没时莫名衍生出的沮丧和哀伤……他仓皇地提上裤子,发现胳膊上粘着粒黏糊糊的口香糖。口香糖布满了不规则的牙痕,几只黑头蚂蚁在上面艰难爬动……

那是他们第一次做爱,也是他们最后一次做爱。推销员后来找过他几次,带了昂贵的法国葡萄酒、烤鱿鱼和飞利浦电动剃须刀。不过单泽再没吃过她带来的食物。她跟他的同事们喧嚷着打扑克牌,喝酒,玩骰子,眼神禁不住朝他这厢瞅。他只装作没看见,照旧玩网络游戏。他不觉得欠她什么。让他意外的是,三个星期后,推销员和他的同事结婚了。单泽没有去参加他们的婚礼。他想,推销员其实早跟同事有一腿,他不过是这个女人的饭后甜点。这样想时,火星般迸溅的内疚感也就彻底熄灭了。

"我的第一个女朋友?哦,她是个喜欢喝红酒的酒鬼,"他郑重地对米露说,"她现在住在戒酒中心。"他对自己的回答有些吃惊。他搞不清干吗这样说。推销员生了孩子,是双胞胎。有时她用一辆画着灰太狼的摇篮车推着婴儿到单位等同事下班。他们再也没说过一句话,仿佛他们从来就是陌生人。

"哦。"米露用沙粒缓缓覆盖住自己的脚趾,没说什么。单泽再次闻到了从她身上漫溢出来的犹如催情剂般的腥气。

三

"你好,需要热水吗?"女服务员又进来了。

"不用。"单泽说,"没什么事的话,别再打扰我了。"

"好的,先生。"女服务员讪笑着关上门。她的眼角有块金鱼尾般大小的胎记,可这并不妨碍她笑起来很美。他从猫眼里往外张望。服务员在按对面客房的门铃,一会儿出来个光膀子、脖子拴着粗金链的胖子。他们小声嘀咕着什么,然后服务员进了房间。

他倚靠住房门,叹息一声。

他在等米露。

他当然是在等米露。

第一次在海边,他们什么都没做。当然,第二次、第三次、第四次,他们无论是在咖啡屋、在KTV,还是在野外,他们同样什么都没做。对于这个惜字如金的女友,单泽很满意。他觉得,现在这样的女孩子真是不好找了。他的第二个女朋友,是在一次聚会上碰到的。这是个二十七八岁的女人,据说是家酒店的前台经理。他们的事很简单,喝多了,就开了房。那天,单泽跟这个胸部丰满的女人做了好几次。最后一次他忍不住射在她的乳房上,看着稀薄的、淡黄色的牛奶从她暗红色的樱桃头上滴答下来,他恍惚了。女人轻快地拍了拍他的屁股,小声嘟囔句什么,是小色鬼还是小色狼?他无暇去听。后来他跳下床,径自拉开厚厚的窗帘。天已蒙蒙亮,他看到依稀的光芒透过蒙尘的玻璃窗照在自己汗涔涔的小腹上。他觉得一切都肮脏透顶,似乎是为了让这种不洁感更彻底,他在女人洗澡时再次搞了她……她后来找过他几次。她似乎是喜欢上这个比种马还强壮的小警察了。

　　有一次吃"海底捞",她窸窸窣窣从包里掏出个精致的盒子递给他。他打开,是块浪琴手表。他跟她提过,他最喜欢的就是这款军旗系列的机械男表,只不过价格不菲,一万八一块。他犹豫了半响,笑了笑,还给她。女人的眼泪忽就流出来。那是顿沉闷的、荒诞的,甚而有些忧伤的晚餐,他拒绝了女人,并因了这拒绝,在后面的时间里他极力寻找些滑稽、松散的话题,仿佛唯有如此,才能让他内心的不安减轻些。当然,女人不是简单的女人,她听着他讲那些明星花边新闻,不时笑上一笑。晚餐结束时,她直起身,盯看单泽几秒,然后面无表情地将那块手表随手扔进滚烫的浓汤。单泽惊叫着用筷子把表捞起来。表链上挂着几条暗红的肥牛、绿色的海带丝和一块孤独的羊睾丸。

米露不是那种情感和性事丰富得如同矿藏的女人。她总是处于一种心不在焉的状态。有时候单泽想,这样单纯的女孩,还未真正进入这个淫荡、势利、单只表层涂抹了一层蜂蜜的世界,或者说,也许她一辈子都不会进入这个世界。她像另外一个平行世界里的观察者,孤单地、惶恐地凝望着这蓝色星球——哪怕就连这种凝望,也是心不在焉的。

有一次他们去商场,碰到了单泽的第三个女友。说是女友其实也不合适,用N夜情来形容或许更恰当。那是值夜班无聊时单泽用"陌陌"联系上的。是个十九岁的大学生,比米露还小两岁。他们上过三次床。第三次上床时他就爱上她了。在单泽看来,她是个有品位的女孩。每次上床,都会在白色床单上撒满猩红色的玫瑰花瓣。做爱前,她通常会给他朗读几段杜拉斯的小说,她总是说,她希望自己七十岁时,还能有无数的老男人和年轻男人为她痴狂。单泽印象最深的是每次离开旅馆,她会细心整理一下他的衣领,然后往他腋下喷一两滴古龙水。那段时间单泽老有种奇怪的错觉:他其实已经跟这个喜欢读小说的女孩结婚了。当他忍不住把这个想法告诉她时,她皱着眉头问,"你什么意思?"单泽小心翼翼地说:"我们……我们……我们谈恋爱吧。"女孩没有吭声,拎起包就走了。单泽再次打电话,那个让他面红耳赤的号码已是空号。他为此喝过几顿闷酒,吐得马桶一片狼藉。

他没有想到会在商场里碰到她。她还是老样子,梳着马尾辫,涂着青灰眼影。见到单泽时小跑过来一把抱住他,仿佛他们是在异国他乡邂逅的情侣。单泽当时有点尴尬,他是怀着怎样的心情推开她的?他又是以怎样的口吻来介绍身边的两个女孩的呢？他已然忘记。他只记得米露伸出手淡淡说了句"你好。"女孩没有握米露的手，而是把单泽拉到一边问长问短。单泽觉得这个世界真是荒谬，他为她要死要活时，她像沙粒飞进撒哈拉沙漠，当他把她遗忘时，她却如彩虹悬在夜空。他支支吾吾应了几句把她打发走，然后惴惴不安地去瞅米露。米露点点头，什么都没说，什么都没问，好像刚才的一切都是幻影。单泽本想解释什么，可话到嘴边又咽了回去。他是彻底想通了，这个叫米露的女孩，就是花瓣上的一颗露珠。在她的世界里永远不会有日光，她不会蒸发，也不会因光明或暗黑而痛楚……这么想时，他不清楚自己是该庆幸呢，还是该懊悔……

米露怎么还不来？她到底去干什么了？走廊里隐隐传来高跟鞋声。他不禁扒着猫眼朝外观看。是那个女服务员从胖子房间出来了。她站在门口，在幽暗的光线下低头数钱。她数了两遍，俯身把一沓钱币麻利地塞进长筒袜，然后直起腰身，挺着胸脯消失在走廊里。

四

那天单泽在网上碰到叫"管家婆"的网友时，突然想起她也在街道办事处上班，只不过是在西区。这个是超级电影迷，也是梅丽尔·斯特里普的超级粉丝。值夜班时单泽会跟她要个电影单子，然后按着单子整宿整宿地看电影。他跟"管家婆"见过面，还吃过几次不咸不淡的午餐。如果不是"管家婆"臃肿的身材委实让单泽难以释怀，没准两人也会发生点什么。"管家婆"是那种刀子嘴豆腐心的女孩，仿佛身上多余的赘肉让她的内心更柔软。他假装有一搭没一搭地问她,"你还在原来的单位上班吗?""管家婆"说:"像我这样的货色,还能到哪儿跑场子啊?"单泽问,"你认识一个叫米露的人吗?跟你一个系统。"

"管家婆"沉默了会儿,说:"当然认识。东区的米露嘛。"

单泽就问:"她这个人……怎么样呢?"

"管家婆"又沉默了会儿,问道:"干吗问这些?"

单泽呵呵笑着说:"有人给我介绍对象。见了几面,感觉还不错。"

"管家婆"就不说话了。单泽的好奇心上来,说:"咱们哥们儿心连心,打断鸡巴连着筋,有啥不能说的?"

"管家婆"嗯嗯啊啊着:"你……你想听真话吗?"

单泽说:"除了独裁者,世界上有谁愿意听假话?"

"管家婆"这才嗫嚅道:"你……愿意……娶……一辆公共汽车吗?"

事后单泽想起那晚的谈话,仍感觉到一种绞痛。他毋宁把"管家婆"的话当成是因忌妒而下意识的诽谤。他想起米露细长的天鹅般的脖颈,想起她鼻子上可爱的痣,心里就更难受。如果她是个正经人,为何"管家婆"这般污蔑她?可她如果不是正经人,为何"水母"会把她介绍给自己?

"我把你当哥们,就实话实说吧,""管家婆"后来说,"她经常跟男人开房……去年,跟一个手机店的老板在旅馆里住了一个月,做爱又不戴套子,就怀孕了。跟人家要了二十万,你没看到她那辆红色的轿车吗?就是用这钱买的。"

后来"管家婆"还说了什么,单泽完全听不进去了。他挂了电话,愣愣地盯着墙壁上的合影。那是他跟米露爬山时照的。

米露半倚着他的肩膀,他的手抖抖索索地搂着她的腰。他眼里燃烧的火焰似乎要从照片里烧出来,而米露犹如清潭般的眼,什么东西都看不到。他想起他们初次见面时,从茶馆里出来,米露的母亲也没有跟自己要号码。要号码是她看到自己开Q7之后的事。也许当时她只把他当成一个长相不错的小警察,并没想让米露跟自己交往……

"这个米露,不该去教瑜伽,应该当演员,""管家婆"说,"她的演技跟梅丽尔·斯特里普有一拼,"她振振有词地总结道:"谁要是演她的情人,真的会爱上她。谁要是演她的情敌,就会恨她。这话不是我说的,是导演西德尼·波拉克说梅姐的。"

那天晚上,单泽去瑜伽馆接米露。他没有像往常一样在大门口等她,而是从后门悄悄溜进教室。米露穿了件芭蕾舞演员才穿的紧身白衣,正在教学生站立拉弓式。她右腿直立、左腿跟右腿劈成生硬的平角,右臂则近乎热望地探展出去……单泽觉得她就是一朵正在绽放的、冷清的水仙。他的泪水莫名地流下来。这是他第一次为女人流眼泪。他注视着那些身材肥胖的中年妇女脸色通红地跟着米露做动作,眼泪就流得更汹涌。他承认自己不是个好男人,可他不愿意承认米露不是个好女人。如果"管家婆"说的是事实,又怎样?谁没有不堪的过去?他仿佛听到自己的心脏被一刀一刀剐成碎片的声音。

她见到他时有些吃惊。他不顾那些中年闲妇的眼光,径直把她抱在了自己怀里,下颌抵住她消瘦的肩,用力呼吸着她身上淡淡的汗味儿。她良久才推开他,细声细语地问道:"你怎么了?嗯?"单泽没吭声,拉着她的手上了车。

那晚他们去海边餐厅吃的海鲜。他点了一只龙虾、一份鱼翅和一瓶红酒。从头到尾两个人都没怎么说话。有几次她似乎留意到单泽以一种异样的眼光凝望着她,她也没有抬头,只是小口小口地喝粥。她单薄、高挑的身体笼罩在奶黄色光晕里,像是位正在吃圣餐的虔诚修女。单泽愣愣地想,自己到底喜欢她什么?他妄图从她脸上看出点什么来,然而他也知道,一切将一无所获。他想着她跟别人在床上淫荡的样子,牙齿都要咬碎,可他却听到自己用近乎肉麻的、温柔的声音问道:"你吃好了吗?我送你回家。"

夜晚他躺在床上,怎么都睡不着。她从没细问过他的生活,比如他具体的工作,比如他有哪些狐朋狗友,比如,他那辆与他的身份并不匹配的黑色Q7。说实话,正是因为这辆车,第四个女友才跟他分手。上班前两年是他职业生涯中最灰颓的日子。一个年轻人混在一帮老特务中间,肯定是被踩得最厉害的主儿。评先没他的份儿,入党没他的份儿,重要任务没他的份儿。他当了四十年交警的父亲咬咬牙,贷款给他买了这辆价值一百万的车。俗话说人靠衣装佛靠金装。车就停在宿舍楼下,他几乎没动过。谁都不知道那辆车是他的。偶一次,上司"老狐狸"见他洗车,下巴都掉下来了,日后竟对他亲近许多。于是他渐渐明白,这个世界,钱是所有人的信仰,无论男女老幼,无论草芥达人。

第四任是位大学音乐老师。她跟他同居了两个月后,大抵知道他的一些底细,晓得他父母都是平常的公务员,家里又没什么买卖,平日里单泽花钱也是很细的,就盘问他车的事。他直说了。音乐老师彻夜未眠,翌日跟他说:"我不想跟一个爱慕虚荣的男人过一辈子,我们分手吧……"事后他想,音乐老师离开他,不是因为他的虚荣心,恰恰相反,而是因为她的虚荣心。米露从来不问这些俗世中的问题,她跟他在一起,就是因为,她已经跟他在一起。他还有什么不满足的?话说回来,他自己不也挺乱吗?只要她日后跟他安稳过日子,谁在乎谁到底睡过多少人?

五

第二天到了单位,脑袋昏沉沉的,无聊地上网刷看帖子。猛然间怎么就想起单位那个神秘的系统。那个系统是个巨大的搜索引擎,全国联网,只需输入一个人的身份证号,这个人所有的信息就会一览无遗:譬如他的银行账号、他的婚史、他的酒店住房记录……他的手心先就冒了层汗。当单泽哆嗦着把米露的号码输入后,紧紧阖上了双眼。后来,他逼迫自己睁开眼,一行一行地细细浏览:

  蓝枫酒店　2011年11月23日　12:30—2:25
  蓝枫酒店　2011年12月24日　22:18—13:56
  蓝枫酒店　2012年2月14日 23:22—2月15日 6:45
  ……

米露近半年时间在同一家酒店开了九次房。

这家蓝枫酒店是海景房,就在燕大对面,男人们都喜欢带女学生去那儿。平日里火爆得很,是要提前预订的。"打黄扫非"期间,单泽曾被市局抽调到检查组,例行公事地查过这家酒店。能查出什么屌问题？听说,这家酒店的幕后老板就是市公安局的某个副局长。

单泽边看边不停哆嗦,他发现,就在他跟米露交往之后,她还开过一次房,而且是留宿。

如此看来,米露不过是个暗娼罢了,没准她的母亲也知道。一方面她带着女儿四处相亲,希望钓到金龟婿,另一方面带着女儿四处接活儿,赚些不菲的皮肉钱。那么,自己对米露来说,只不过是可有可无的选择了。她那么安静,是因为她其实对他一点兴趣都没有,或者说,她拿不准他的底细,她在像观察显微镜下的细菌一样观察自己。他站起来,对着墙壁就是一阵猛踢,对面办公的"老狐狸"瞥他一眼,一声都没吭。之后他去了趟洗手间,回来时"老狐狸"盯看他半天,才慢慢悠悠地说:"单泽啊,你的车库门没关。"

单泽朝"老狐狸"皮笑肉不笑地咧了咧嘴,拉上拉链,然后给米露打电话。电话拨通后很久都没吭声。他只听到自己急促的、没有任何规律的喘气声。

"有事吗?"米露轻声说道,"我快忙死了。"

"没事……"

"没事我先挂了啊。"

"好。"

"你真没事?"

"嗯。"

也许她真的很忙,忙着接待客人。这么想时单泽听到自己冷哼一声。他起身站到窗户前,看着不远处蓝色的大海,海滩上的俄罗斯游客,以及低低掠过海面的海鸥。他想,分手就分手吧,婊子无情是真的。只不过分手之前,他想搞她一次。

那天晚上,他把宿舍的哥们支走,邀请米露来宿舍吃饭。他煮了清水排骨,又炖了几条海杂鱼,还特意煮了百合糯米粥。米露肠胃不好,最喜欢喝粥了。米露七点钟才到,两个人就面对面坐了,安静地吃饭。那天晚上米露话有点多,她有些兴奋地给他讲述他们单位彩排的趣事。"六一儿童节"就要到了,他们要组织一台晚会。单泽盯着她稍稍扬起的细眉,盯着她弯成半月的眼,内心就漾起一股暖暖的热流。"你吃得真慢啊,喏,来块大的。"米露给他夹了一块肥瘦相间的排骨,手忙脚乱地塞进他碗里,"你今天怎么了啊?一句话都不说,"她伸出食指,揩掉他嘴角的一粒米饭,"跟小孩子们在一起,真快乐。"她定定地凝望着他,仿佛他就是她的儿子一般。

单泽心头的愤恨和欲望消散在排骨汤浓郁的气味里。他叹息了一声,给米露夹了一条鲋鱼。他知道她最喜欢吃鲋鱼的眼睛。

此后几天,单泽感到一种近乎疲惫的绝望。他搞不清到底和米露是继续呢,还是分手呢。这个问题纠缠着他,逼迫他不停地从正反两方面来辩论,然而结果就是,犹如一枚镍币的正反两面,无所谓对,也无所谓错。就这样过了几天,其间还和米露不咸不淡地看了一场电影。

那天他闷闷地再次打开那个网络,鬼使神差地输入了米露的号码,开始百无聊赖地喝茶。还未来得及喝第二口,他就看到一条最新的开房记录:

蓝枫酒店　2012年5月28日　10:22

他看了看手表,五月二十八日,又看了看时间,十点三十一分。也就是说,在九分钟之前,米露刚刚开了房。

他大口大口呼吸着,感觉就要晕倒过去。后来他好歹镇定下来,跟"老狐狸"请了个假,然后打了辆出租车直奔酒店。在途中,出租车司机不停地用对讲机跟同行讨论一起新近发生的抢劫案,他语速奇快又有些卷舌,仿佛一只鹦鹉在不停饶舌。单泽听到有人大喝一声:"闭嘴!傻×!闭嘴!"声音就来自他沙哑粗壮的嗓门,他竟丝毫没有察觉。

六

前台的服务员是个小伙子。他绷着脸对单泽说:"你可以直接去408房间敲门,也可以打房间电话,我们怎么能随便给你开门呢?客人会投诉我们的。"单泽就掏出了工作证晃了晃,压着嗓子说:"你听好了,我正在执行一项紧急任务,希望你能好好配合。"他蓦然想起了那个著名的英国间谍,也时常这样轻描淡写地对别人说:"嗨,我是詹姆斯·邦德。"只不过007在拯救世界,那么他呢?他在拯救什么?

小伙子神态立马就变了,殷勤地说:"没问题,没问题。"这时旁边有个姑娘对小伙子耳语一番,小伙子频频点头,然后悄声对单泽说:"这个房间的客人刚开完房又出去了,你是在大厅里等她,还是去房间等?"单泽趴在他耳畔说:"我先去客房好了。不过她回来的时候,千万别告诉她房间有人。这项任务关系到酒店所有人的安危,你知我知天知地知。你好自为之。"小伙子的脸抽搐起来，颤抖着说："是恐怖分子吗？是恐怖分子吗？"

这个房间位置不错，三面都能看到大海。单泽眺望着海与天的交界线，不晓得自己是不是疯了。他要印证什么？还是要亲自摧毁什么？他要像蹩脚的警匪片里演的那样，藏在床底或者橱柜里捉奸吗？他冷哼一声，一屁股坐在藤椅里，呆呆注视着席梦思双人床上粉红的床单。床单上印着大朵大朵绯红的玫瑰，让他的喉间不禁有些燥热。

米露还没有来，她出去做什么了？买安全套吗？他留意到茶几上的盒子是空的。一般来讲，里面会摆满印度神油和各种水果味道的超薄杜蕾斯或杰士邦。

他走来走去，其间那个女服务员来过两次。他大抵知晓她是做什么的了。她们这些人，总是习惯把小费藏在长筒丝袜里。他本来想让她帮忙把中央空调调低些——他已经汗流浃背，可是想想又作罢，自己调了调温度。仍然是热。当他在洗手间里不停洗脸时，他想，干脆洗个澡罢了。他把浴缸注满温水，然后脱光衣裤踏了进去。他自嘲地想，这是多奇妙的景象，当他的现任女友即将跟别的男人上床前，他却在他们偷情的房间里泡澡。他们做爱前肯定要洗漱，然后，他们会发现偌大的、洁白的、浮动着彩虹般泡沫的浴缸里，一具黝黑的、健壮的身体在随时等待他们的光临。接下去会发生什么？他苦笑一声，点上根香烟，读起摆在手边的广告杂志。广告上全是长腿车模，她们的身材都没有米露好。想着想着，单泽的身体倏尔有了反应。这反应不是一般的强烈，他甚至有一种想在水里自慰的感觉。

当门铃声再次聒噪响起，他没有丝毫理会。门铃一直响了很久,他才不情愿地从浴缸里爬出,三五下围好浴巾去开门。仍是那个女服务员。她有些羞赧地看着他说:"这个房间的一次性用品,毛巾啊,浴巾啊,洗发水啊什么的,都还没有来得及更换。需要换一下吗?"单泽下意识地去瞅围在腰里的浴巾。他这才发现,上面有一圈黄色的、凝固的精斑。他有些厌恶地用手掸了掸——也许浴巾没有裹好,也许是他气力过大,总之,浴巾突然从他腰上掉了下去。

片刻间单泽的脸腾红起来。他下身那杆旗硬硬地挺立着,仿佛随时上战场的样子。他慌乱着蹲下去捡浴巾,当他直起腰身重新围好时,他发觉女服务员仍愣愣地瞅着他的裆部。后来的一切是怎么发生的呢?为什么会发生呢?也许是女服务员身上的香水刺激了他的欲望?抑或是女服务员好奇而探询的眼神让他误解了她的意思?当单泽将女服务员拽过来时,她只象征性地挣了两挣,然后就软软地瘫在他怀里。

他一把将她抱起,三步并作两步跨到席梦思前,将她重重地扔到粉红色床单上。女人"哎呀"了声,似乎想爬起来,然而单泽没有给她任何机会,直接就将她那条棕色筒裙扯下来。她没穿内裤。他咬着牙狠狠骂了声"婊子",之后硬挺挺刺了进去。女人在身下不安地蠕动起来,同时尖叫着"放开我!放开我!你干什么!"单泽一只手捂紧她猩红的嘴巴……女人的身体光滑湿润,他如一条饥饿的疯狗大力扭动着腰腹……后来他听到女人嘤嘤的哭泣声,没有声息的哭泣声。他看到一滴眼泪从她眼角瞬间滚出,顺着金鱼尾般的胎记滑到枕上,他就厉声喊道:"装什么装!我知道你是卖的,你们都是卖的!你们!你们都是贱货!"女人的眼泪泉眼般涌流,身体更绵软了。

后来,当她睁开眼死死盯着他时,他的一滴泪珠"吧嗒"一声掉在了她的左脸颊上。最后的痉挛来临时,单泽紧紧环住女人纤细无骨的腰肢,将头拱进她散发着薄荷味道的长发。他感到一些体液正顺着女人的下身汩汩流出,不禁伸手摸了摸,又在舌头上舔了舔。也就在这时,他听到用门卡开门的轻微的"刺啦"声。他并没抽身,仍将女人紧紧裹在身下。他清晰地意识到,如果没有猜错,属于他自己的、真正的黑夜就要来临了。这一刻,对他来说,既是无上的耻辱,也是无上的荣光。

2016年9月19日,唐山

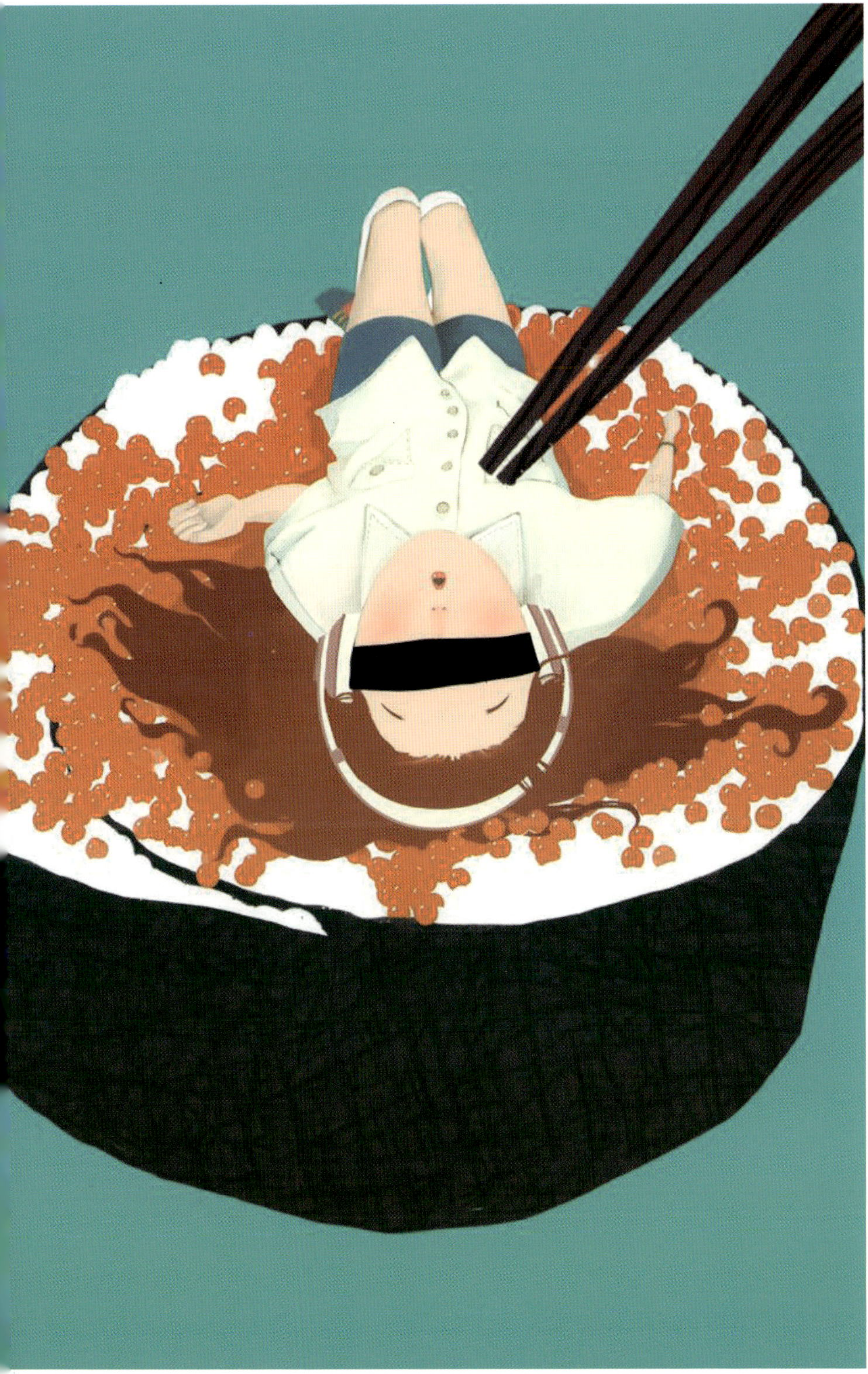

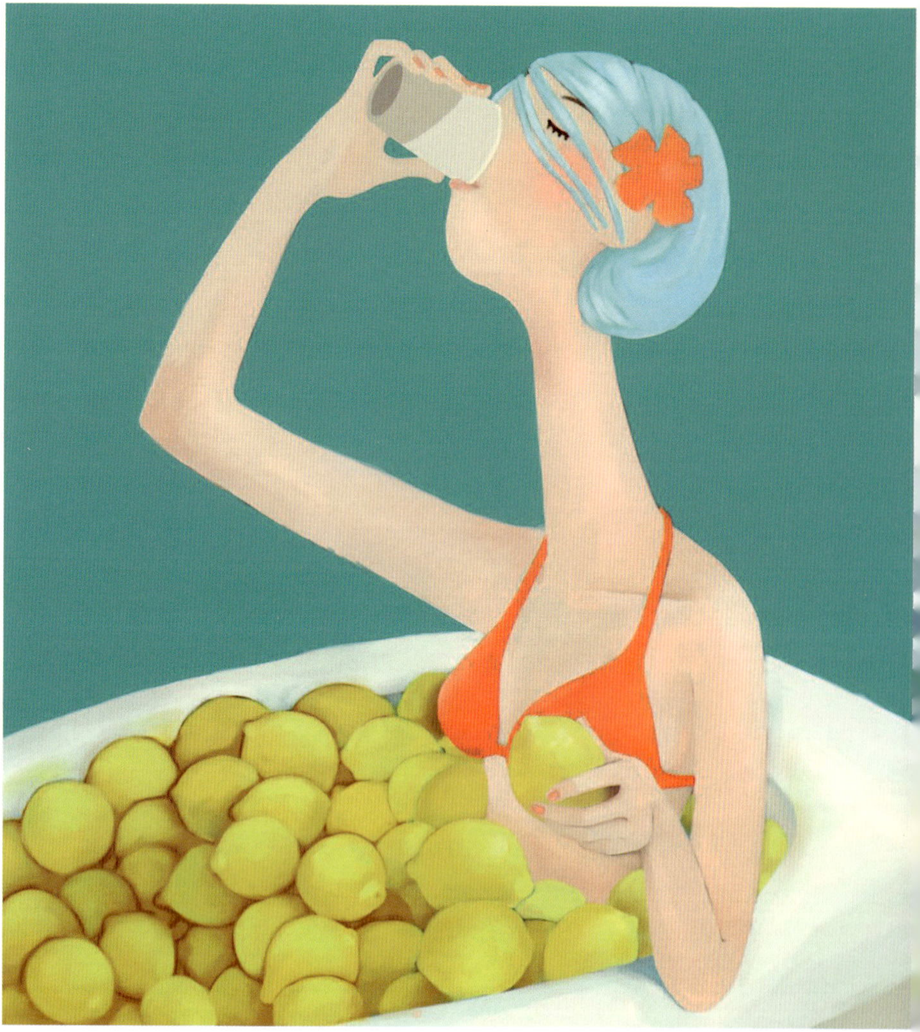

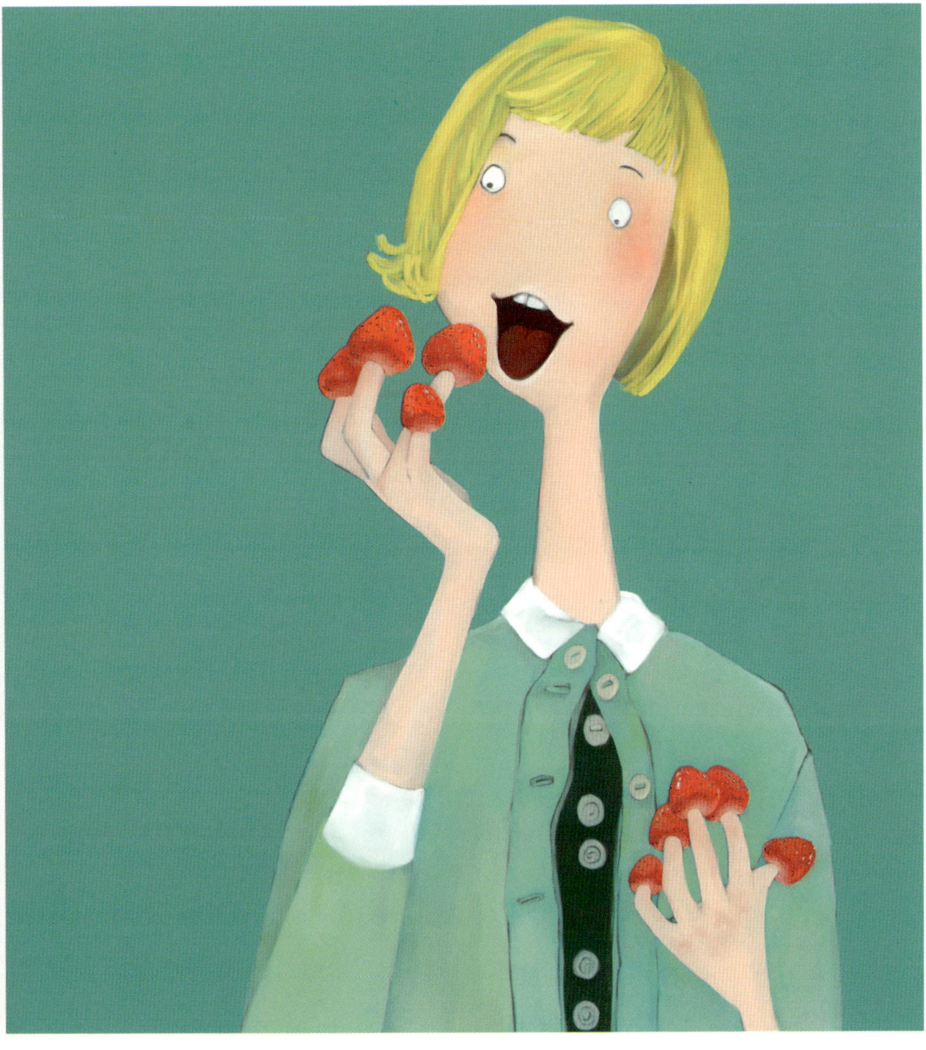

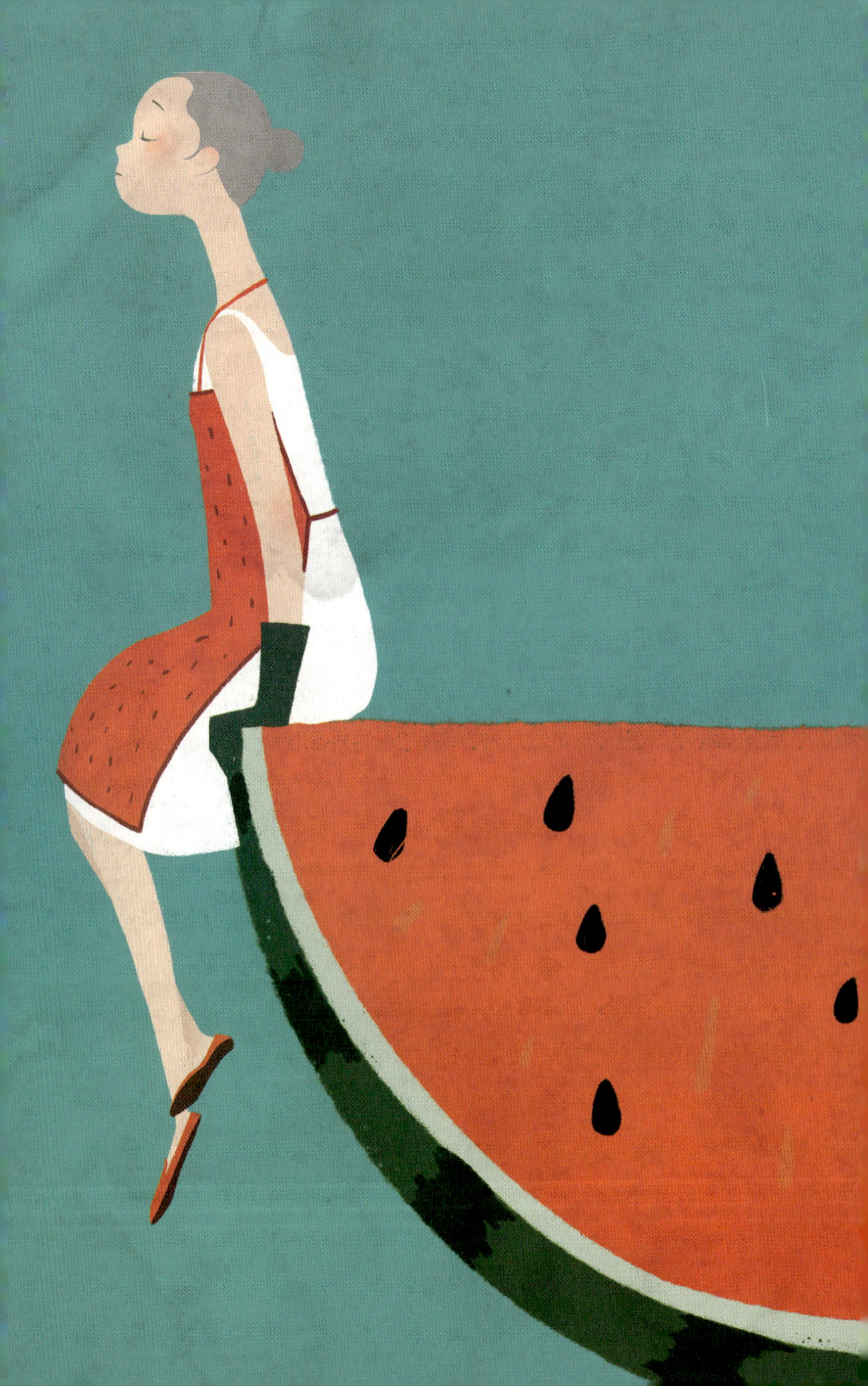

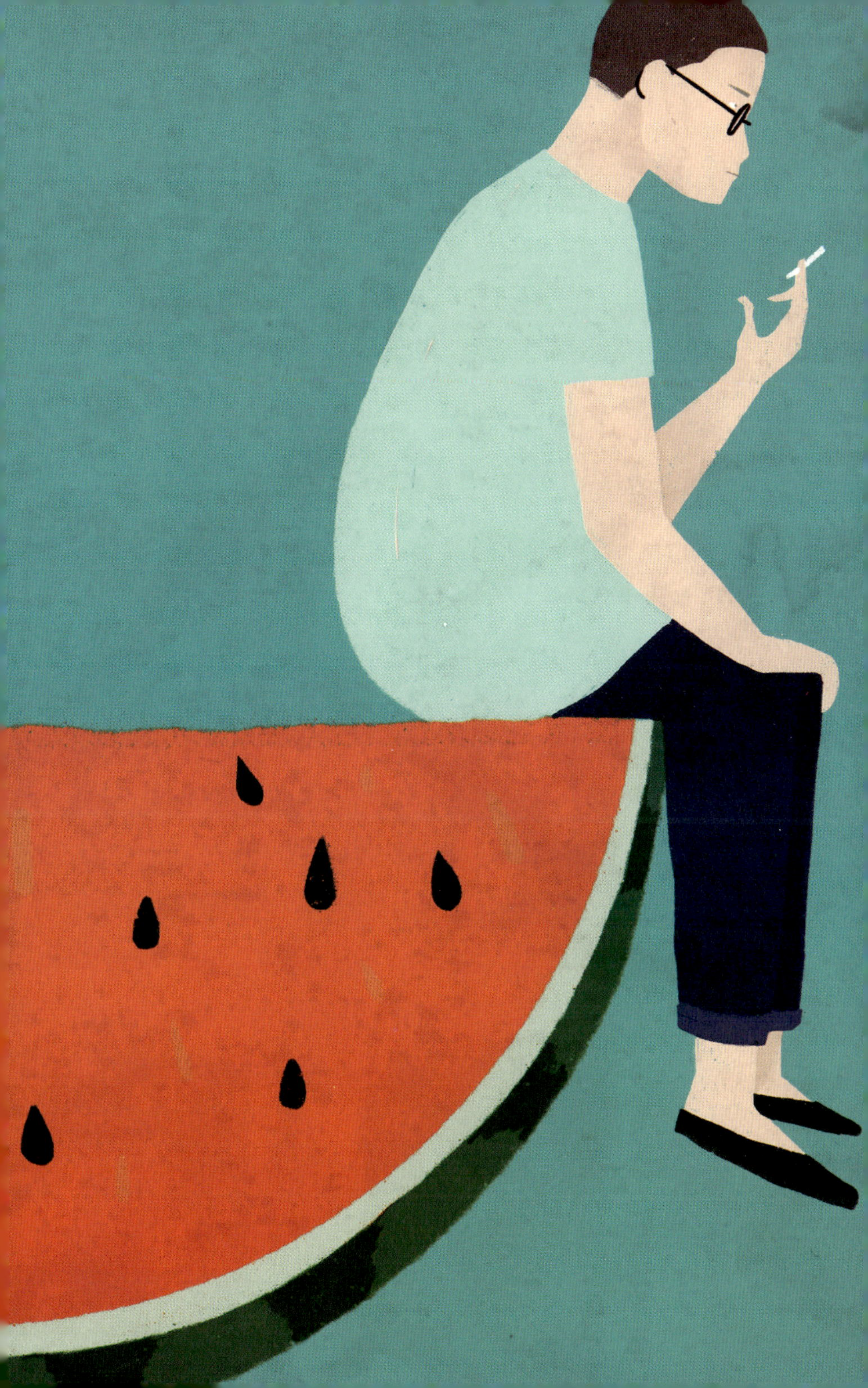

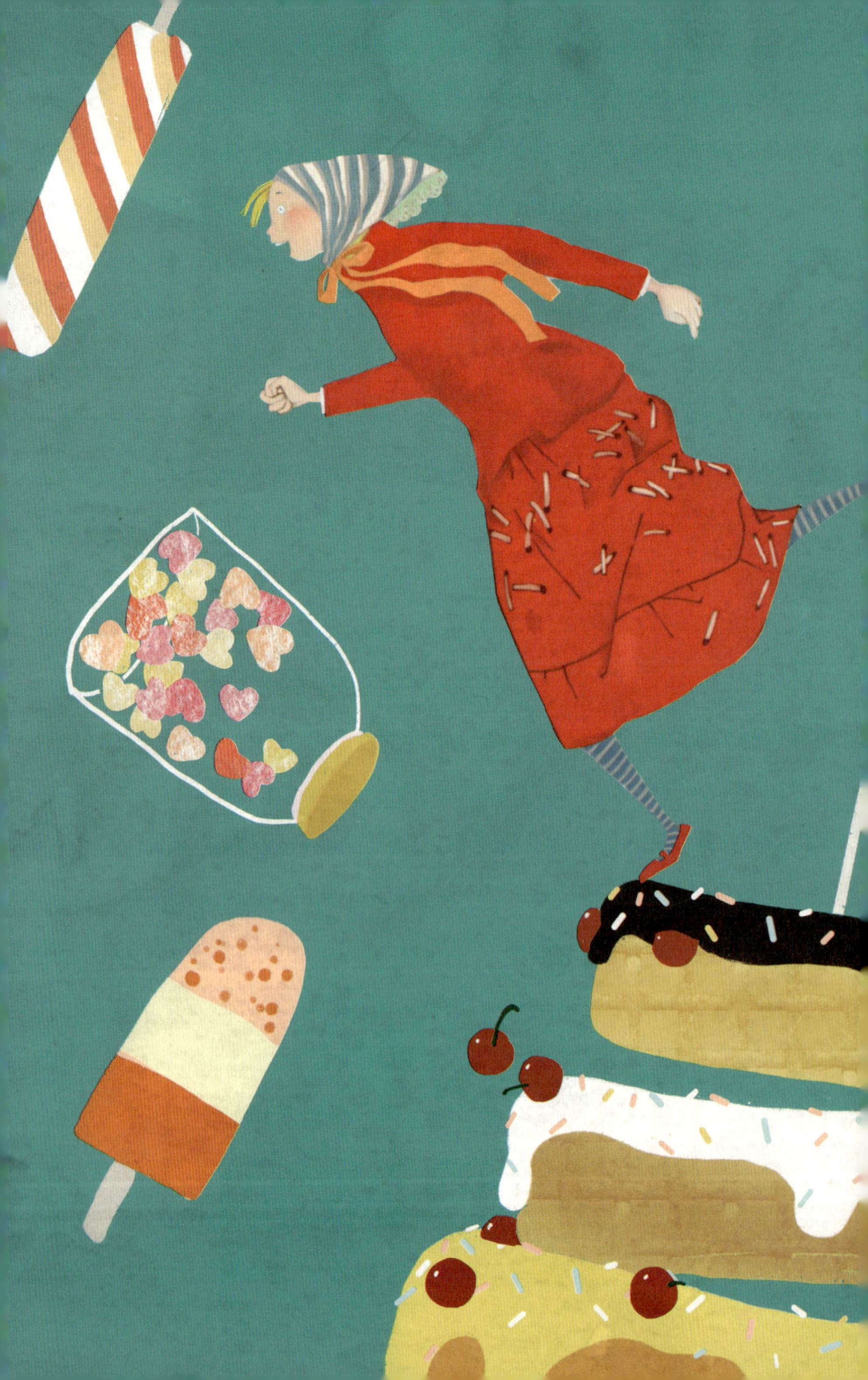

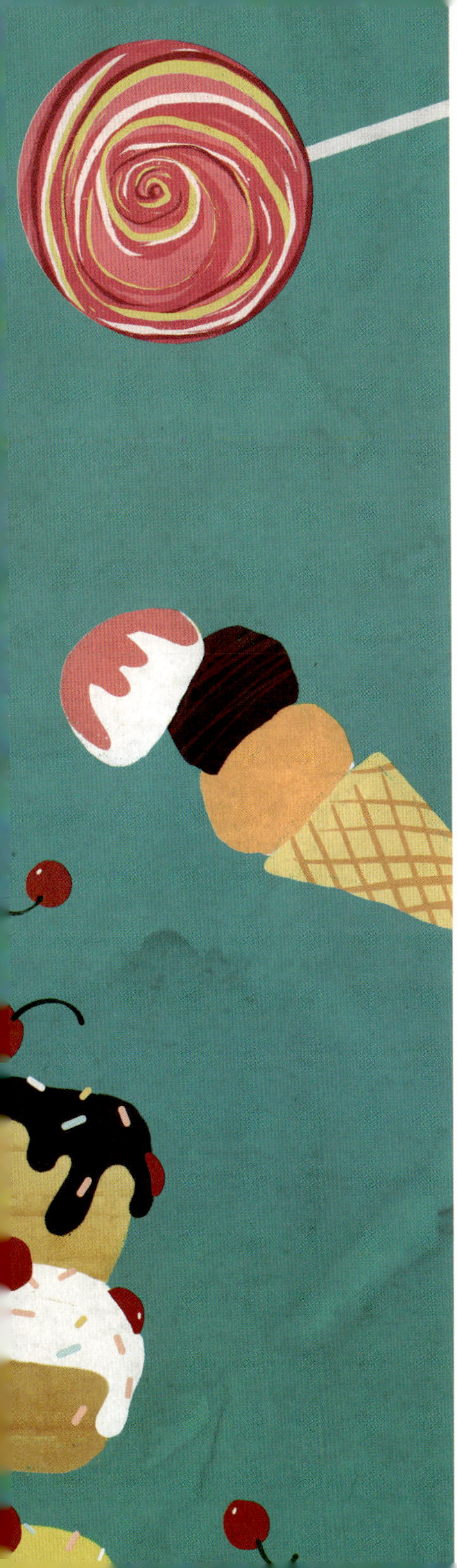

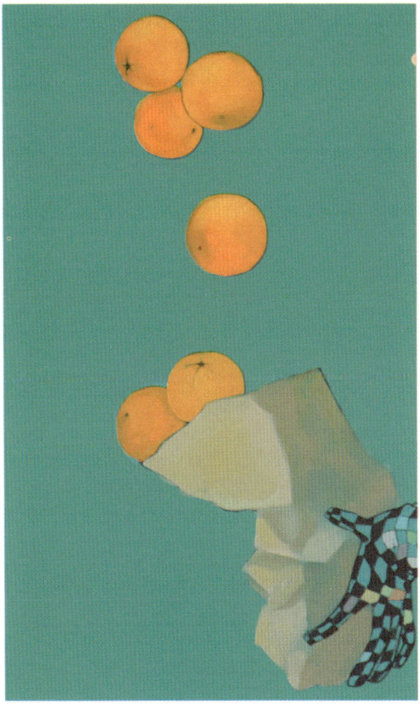

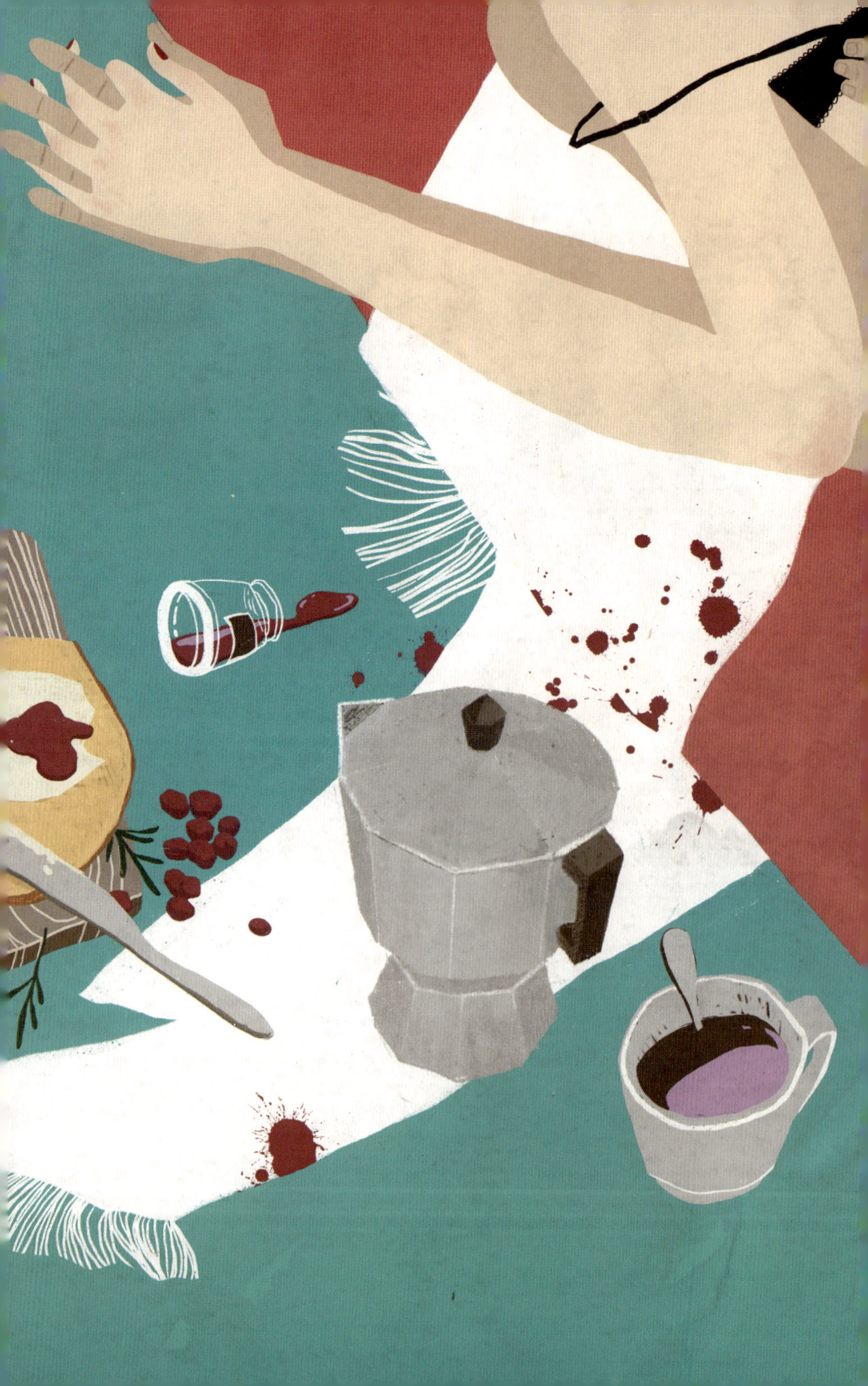

佩内洛普之唇

乔治·吉奥蒂　　梁爽 译

> 我不渴望摘不到的玫瑰，
> 我不欣赏那些本可以做却没有做成的事情……
> ——圭多·戈扎诺①

我和伊莎贝曾是可口可乐的真爱粉。我们也是许多其他事物的粉丝，比如说：比萨、运动鞋，当录像带和录像机风靡时，我们也对录像带十分着迷。神奇的是，通过某种方法，录像机居然会让录像带消失并以电视画面的方式展现出来。高三时一位女老师第一次将这种现象定义为"隐没带"②。在迪士尼电影和录像机时代终结之时，我们不情愿地把录像带放在两个大箱子里面，用胶带密封，将其束之高阁。当时伊莎贝的父亲帮我们一起收拾整理录像带。她父亲比我父亲身材更健壮，但没有我父亲爱开玩笑。因为这一点伊莎贝多年以来一直非常嫉妒我。三月的一个午后，我们决定把那些充满英雄壮举的童年抛之脑后：我们将童年三分之一的时光用来在家后面的"奥林

---

① 圭多·戈扎诺（1883—1916）：意大利诗人，黄昏派代表人物之一。
② 隐没带：指地球的岩石圈中对流的沉降流所在的地区。

匹亚"泳池游泳,其余时间我们忙于制订一些永远都不可能实现的计划。

不管怎么说,制订计划都是我们所擅长的。她想造桥,因为当她刚开始记事儿的时候就记得一个人工湖上有座木桥,湖里有很多又大又红的鱼。我想制作风车,这样就可以看到风是怎么样让扇叶旋转,因为我那时实在无法忍受看不见的事物,或许更准确的说法是我不理解看不见的事物。我喜欢耶稣是因为悬挂在宣教礼堂墙壁上的、他那脚穿凉鞋、面蓄长胡、腰缠麻绳的形象真实可见。相反,我并不相信上帝,因为从未有人看到过他。随着年龄增长,自从米娜①不怎么在荧幕上出现后,我竟一度怀疑她的存在,虽然母亲总是从早到晚声嘶力竭地唱着她的歌,一遍又一遍地重复:"有一天我也会消失,你们再也看不见我。"但是她却依然在我每天放学回家后帮我开门,而且总是在我按门铃之前就打开了门,因为她听到电梯上升的声音就知道我回来了。她在门口迎接我时就像收到了一份期待已久的包裹那样开心,她一直以这样的方式来表达对我的那一份微小却弥足珍贵的关心。我总是还没到家就闻到炸肉排的香味了,有时人们会因为这种香味而感叹自己拥有一个幸福的童年。

然而最后我们既没有造桥也没有制作风车。我们只在房子中间用破布搭了一个小屋,并在里面讲鬼故事。再往后当我们十三岁时,我们不再讲鬼故事了,取而代之的是年少时的初恋故事,伊莎贝会讲她跟女孩之间的恋爱故事,而我会讲跟男

---

① 米娜(1940—):意大利著名歌手。

孩的邂逅。

当我们十四岁时，小屋被我们遗弃了。两年后，在罗马的一家混杂着小便和炸薯条气味的麦当劳洗手间里，伊莎贝把自己的初吻给了一名女铅球运动员，这名运动员曾是二十岁以下铅球比赛的冠军。而我躺在剧院对面百合广场的草坪上，在午夜时分拒绝了本可以得到的初吻。我记得那时漆黑的天上一颗星星都没有。我的男伴叫马林，他是个模特，同时也是芭蕾舞演员。他当时跟我一样都是十六岁。那时，我们都因为紧张而不知所措，而他把自己的窘迫隐藏得非常好，我却任其自然表露。我记得他当时穿着一件白短袖，短袖大得有些夸张，被塞在紧身高腰背带牛仔裤里。伊莎贝和她当时的女朋友（伊莎贝的第二任女友，美术学院前途无量的画家，性格古灵精怪）在一家离剧院不远的酒吧等我讲述这件事，然而听完后她并不相信。她问我们当时都聊了什么。

"聊了聊书。"我回答道。

"你就是个大蠢货。人家是模特又是剧院的芭蕾舞演员，还是个外国人，你却跟人家谈书？"

"是的。"

"那他呢？"

"他吻了我。"

"太棒了。"

"但是我躲开了。"

"你居然躲开了？"

"今天下雨了，草坪很湿，我屁股也湿了。我太紧张了，就这样。而且当时他内心深处也没有那么坚定。"

六月天已经开始热了,为了凉快酒吧的窗户都大开着。突然外面传来挤在电视前看德比的球迷的声音。

"我们最好回家吧。"我们知道跟伊莎贝和第二任女朋友说了再见后过不了两天就会有第三任、第四任、第五任等等的出现。

我和伊莎贝平稳地度过了青春期。我们坐在一辆摩托车上飞速前进。这辆摩托车没有挡风板,刹车还算灵光,风打在脸上,这就是青春的气息。就像所有的青少年一样,我们认为自己才是世界的主角。

伊莎贝家的大客厅里新添了等离子大电视(五十五英寸、铬底座带环绕音响),大电视的到来很快就让她对那些天天玩录像带的日子的怀念烟消云散。她家的大客厅和我小时候卧室里的衣柜一样,充满了想象和不安。小时候我经常会藏在黑暗的衣柜里,身边挤满了悬挂在衣架上的奇怪皮衣——它们是外婆留给母亲的。我也喜欢藏在一个被遗弃的餐厅里,这个餐厅至少有十五年都没有开张了,它位于粉红色的圣塞维拉小广场,和它曾经售卖的小比萨比起来,这家餐厅的名字有点过于排场——它叫纳西里耶[①]阵亡者。餐厅的招牌还在,不过少了三个字母,只剩:RIS RAN E[②]。夏天的夜晚我骑车从城堡回来时会经过这里。借着月光会看到整整齐齐的餐桌、放在餐盘正前方的座椅、倒扣的杯子和折成扇形的餐巾,餐巾的褶皱里满

[①] 纳西里耶:位于伊拉克南部幼发拉底河畔,是济加尔省的首府。2003至2006年在伊拉克战争期间,纳西里耶曾发生过几起反对意大利武装的恐怖袭击,遇难者大约有五十人。

[②] 意大利语中餐厅是RISTORANTE,此处缺少字母TO和T。

是蜘蛛网和昆虫,时间正在将其一点点消耗吞噬。从未有人有勇气将它唤醒,没有人敢打扰灵魂永恒的盛宴,这场灵魂之间无声的对话已经持续了二十多年。为了保护古老的木质家具和墙纸,伊莎贝家的大客厅不能见光,即使是白天,她母亲仍会把门窗拉下来。在房间最里面的沙发旁边,有一架配有一对皮凳的钢琴,它后面是一个带镜子的酒柜,里面有许多酒瓶。客厅里充斥着各种墙纸和天鹅绒的味道,那种感觉让人窒息。墙上有一把小提琴,还挂了许多深色调的画作。走进客厅就像走进黑暗的电影院一样。

我们把音像出租店的会员卡记在母亲名下,因为我们当时只有十七岁。就这样我们青春期最长的一个夏天开始了。

那恰巧也是最热的一个夏天。意大利国家电视第三频道新闻里报道的因身体不适而去世的人数在不断上升,受害者主要是那些决意留守城市的老年人。那段时间罗马就像个火炉。在晚上七点之前没人出门,沥青路上腾起阵阵热得发烫的气浪。任何时候特莱维喷泉、斗兽场、人民广场这些景点都挤满了热得无处可钻的游客。特莱维喷泉大道和台伯河堤交会处的卖刨冰的凉亭日进斗金。碎冰机一直在运转,一刻也不停,五颜六色的薄荷味糖浆、柠檬味糖浆附在塑料杯子的杯壁上……

我和伊莎贝整天都待在她家。晚上我们会租两三张碟片,第二天晚上再把它们还回去,还碟的时候会再选几张新的。有时我们会忘了按时还回去,但即使是七欧元的违约金,音像出租店的女老板也会给我们免掉。她是一个身着深蓝色Polo衫的胖胖的姑娘,头发极短,手臂上密密麻麻满是刺青。我们会用省下的违约金买一盒一斤重的冰激凌。然后只穿着内裤躺在电视机前一边看电视一边吃冰激凌。电视荧幕上闪过电影的画面,环绕音响攫取了我们的灵魂,为了凉快我们背朝天把肚皮贴在大理石地板上,这时来自非洲的热风从百叶窗外一阵阵吹来。

阿尔莫多瓦①是我们当时最喜欢的导演。我们刚一看到他的电影就非常喜欢,这种痴迷持续了很久,对阿尔莫多瓦的崇拜就像那个年纪的人都会有的一样,迅速而持久、充满失望和仰慕。那时伊莎贝会经常在电脑里输入一些跟我们相关的关键词来进行调研。我们会花很长时间研究这位西班牙导演的所有电影,对我们而言他的电影绝对是一个新大陆。

我们决定从《关于我的母亲的一切》②这部电影入手。我们向音像出租店的女老板询问这部电影的DVD,她微笑了一下表示十分理解我们的需求,"我这就给你们拿过来。"她很快就拿着一个深蓝色的碟盒回来了,"祝你们观影愉快!"边说边对我们眨眼。

"你也意识到了吗?"我一边问伊莎贝一边发动摩托车。

"什么?"

"我们每次进音像出租店的时候她都会用眼神电你。"

"拜托!哪有那么夸张……"

"我发誓!"

---

① 阿尔莫多瓦(1949—):西班牙著名导演、编剧、制作人。
② 《关于我的母亲的一切》:由佩德罗·阿尔莫多瓦执导,丝莉亚·洛芙、佩内洛普·克鲁兹等主演的剧情片,于1999年4月16日在西班牙上映。该片讲述了玛努埃拉在儿子埃斯特班车祸身亡以后,为了完成儿子见到父亲洛拉的遗愿,不远千里去寻找丈夫的故事。

我从摩托车的后视镜里看到她在盯着我看:"她如果真是在用眼神放电那对象也是别人……"

那部电影是一个新发现。我们为之着迷。看电影的时候我们会把电风扇正对着脸吹。看完后虽然疲倦但却无比兴奋。我们觉得自己不仅是故事的一部分,也是影片中家的成员,电影里的家像港口一样不用预先通知就可以随走随到。电影里的人物跟我们很像,她也跟我们一样有着充满伤痛的内心、一个不能向其倾吐心愿的家庭,而心愿却能使我们壮志凌云、热血沸腾。也许我们过于重视爱情了。那些我们曾经的男女朋友在我的记忆中留下痕迹:那些姑娘一个比一个了解男人,她们会把男生们的电话号码存下来,并给他们起一些不像样的绰号。伊莎贝对人们的相貌完全不上心。我却清楚地记得他们的脸、手、手势、打火机以及刚刚用零花钱买来的香烟。他们在给我献着殷勤时身体因经验不足而紧绷,我们在一起时烟雾缭绕,这种幸福就像春天穿着短袖套着牛仔衬衫时体会到的喜悦、赶上最后一班地铁时的庆幸、拿着家门钥匙时的温暖,以及接到父亲因为没有收到回信在凌晨两点打来电话时的感动,然而一个吻足以将身体点燃,让目前为止完美的夜晚安静下来。我不断回想这些珍贵的瞬间,担心将其忘却,然而男友们的身影已经逐渐模糊、轮廓越来越不清晰,他们离我越来越远了。那些梦想已久、令人奋不顾身的爱恋基本不存在。甚至多数爱恋都以失败告终,而这样的爱恋是成长不可缺少的一部分,恋情就像牛奶,被骨质吸收后会让我成长,让我在世间立足、像一个战士一样怀着坚定不移的信仰。

说我和伊莎贝通过阿尔莫多瓦了解性是不对的,"了解性"

这样模式化的东西什么也不能说明。大家都知道性是什么。电影里女演员双唇微合，两齿之间的缝隙隐约可见，这样的双唇对我和伊莎贝而言如此清纯，简直动人心弦。就这样，伊莎贝去寻找她所有女朋友嘴里的那条小缝隙。当我告诉她医学上把两颗门牙之间的缝隙称作"牙间隙"时，她整整一个星期没有跟我说话。语言可以很残忍，沉默也一样。那周结束后我们谁也不欠谁了。"你让我疯狂……"她在第六任女朋友的耳边低语。

"下周日我们去体育场。"她对第九任女朋友说。像她跟第六任女朋友说过的话一样，这句话同样充满爱意。只要是从她口中说出的，一定都是爱的真心告白。

我仍旧继续谈论书籍，就像当时我跟马林聊天那样。我通过书籍来讲述自己。约翰非常懂我，他是一位来自法国里昂的大学生，只比我大几岁，因为获得伊拉斯谟计划①名额来到意大利学习，我跟他好了两个月。他可以领会这句话背后的深层含意："我们有很多人爱你，格伦达。"遇到他以后我就没有必要努力掩饰因为别人不懂这句话而引发的失落。

阿尔莫多瓦是唯一一个可以理解我们的人。他也选了一些牙齿有缝隙的女演员来诠释他的作品。我们不仅把剧中出现的玩笑熟记于心，对影片人物也是如数家珍：阿格拉多，由惊艳脱俗的佩内洛普·克鲁兹②饰演的戴着修女头巾的罗萨，剧中的罗萨怀孕了并且被诊断出 HIV 阳性，伊莎贝·布拉萨·卡巴耶

---

① 伊拉斯谟计划：欧洲各共同体在1987年成立的一个学生交换项目。
② 佩内洛普·克鲁兹(1974—　)：西班牙著名影视演员，毕业于西班牙国家音乐学院古典芭蕾系。

罗,莱蒙达,蕾娜·里维罗……伊莎贝疯狂地被那些嘴唇吸引,顾不上看电影,可走神之后通过一个个片段重拾剧情发展脉络就变得非常困难。她把各种情节搞混,又通过自己的想象创造出新的情节。

我们租碟的时候,伊莎贝的母亲会给我们点两个加小香肠的马特里特比萨、罗马炸米球和两杯可口可乐。伊莎贝的奶奶曾在欧洲最著名的美术馆里展出过自己的画作,如果不给我们一个晚安的吻她就会睡不着,与此同时她还总是会问我一个永远不变的问题:"伊莎贝很漂亮,是不是?你喜欢她吗?"伊莎贝会高声回答:"他喜欢……"接着会调皮地用胳膊肘撞我。但是她奶奶不仅耳聋而且高度近视,虽然听不懂我们在说什么,她还是会幸福地点着头,脑海中已经开始勾画孙女穿着白色婚纱依偎在我身边的画面。

没有任何信号和征兆,不像同年夏天圣塞维拉沿海公路上的棕榈树生病的过程,音像出租店突然关门了。那些棕榈树因为受到红象鼻虫的困扰生病了:起初顶部的树枝因为干枯而垂到地面,看上去就像是一个痛苦的鞠躬,随后新长出的叶子褪去颜色,最后树干也变成空心木头了。两百多株棕榈树被砍掉了,沿海公路变得光秃秃的,一眼望去那灼热得可以燃烧一切的光芒刺痛双眼。从圣马里内拉[1]和奇维塔韦基亚[2]望去,圣塞维拉看上去就像被一场大规模火灾侵袭了一样。

---

① 圣马里内拉:意大利罗马省的一个市镇。
② 奇维塔韦基亚:意大利罗马省的一个市镇。

然而音像出租店的关门却没有任何事先通知。九月的第一个星期一,我们到了音像出租店以后却发现金属卷闸门紧闭着。女老板出什么事了?

那天下午除了这个话题我们什么也没聊。我低着头看着自己的胳膊一直在想女老板文满花朵和异域飞鸟的胳膊,她还文了几个表意文字和一个底座写着"我"的奥斯卡小雕像。她在柜台后总是充满自信地在几百个按照导演姓名字母顺序摆放的碟片间穿梭自如。我一向都很悲观,有那么一瞬间我想到事情最坏的可能性。

第二天我们又回来了。除了回到音像出租店我们不知道还能做些什么。第三天我们回来时发现一张纸条,上面用黑色水笔写着:九十九号音像出租店关门了。感谢所有一直以来和我们一起进行这次冒险之旅的顾客。芭芭拉。

原来女老板叫芭芭拉。就像人们描述面包商一样:他给我们面包。而芭芭拉给我们故事。

从那个星期一起,那些混杂着电影画面和不眠之夜的夏天又回来了。我们一刻不停地谈论着一切将如何进展,换句话说:我们的生活将何去何从。我们一边与困意做斗争一边艰难地用言语勾画未来。对十七岁的我们而言未来的日子还有很多,所以不必担心日历上的数字在慢慢消逝。对我母亲而言日历却十分重要,因为她每天早上都会用绿水钢笔写上需要服用的抗凝血药片的剂量:二分之一片、四分之一片或者整片,以及服药的日子:星期一、星期三。我对日子又有什么概念呢?

曾经有一周我们没有谈论音像出租店的事情。之后的一个周日,午饭后伊莎贝重新整理了碟片,并且找到了那个与众不同的深蓝色碟盒,里面装着《不良教育》①的碟片。

"我们一直都没有还这张碟。"她说。这个连第九任和第十任男朋友抛弃她时都没有哭的女孩,连她唯一真爱过的贝阿特丽丝买了一张去往芝加哥的单程机票离开时都没有哭的女孩,甚至当奶奶手拿画笔、手指涂满丙烯颜料去世时都没有哭的女孩,却突然啜泣了,她脸上高贵而庄严的神色我自此以后再也没有看到过。当时我觉得很窘迫,别人的痛苦一直以来都会让我非常局促,我从来都不知道在那种场合下该做些什么。

就这样我们青春期最长的夏天结束了,音像出租店时期也正式画上了句号。

音像出租店真的一直大门紧锁,直到两个月前的一天我的手机振了下,那是因为收到了伊莎贝的一条 WhatsApp②信息,她说会开车来接我,让我在十分钟之内准备好出发,她有些事情要告诉我。

我来不及合上写字台上那本关于意大利中世纪文学的书,套上夹克,关门走了出去。

那是十一月的一个温暖的午后,天空因为刚刮过的大风驱散了云朵而异常清透。

---

① 《不良教育》:由佩德罗·阿尔莫多瓦编剧、执导,盖尔·加西亚·贝纳尔、费雷·马丁内兹、丹尼尔·吉梅内斯·卡乔、路易斯·奥马等主演,于2004年3月19日在西班牙上映。该片讲述了两个男孩在学校的成长经历,这段经历对他们今后人生道路的重要影响,以及他们长大后各自不同遭遇的故事。
② WhatsApp:一款用于智能手机之间通讯的应用程序。

  我们经过了牛顿大道。当她开车时我会盯着她看,这样我会觉得更放心,她以一种特殊的方式指给我前行的方向,那个方向通往我们将来无论如何都会一起进行的旅行。我觉得只要伊莎贝在我身边我就不会迷失自我。只要是她在开车,就不会有坏事发生在我头上。从我们在房子中间用破布做小屋的那个时期起我就一直这么信任她。我知道对她而言也一样,当我骑着摩托车时,她坐在我身后,通过她用胳膊抱我的方式可以感觉到她对我的信任。每次经过弯道她都会给我指路,我们从未走错路。

  在高架桥上曾经可以欣赏到美得令人窒息的景色,当太阳刚开始褪去刺眼的光芒,远处楼宇的轮廓会像纸板一样被天空勾上一道橙红色的亮线。四个月前,我、伊莎贝还有她第十二任女朋友朱希曾一起经过那条路。朱希一路上看起来都非常严肃,突然间她把头探出车窗,强劲的风把她长长的金发吹得乱七八糟。她的两片嘴唇看起来像一个伤口。"我想回家。"她说。她几乎从不提"家"这个词,在她的语言里这个词仍十分纯洁,并没有被滥用。然而彼时彼刻,本能驱使她说出了这个词。如同电影《绿野仙踪》[①]里的堪萨斯州农场[②]一样,她同样来自一个非常遥远并让人十分向往的地方。朱希就像电影里由十七岁的朱迪·嘉兰[③]扮演的女主人公一样非常想

[①] 《绿野仙踪》:米高梅公司出品的一部童话故事片。该片改编自莱曼·弗兰克·鲍姆的儿童读物《奇妙的奥兹男巫》,由维克多·弗莱明、金·维多等执导,朱迪·嘉兰、弗兰克·摩根、雷·博尔格等主演。1939年8月12日该片在美国上映。
[②] 堪萨斯州农场:在电影《绿野仙踪》里,女主人公桃乐茜和叔叔亨瑞、婶婶埃姆住在美国堪萨斯州的农场里。
[③] 朱迪·嘉兰(1922—1969):美国女演员及歌唱家。

家,而电影女主角只要穿着她的红宝石鞋跺三次脚就可以实现愿望。朱希非常想念家乡的海湾和港口,并十分怀念视线沿着山脚一直看到圣玛蒂诺修道院①的体验,她迫不及待想要再次远瞻轮廓看上去像一个女人、由维苏威火山②造就的那不勒斯湾。基于她的这些怀乡情愫,伊莎贝组织了一场前往那不勒斯③的远足。刚到那不勒斯的时候,在汽车喇叭声不绝于耳、人声鼎沸的街上她流露出一种特别的神情,好像在说:人很难满足,即使是短暂的快乐也是可遇不可求。有那么一瞬间时光突然跳回到童年,那时她有大把的时间在堆满新鲜多汁水果的集市里穿梭,可以和哥哥在广场踢皮球一直玩到中午十二点,去但丁广场后面的学校上学。在基艾亚④的沿海公路上,她把初吻给了一个家在托雷多路上名叫瓦莱里奥的小伙子。可是旧地重游并不能让一切重来,也不能改变现实生活的一丝一毫。朱希突然不声不响地从我们的生活中消失了。有时候我会梦到她在跟我说话,醒来时我马上会给伊莎贝打电话,幻想着她也许会告诉我朱希回来的消息。然而总是事与愿违。这时我会冲个澡,她的声音会越来越遥远,直至完全消失,洗澡时我只能听到从淋浴喷头喷洒下来的热水从胸口经过并顺着双腿流下去的微弱声响。没有什么会比错失

---

① 圣玛蒂诺修道院:位于意大利南部城市那不勒斯的那不勒斯湾的山顶,是该市的显著地标之一。
② 维苏威火山:欧洲的一座活火山,位于意大利南部那不勒斯湾东海岸,同世界名城那不勒斯相距20公里。
③ 那不勒斯:意大利南部的第一大城市,坎帕尼亚大区以及那不勒斯省的首府。
④ 基艾亚:那不勒斯的一个区。

机遇更能让人愤怒的了。

我们下车来到罗马的Eur区,这里曾经就像一个巨大的玩具,像一个被广袤的草坪和湖边孩子们的欢声笑语包围的露天旋转木马。一个男人正在用长木棍制作棉花糖。无数辆驶往罗马城外的汽车排成长龙停在红绿灯路口,时刻准备着冲向哥伦布路和彭迪那路①,绿灯还没亮司机们就急不可耐地按着喇叭。

欧罗巴大道拥揉着为圣诞节做最后大扫货的人们,我们好不容易穿过拥挤的人群,来到一家麦当劳。伊莎贝要了一个汉堡,我点了鸡肉和炸薯条。

"我在和一个女人约会。"她说。

"那真是太棒了!"

"她在圣安德烈医院的儿科做护士。今年三十五岁了。"

"你有没有再跟朱希联系?"

"她给我发消息了。问我下周要不要跟她一起去海边度假。"

"你怎么回的?"

"我说:'再看吧。'我真的太累了。我在她面前一直都努力做到最好,可是她一次又一次地让我沮丧……"

"我知道。"

"你记不记得你曾说过我们是内心有伤痛的人?"她接着说。

"我只是开个玩笑。"

---

① 彭迪那路:连接罗马和罗马省南部区域的大区公路。

"我觉得那不是个玩笑。我想了一下觉得你说得很对：你我总是把别人的需求错当成爱，这就是我们内心的伤痛。我们可以为两片彩色装饰亮片而着迷，而别人却觊觎钻石，得到后马上离开，就像得到战利品一样。"

"你什么时候变得这么明智了？"

"笨蛋。你还想再见到朱希吗？"

随后她从口袋里掏出手机，给我看了一下屏幕。这样我就看到了一个姑娘。我惊讶地睁大了眼睛。我仔细看了一下确信自己没有看错。我再一次瞪大了眼睛。我简直不能相信。那张脸、那双唇和皓齿，虽然至少有三年没有再看到过，可我一下就认出来了。我怎么能够忘掉这些呢？那双唇细长而精致，还有那世界上最美丽、最性感的牙齿，两个门牙中间有一个完美的缝隙，这是上苍最得意的作品之一。她的双唇和佩内洛普·克鲁兹的嘴唇如出一辙。她看上去"就是"佩内洛普·克鲁兹。那些照片怎么可能是真的？可是以我对伊莎贝这么多年的了解，我知道她当时并没有在捉弄我。她看上去一点也不像在开玩笑，表情极其严肃。

"所以呢？你怎么看？"

"伊莎……"

"她西班牙语说得很溜，你知道会说西班牙语的女人多么令我兴奋！"

"伊莎……"

"怎么了？"

"没事儿。"

我什么也没有跟她说。她完全忽视裹着汉堡的被油渍浸脏的包装纸和盛着可口可乐的杯子,以一种难以言喻的神情目不转睛地盯着我,那种神情就像是落后了八百米却在最后一刻赢得比赛时所流露出的表情一样,兴奋而疲倦。伊莎贝快跑,请尽全力快跑。冠军快跑,尽全力做自己,有一天一定会有人记起那次海边聚会,她牵了你的手,在布满繁星的天空下亲吻你。画面中有沉在沙子里的双脚以及被海水浸湿的咸发……

她把我送到楼下后就离开了。我跑上楼一到家立即给我的男伴打了电话。

"雷欧,出事儿了。伊莎贝认为自己在和佩内洛普·克鲁兹交往。"

"你瞎说什么呢?"

"真的,我发誓。我担心和朱希的恋情让她变成……"

"变成疯子?你怎么可以这样想!"

"你懂什么,我在网上做了调研,有很多人在极度失望和心灵遭受严重创伤的情况下会激发体内的自我防护系统,让自己相信一些荒谬的事情。她还跟我说明晚要出去约会。"

"真幸福。"

"什么?!"

"不,我是说,嗯,这件事听起来确实荒谬,不是吗?"

"去你妈的双性恋。"

第二天我很晚才醒来,看到桌子上有一张留言条,上面写着:"我们去圣塞维拉给园丁付薪水了,今晚回来。冰箱里有小馄饨、火腿和马苏里拉奶酪。么么哒,妈妈。"在煎糊了两个鸡蛋后,我扔掉了平底锅,打开冰箱冷藏柜,拿出一盒开心果冰激凌当作午餐。冰激凌的包装盒被冰冻得严严实实,等了一个小时后才融化。我尝试着开始学习,最后发现做不到。随后我看到了一个未接来电,是伊莎贝打来的。我立即给她回了电话。

"你知道我睡觉的时候会把手机调成静音模式。"

"我们马上就到了,你穿好衣服后马上下来!"

"可是……"她挂了电话。我给小狗的食盘里倒了一些油炸面包块,然后套上牛仔裤和短袖,穿上鞋子。我整理了一下戴在头上的太阳镜,双腿因为困倦无比沉重。

伊莎贝的车打着双闪停在车行道上。可以隐约看到有人穿着装饰着银色球饰的棕色小短靴,脚踝从靴子边露了出来,这并不是伊莎贝的脚。车中人的手并不像伊莎贝的手那样纤细,食指上戴着一块硕大的紫色宝石戒指,看上去就像是用魔法突然变出来的一样。我咬了咬嘴唇确定自己不是在做梦。这一切居然都是真实的。

她打开了车门,站在我面前。整个人如此完整,如此真实。

"罗萨……"我想,她就是那个叛逆的修女。同在阿尔莫多瓦电影里从出租车里探出身子来抚摸她的狗的罗萨一模一样……

当时除了我们周围一个人也没有。伊莎贝下了车,亲吻了她的脖子,"她又不咬人。"一边说着一边转向我。

我伸出了手,但是不可思议的眼神一刻也没从她身上离开。

"很高兴认识你,我是安娜。"她自我介绍的时候一直微笑着看着我。透过微笑我才发现她的牙齿竟是如此完美、如此宽硕。

西 瓜

文 珍

一

事情都是由西瓜而起的,事后刘可想。

他下班时偶然经过楼下的西瓜摊,看到一只只圆滚滚绿油油的瓜堆在卡车上,想起刚上幼儿园的儿子小可最爱吃西瓜,又适逢酷暑,一时间动了心,就买了一只。他向来自傲挑西瓜的本事,一溜瓜逐个敲过去,只有一只回音尤其圆浑低沉,虽然高达一块五一斤,亦咬牙买下。偏是只大瓜,二十三斤,多时不曾锻炼的他从瓜摊扛回六楼的家中气喘吁吁。

太太孙梅正在厨房做饭,听见声音循迹出来看时,脸色一沉:又买瓜?知不知道冰箱里还有大半边瓜没吃完?

刘可吃力地放下瓜,差点闪着腰:前几天都没吃,还以为家里早没了。

我不切好端上来,就没人记得吃。我就是个多功能果汁机。

我真压根就不知道家里还有瓜。他嘟囔着说。

反正家里的事你从不操心。也不知道哪里来的一股子邪火,孙梅平时很少这么上纲上线:要么就是让带瓶醋上来八百年都不记得。要么就反反复复买同一样,里外里堆得满坑满谷。也是要掏钱的,这么大的人了,又不是刘小可。

刘可反应慢,还没回话,突然闻到一阵异常的焦煳味,起初就像一缕游魂,飞快地就变成了一个有实体的鬼。

孙梅你在厨房炒什么了?

糟糕,正炸的小黄花鱼!

孙梅顾不上再吵,一个箭步冲进厨房:完了完了!

不是完了,是晚了。他随即也讨好地跟进去,发现四条黄花鱼至少一面已成焦炭,齐整地平躺在油锅底部兀自冒着上蹿的小黑烟。孙梅回头看他眼泪都快掉下来了:这四条小黄花二十七块五。得,今晚谁也别想吃肉了!

不吃就不吃。刘可说:没事,炒点儿青菜随便扒拉两口饭下肚子就成。

都怪你没事买什么破西瓜!

孙梅那天的情绪非常古怪,大概是在单位受了气,一直到饭菜做好还依旧黑着脸。刘小可在房间里做作业,待不了几分钟就出来瞅瞅饭桌,等了半天先上一盘丝瓜,过一会儿又上一盆空心菜,再等就是白米饭了,小嘴噘得老高:妈妈不是说吃小黄鱼的吗?

刘可对儿子总算可以理直气壮地不耐烦了:快吃,废什么话!

孙梅说:小可乖乖吃菜,啊? 一边说,一边无声地横了刘可一眼。

刘可心虚辩解道：我是真不知道冰箱有瓜。多一个瓜也不碍什么事，过两天就吃完了。

孙梅努力不在孩子面前失态：他爸，我看家里最不多的是房子。赶明儿有大房子了，你想买多少瓜，就买多少瓜。

声音不大，但每个字都硬邦邦地落在桌子上。一说到房，她眉心就抑制不住地皱起来，气压瞬间为之一低。肇事者刘小可不敢说话了，就着青菜默默扒光一大碗饭，把碗筷一推：我去做作业了。

刘可也一声不吭吃光了米饭，避免看孙梅的眼睛。最近她脾气特别大，不知道为什么。

孙梅端着碗发呆，有点食不下咽的样子。老半天，才心不在焉夹了一筷子丝瓜送到嘴里，发现丝瓜没放盐。再夹了一筷子空心菜，咸得下不了口。大概是两份菜的盐都放一个碗里了，自己最近爱走神，又容易生气。也不知道儿子是怎么凑合着把一碗饭吃下去的，想到这她心里突然堵了一下。

没事。刘可发现了她的异样，安慰说：把两种菜混在一起吃，咸淡就对了。真没事。

眼泪一滴一滴啪嗒啪嗒地掉在孙梅眼前的碗里。她什么都没再说。

二

孙梅一直在想该怎么对丈夫开口：自己身为一个国企员工，一个号称端着金饭碗的职业妇女，此刻正面临下岗的困境。

领导这两年一直在给这次机构换血造势,开会时明里暗里说了好几次,企业与时俱进,不能因为是大型国企就只能进,不能出。如果业务水平不达标,能上照样能下。本来孙梅已经熬了几年,好不容易当上了一个项目的小组长,现在倒好,这个项目组先撤销了,她这小组长也就名实皆亡。他们处正式编制就八个,其他四个都是重点大学博士生,另外仨包括处长都是元老,个个后台都硬,也就是她这种没关系的硕士生有可能挪一挪。她只是实在想不明白非要动她做什么,都来这单位八年了,不说有功,至少无过。可是这些年进京指标越来越难。也许领导就是想解决自家一个什么亲朋戚友的就业问题。

连那个可能接替她的小姑娘她都见过:个子很高,瘦,白,逢人就叫哥姐,眉开眼笑。去年暑假就来单位实习了一夏天,今年毕业了,听说也参加了集团的内部招聘考试,还通过了。但这次考试其实是无的放矢,因为其实他们处压根就没进人指标。连这姑娘参加集团考试听说都是领导手眼通天帮她开的路。现在万事俱备,只差一个正式编制,看来看去,唯一可能替掉的也就是孙梅。陡然间一米六三的孙梅就成一根巨型的眼中钉肉中刺,恨不能被领导除之而后快。

已经没法暗示得更清楚了。领导前后找她谈过四次话,每次都问她还有没有其他打算。越到后来越露骨:你以前不是提过有私企想挖你过去? 在我们这儿其实前途也有限。人挪活,树挪死。

刚工作的第三年,有猎头找她,她还傻乎乎喜滋滋和同事显摆过。当时项目刚上马,她又是核心技术人员,领导听到一点风声立马来留:小孙,你想要解决什么待遇尽管说。说到底,还是咱们国企好,稳定。年轻人别光贪图一时一地待遇好,将来退休养老,还是正经单位靠得住。

此一时,彼一时。此刻她看着年届四十仍然单身的吴处,一张肥黄的饼脸,心里再骂表面也只能赔笑:都是好几年前的事了。我可是答应过您,得在这儿退休的。

小孙,你忠心耿耿,我很感动。可人不为己,天诛地灭,别地儿钱要是真多一倍,这年月国企也不是最佳选择。我这也是为你好。你看,现在咱们这儿暂时也没启动什么新项目,资金来源也紧张,在这儿干耗着,最多也就是拿点基本工资。这点钱对于你这样一个成熟的技术人员还不够塞牙缝的,你这样的人才在外边薪资待遇岂止这些!不过,他话锋一转:别看这点儿钱对你杯水车薪,对一个大学毕业生来说就是及时雨。尤其是这个进京指标,就至少得值五到十万!所以,我们单位对于已经拿到户口的咱们来说是鸡肋,对于大学生来说还是颇具吸引力的。

孙梅疲惫地想:有什么话就直说吧。绕这么大弯,费劲。她咬牙笑着,直直地看着领导。

咱们也共事多年了,上下级关系一直融洽,有什么话也就不藏着掖着了。给你透个底,我也是被逼上梁山了。如果你愿意腾个地儿,我保证最起码给你争取这个数。他伸出三根指头:三倍违约金。算下来十二万。

我没地可去。

怎么会?你才三十出头,作为业务骨干多年轻啊。其他人动都不合适,拖家带口,年纪也比你大。也就是你,要技术有技术,要经验有经验,正当打之年。

吴处,我家刘小可才七岁。她一下子说不下去了,声音都发颤:连儿子都搬出来摇尾乞怜了,何至于。自己一个理化高才生,怎么就混到了这等地步?

小孙你别激动,别激动。我也就是建个议,提个醒,关心一下下属动态。吴处清咳一声:你孩子小,家累重,更得认真工作。听说你这个月好几次打卡都迟到了,嗯?快去忙吧。

孙梅回家路上一遍遍回想自己到底何时开罪上峰的。她一技术人员不管财务,手里并没有攥谁的经济小辫子。吴处虽然爱打嘴炮,但酒桌上的荤段子她也都忍气赔笑从未拂袖而去。没撞破过办公室奸情,更不曾亲自勇斗潜规则。最多家里有事偶尔迟到早退几次,干活也可丁可卯,否则不至于连续好几年都评为优秀。无非和领导私下交道打得少点,逢年过节也从不去拜年。吴处四十出头,一直单身,听说私下和几个部下常聚,周一上班,在工位上常听到那一群人聊起周末泡温泉唱歌喝酒笑得前俯后仰,从线上聊到线下:我刚转了那什么,你看到没?她被不知道谁也拉进群里,常年潜水,又一直不好意思退群,只发现一件事:其他人轮流买单,领导偶尔也买,但次数明显少于平均值。他们出去玩不是没叫过她,她每次都以家里事多推托。其实她只是厌烦那种虚假的众星捧月:明明就是普通上下级关系,非关起门来做土皇帝。而且她也讨厌那群人讨论又在哪哪儿买了一套房,装修又花了多少钱。上班搞科研本来就够累的了:她希望下班以后能有权过上保有尊严不受刺激的生活。

还有几次开会,吴处对项目提出看法,其他人纷纷赞同,但他脱离实践多年,想法看似有理,实际操作起来很难。她刚说完吴处的脸色就沉下去,开完会也没恢复。难道就为这个?就为她不和领导一条心,太有主见?

孙梅这些天仔仔细细把自己工作八年的表现梳理了一下,对比网上流传的职场大忌,发现自己踩雷无数。但归根结底也就一条:傲。

太清高。太傲。

但养家糊口,兹事体大,这件事始终像一块大石沉甸甸地压在她胸口,消化不了,也无法绕过。前有猛虎,后有追兵,那个实习生符明媚第二年春天再次来实习了。一种切实的威胁正向着她步步逼近。吴处当着所有人面明显地对小符表示关怀,连座位都安排在孙梅工位旁边。小符有事没事常甜甜地说:梅姐,得多向您学习。

孙梅便蓦然想起猫不教老虎爬树的典故。然而交接工作不比教授捕猎,要么全部,要么零。

其他同事都明哲保身,对两边微妙态势只做没看见。但有一天孙梅突然发现一个没见过的新名字被另一个同事拉进了微信群。仔细一看,头像是一张熟悉的九〇后笑脸。

那个周末群里的烧烤集体照里,吴处的手便赫然搭在小符肩膀上,两人都比着剪刀手,笑容过分夸张。现在已经没人叫她周末参加活动了。八年职场生涯,她终于成功地,把自己逼到了一个死角,外面到处都是欢声笑语。而他人的笑,正是她的四面楚歌。

三

小可,西瓜英文叫watermelon,跟我念一遍:瓦特·妹棱。

我特·米龙。

瓦特·妹棱。

沃特·米龙。

得——你说米龙就米龙吧。一般认为,这个瓦特·妹棱,引入我国新疆是在唐代,五代时传入中原。喜沙土,日照,喜旱不喜涝。属葫芦科——就是七个葫芦娃那葫芦。西瓜主要功能,是解渴、利尿。啥叫利尿?就是吃了老上厕所。皮籽皆能入药——上次你口腔溃疡那药还记得不?西瓜霜。西瓜霜就是西瓜皮和西瓜籽壳磨碎了做的药。

下午下班早,刘可指着那个大瓜现查现卖,刘小可咬着铅笔头似懂非懂。孙梅在厨房忙活,也不小心听了一耳朵。刘可大学学的是植物学,大三还去过张家界天子山田野考察,说是花痴不为过。家里到处都是绿植,倘若孙梅嫌家里东西多,一多半是恨阳台客厅摆满的那些花花草草,藤藤蔓蔓。小可一岁时刘可买了盆绿萝科的黄金葛放在客厅的书柜顶,现在小可七岁了,黄金葛也顺理成章地缠上了客厅的吊顶灯,简直遮天蔽日。她有一次在单位无聊翻同事的时尚杂志,有篇文章说家里养花太多妨害风水,如醍醐灌顶,立刻带回家给刘可看。

刘可难得反抗:孙梅你一个电子系高才生,信这种怪力乱神?堕落。

他依然故我地像个退休老干部一样继续养花事业。周末最大爱好是逛花鸟市场,每每大破悭囊。买点新奇植物品种也几乎是他唯一舍得花钱的爱好。

闲来没事,他常给儿子科普教育。小可才七岁,就给他订了一整年的中国国家地理青少版《博物》,意思是博闻强识,格物致知。小可一上小学就当班长,又是孩子王,受人追捧很大一个原因,就在于大部分常见的城市植物都能叫得出名,连桃杏梨樱,居然也都能分得清一二三四。在家里也是逮啥学啥,吃西瓜学西瓜,吃樱桃学樱桃。

在此之前,那个西瓜一直放在客厅茶几下面,没人想起动它。刘可家西晒,下午总有三个多小时阳光直射进来,晒得瓜表皮滚烫。读小学二年级的刘小可每天从学校回来在客厅玩,都小心翼翼地绕开那个瓜免得摔跤。冰箱里那半拉倒吃过一回,冻太久不大新鲜了,严重地拉了肚子,孙梅手忙脚乱带他去社区医院看医生,花费三百七十二块大洋,小孩没医疗保险,报不了销。冰箱里剩下的肇事者立刻被提溜着扔进垃圾桶,家里一时间谈瓜色变,更没人要吃那个完整的大瓜了。晚上刘可看电视之余,目光忍不住落在那瓜上,心想都五六天了,估计都坏了吧?不知道为什么,越这么想,越提不起劲吃。闹过的那场不愉快至今仍在客厅中央隐形地盘旋着。

三十多块钱就这么即将打了水漂。也没人想起来扔。但今天总算当了示范教材:瓦特·妹棱。

这些天孙梅在家里走来走去,眉头紧锁。刘可和刘小可都不敢招惹她。除了普及植物学知识之外,默写生词检查作业的任务也落在了刘可身上。不查则矣,一查,刘可发现刘小可的数学基础非常差,也不知道孙梅之前是怎么教的,基本的小数点都没搞太懂。天气越来越热,孙梅也不让开空调,两父子汗流浃背地坐在小房间里当忍者神龟,刘小可有道题死活做不出来,哀求地看着爸爸:我口渴了。

口渴也不能吃瓦特·妹棱,回头你吃了又拉肚子。好了疮疤忘了痛。

客厅里那个沃特·米龙没进冰箱。

那更不能吃了——没准早放坏了。

万一没坏呢?我们打开检查一下。

刘可一时无话可答,怒道:你还做不做作业!

那是父子俩最后一次提到那个瓜。最终也没教清楚发音是瓦特·妹棱,还是沃特·米龙。孙梅那天晚上又加班到很晚,基本上一干完活就睡了,他也没顾上和孙梅商量这教学辅助工具的去留:到底吃,还是不吃?

四

父子教学那天,是大西瓜买回来的第五天。翌日,孙梅回来得空前地早。一回来就跌坐在沙发上发呆。

刘可说,怎么了?

她说:可,要不咱今晚去领导家一趟吧。

谁家,吴处?这不年不节的,连端午都过一月了,"八项规定"又刚出台,怎么偏拣这时候刮不正之风?

别臭贫了。再不刮,以后想刮也没机会了。得提点儿啥。她自言自语道:记得家里还有瓶飞天茅台,是上次老家来人托我们办事送的,听说是酒厂内部搞来的真酒。那事最后也没帮人家办成,挺过意不去的。

那酒你说过等我爸来北京再开的。

等不了了。家里还有啥?实在不行,再买点茶叶。吴裕泰怎么样?雨前龙井也不新鲜了,大红袍吴处又不爱喝。

刘可想了半天:我记得家里还有条芙蓉王,上次单位王姐顺手给我的。她老公在发改委,最近正被逼着封山育林呢,打架一样抢了好几条到单位,同事们先到先得。给我的还不算最好的,给张左那条黄鹤楼更贵。瞅瞅人家那日子。

孙梅看他一眼。她都还没有抱怨嫁错郎。

两人一起翻箱倒柜了一会儿,确实了自己的记忆没错:能拿得出手的统共就一瓶茅台、一条芙蓉王。都是单的,只能姑且乱点鸳鸯谱凑成一对。

孙梅感慨道:你说咱混得有多惨。人家家里再怎么底儿薄,也不至于就这么两样东西吧?不行咱再出去买点儿水果。

刘可鬼使神差道:现成有个大西——瓦特·妹棱,刘小可吃坏肚子了也不能吃,要不就拿上?

孙梅说:成。

他没提醒她说这西瓜已经买了六天了。孙梅这些天魂不守舍,估计也忘了。刘可是这么想的:买了六天的瓜也不一定就坏了,而且这瓜大,送人好看。

于是第二天,也就是这西瓜买回来第七天的傍晚,两口子拿上烟、酒、西瓜,加上在路口水果摊上买的几个蟠桃,倒了三次地铁、坐了四站公交车,跋山涉水去了隔着七个环的吴处家——他们家在北五环,领导家在东二环。虽然孙梅隔三岔五替吴处填资料,出国考察啊调研啊,地址早就倒背如流。但她从没去过。不免心烦意乱。

也没和刘可说清楚意图。反正说不说都一样,他就是在家嘴皮子溜,出去比她还怵。眼下他正扛着二十三斤的大瓜,呼哧呼哧跟在她后边跳下了公交车。孙梅下车时回头看了一眼,心底陡然间生出一股柔情:这就算眼下最流行的经济适用男了吧。哪怕在私企月工资比自己还低,哪怕像个爱侍弄花草的离退休老干部,哪怕在这竞争激烈的世道百无一用,可少年夫妻,患难真情。关键时候不掉链子。他们家就她一个吃公家饭的,再过两年可能还有最后一次分房的机会,不能在这节骨眼上被人戳下去。她咬牙切齿对自己说:至少送这么一次吧,知其不可为而为之。不入虎穴,焉得虎子。舍不得孩子,套不着狼——说一千道一万,再怎样,决不能让那个小符取代了自己:凭什么?更现实的:哪儿会招一个三十三的女工程师?

人算不如天算。下班时还看到吴处身先士卒打了卡才赶紧回家拿东西,没想到接通电话那边一开口就是:小孙,我在机场呢,找我什么事?

他怎么能在机场呢?孙梅蒙了:今天率先打卡那位是人是鬼?

我和小符临时去外地考察一个项目。电话里的声音不疾不徐,有礼有力。所有正式员工都没带,就带了小符,怪不得要下了班再走。但对她又偏生不必隐瞒,甚至可以故意说给她听:开路不挡路,补台不拆台。听话听音,敲锣听声。都是体面人,万事点到为止。

她抓着那条烟怔在原地。过几十秒才反应过来:那领导您

西 瓜

家里还有人吗？

没人。吴处不耐烦地说，你忘了我一人吃饱，全家不饿？

对对，您还单身贵族着呢。她倒吸一口凉气：就是今天给您拿了点儿东西过来……您看，要不然我把这些东西先放在物业？

放物业干吗？再说了，小孙你也没来过我家啊，怎么知道地址的？这样吧，有事等我回来面对面地解决，别背地里净整那些没用的，好吗？

孙梅挂断电话脸色煞白。从没这么低声下气和领导说过话，第一次送礼就惨遭滑铁卢。而且侮辱性的暗示这么明显：这么多年了，你也没来过我家啊。有事等我回来面对面解决，别背地里净整那些没用的。太恶心了。她完全被恶心到了。被那两个人，也被自己的形象。半空中似乎传来小符和领导两人并肩坐在头等舱那亲密无间的朗朗笑声。也许举着两杯晶莹剔透的白葡萄酒，高贵、优雅、和谐。再想想自己：三十出头一妇女，用无纺布袋提溜着一瓶不知真假的茅台，一条至少生产日期在半年以上的芙蓉王，老公还在后面抱了一个二十三斤的大西瓜一溜小跑——真没法更俗了。其实不必这么残酷地对比，她也知道这场战役中自己已是完败。她就是一直仗着自己技术职称过硬、业务强，否则不会一直有骄傲的资本。可傲也没傲到底，还是得走到送礼的地步，更惨的是送礼无门。

其实领导眼皮子也不至于这么浅。她不想走的意图已多次表达得很明显了，吴处并未软下心肠来，难道加这么点儿东西，就杯酒释前嫌了？

刘可还一手提着西瓜、腕上挂着一塑料袋蟠桃、另一只手提着茅台站在原地。夏天夜晚天黑得慢,都八点多了,天边一抹暗红还像黑画布上耀目的一笔,迟迟不肯隐退。孙梅颓然在小区长椅上坐下,把烟搁在一边,对刘可说:领导不在家。回家还得老远,先歇会儿吧。

刘可明显累坏了。平时严重缺乏锻炼,坐下时腰一晃,塑料袋里的西瓜放在长椅上骨碌碌直往下滚,为抢救那瓜他奋力一扑——没救得了瓜,手上那瓶茅台倒狠狠掼到了地上,"当"的一声巨响。

酒香扑鼻。

那瞬间刘可顿时就知道茅台是怎么得的1915年巴拿马万国博览会金奖的了。香,真香,最好的谷物千锤百炼炼出的一点酒精魂从碎瓶里曲折迂回地钻出来,像阿拉丁神灯放出来的魔王,刹那间勾起他肚腹内无限馋虫。他最爱喝白酒,和小可爷爷一样。馋这瓶茅台也馋了两三年了,没想到最终落得个如此下场。第一反应就是想蹲下来用手指蘸一点尝尝:这么香,应该是真酒吧?

这辈子竟然还没机会知道真茅台是什么味道。就好比他爸在镇上抽了一辈子烟,从没抽过芙蓉王。飞天茅台市价一千五百一十九元,淘宝年中大促,最低也得九百六十五,还不知真假;这条蓝芙蓉王六百,来之前他才查过。本来七七八八加起来还能勉强算送了两千的礼,现在茅台一碎,六百加上西瓜和桃也实在算不上什么玩意儿。

一时间万籁俱寂,只能听到这个高档小区草丛里的虫鸣声,以及自己的心跳沉重激烈。为这手滑一砸孙梅会怎样?打

西瓜

骂估计都不解恨。他一直没什么出息,胆小,厌,疼老婆也怕老婆,就靠一张嘴逗趣,从谈恋爱时起一直就这样。河北小镇青年,毕业后留在北京打拼,好容易找了工作,找了媳妇,又生了娃。孙梅表面厉害,对他爹妈其实不赖,也知道疼人。到而今还跟他一起在北五环租房,其实真挺对不住她的。他呆呆地垂手而立,看不出来心底正肝肠百转,柔肠寸断。

他不敢看孙梅的眼睛。

足有一分多钟她才开口:笨蛋,你还真挺会挑瓜。

嘎?

都买回来六七天了,还一摔就裂。肯定起沙了,我最喜欢这种半沙不沙的瓤的了。

刘可顺着她的话看向暮色里那个碎瓜。就着路灯,果然能看到红瓤的边缘微微起了点沙,一看就知道是那种最甜的瓜,酒气冲天里仍能闻到一丝清香。他挑瓜的童子功果真没退步。

天色渐渐黑透了。小区草丛里此起彼伏的虫鸣声起初像吵架,现在像合唱。一个穿背心的中年男人带着一条毛蓬蓬的松狮走过去了。紧接着又是一个穿热裤的长腿姑娘拼命控制一头德国杜宾别太靠近他们,怕吓着人。这小区的高档程度光看狗都知道,一水儿进口纯种。那只杜宾凑过来煞有介事地闻了一下破瓜和茅台包装盒,挑剔地摇着尾巴走开了。看似凶险的红色汁液鲜血一样正顺着瓜身最大一处裂缝缓慢地往外淌,包装盒外也很快积了一小摊无色透明的液体。一时间西瓜味、酒气、蟠桃香和夏夜特有的草木芬芳,以及两人身上的汗气混在一起,变成了一组复杂无比的气味交响乐。

刘可半天才说：这瓜就是太大了，坠手。

本来以为肯定坏了。所以今天说要送领导，我就想，让他拉拉肚子也好——憋了个坏，没成功。其实送不送都一样。反正我也快被开除了。孙梅轻声说，这事一直没想好怎么和你说。

我猜也是遇到事了。你从来不肯和领导走太近，也不爱混圈子。还和在学校时一样，觉得自己成绩好，就懒得和那群人为伍。其实这样也挺好的。都毕业这么多年了，咱俩都没怎么变。

刘可边说边伸手把地上的瓜掰开，从不规则的裂缝处掰了一小块儿尖放进嘴里。

真甜。早知道就该让小可吃了。他老说这是米龙，真逗。

瓦特·妹棱——我都记住了。你俩上课的时候我在厨房强忍着没笑出声。给我也吃点儿。

刘可拿起半边往地上一磕，西瓜的表皮应声而裂，碎成了好几块不均匀的小块。他拣大的递给孙梅一块儿。

这瓦特·妹棱是甜。他表情有点儿油然神往：小时候夏天在河北老家偷瓜，就这样。看瓜园的老头真凶，还养了一只大狼狗，但从来就是唬唬小孩，并不真的让狗追出来。现在的孩子都不知道西瓜原来是地里结的了——都以为是平板车超市手推车上长的。

真的。那下次咱们带小可回老家，专程去西瓜地里看看。再给我一块儿瓦特·妹棱。

他俩在长椅上吃了很久,你一块,我一块,直到把大部分西瓜都吃完为止。结婚八年了,意想不到在这一刻重温了恋爱时的好时光,比那西瓜还甜,甜得多。在学校助学金没及时发下来,他俩只能买得起宿舍楼下水果摊的一块瓜,就是你一口,我一口。那时他们都用功、好强、睥睨一切,以为自己虽然出身寒苦,却是数一数二的好学生,一到招聘会哪个单位都得求才若渴、趋之若鹜。那时候孙梅还是个羞涩的理科女生,未语先笑,容易脸红。刘可则意气风发,毕业几年领证那天还牛皮烘烘:媳妇你等着,虽然眼下没钱办世纪婚礼,过不了三年,咱最次也要买东三环珠江帝景,还得是面向国贸的户型!傍晚万家灯火璀璨辉煌,整个CBD都是咱的后花园!

豪言犹在耳边。两个技术人员的工资增幅远没有房价增长快,加之又压根没有投资意识,老家爹妈只求没病没灾不拖儿女后腿,其他一切鞭长莫及。看新闻看到房价都眼晕,七年了,一家三口还在北五环挪不了窝。有时候刘可想,难道说得租一辈子房?可是房东也早递过话了:是老住户了没错,租赁关系也一直很和谐,可毕竟得遵循市场规律,到时候了房租该涨还得涨。

开门七件事,柴米油盐酱醋茶,看上去件件琐细,可一文钱就难得倒英雄汉。省吃俭用加上公积金银行存款差不多过了八十万,可除了同样在北五环或西六环的房子,这八十万连首付都难。老等着房价往下跌,即便不跌太多,也指望着做个"俯卧撑"时趁机捡个漏儿,可这机会始终也没盼着。一着错,满盘皆落索。前两年还能付清三房一厅的首付,再过两年还不知道

125

能不能买得起一居室。两口子一下班就互相埋怨,合计,患得患失久了,都忘记了彼此还正当盛年,正需要对方的慰藉和柔情。老是钱,房子,房子,钱。革命夫妻,携手奋进。永远在同一块石头上跌倒再爬起。爬起又跌倒。屡败屡战。屡战屡败。

红军二万五千里长征,队友终于也有走不动的时候。两个人上班攒钱都这么难,另一个人失业了只有更难。刘可不知何时轻轻搂着孙梅的肩膀。手心还沾着西瓜汁,有点黏。他心里发急,车轱辘话脱口而出:没事,真没事。兵来将挡,水来土掩。头掉了不过碗大个疤,二十年后咱又是一条好汉。

什么乱七八糟的。孙梅扑哧一笑。

他再次殷勤地掰开地上的西瓜,递给她。

他们谁也没提家里正做作业等他们回去的刘小可。两个成年人生生吃掉了这个瓜能吃的绝大部分,基本上没浪费。不出意外地,俩人肚子都撑得滚圆,满手满身都是黏糊糊的西瓜汁。大概四十分钟后,他们的背影富有欺骗性地被路灯拖成了两条东摇西晃的长黑影,刘可左边腋下夹着的烟像把怪异的匣子枪,摇摇摆摆地走向离他们最近的一个公交车站。孙梅玩兴大发,笑嘻嘻地从他腋下"咻"地把那条烟抽出来,指着开过来的公交车说:站住,缴枪不杀!

这都多少年没玩的把戏了,特别让他想起她在大学里的淘气模样。那样年轻,快活,没心没肺。她那时候爱哭也爱笑,他答应过、到现在也仍然愿意照顾她一辈子。

但是当然什么海誓山盟他都没说出口。只是咳嗽了一声:

咱们无产者在这次革命中失去的只是一个瓦特·妹棱,得到的将是整个世界!

怎么样的世界?

牛奶会有的,面包也会有的,茅台会有的,芙蓉王也会有的,房子会有的,瓦特·妹棱也会有的—— 就算没有又怎样?只要人还在。只要我们还在一起。

又发疯了。有个东西现在就有。

她蓦地停下来,手里还举着机关枪一样端着那条烟,眼下枪口正指向刘可的脸,他的另一半脸则藏在路灯的阴影里,像半个莫辨悲喜的面具,瞪大眼睛。她指了他一会儿,手突然伸到那条烟前方,利索地开始自卸弹药。

你干吗?

她不应,像个狙击手一样麻利地打开枪膛,拆出子弹。就那么纤细脆薄的一根,夜色里看过去却闪闪发光。刘可心已经被结结实实地击中了。他想拦住她,但是最终没动弹。他相当迟疑地向她走过去。

喏。我给你去找个打火机。她说。

玛 格 丽 特

吉内薇拉·兰贝尔蒂　　高如 译

他觉得猫比狗好,他觉得人之所以要工作不过是为了在每次应得的升职之后能每天都出去吃饭,他觉得我太爱开玩笑了,他觉得有些胸罩一看就很假(不可能那么大,太不科学了)。他总是把他这些"我觉得"说得像格言一样,而我们碰面的时候,他竟然穿着工作服的裤子,上面还有磨损的破洞,但他丝毫不觉得他的格言做派和那一身穿戴之间有丝毫矛盾的地方。他的这些"觉得"说服了我,让我也觉得其实人生之中信仰无处不在。从破洞工作服裤子的记忆里出来,回到他对于胸罩的看法,我回答道,其实如果真要算尺寸的话,我在美洲的那个姑妈,她的胸罩就真的是一个大得不科学的罩杯。我说道,小时候,有一次我在家里找到了一件她的胸罩,然后我提着去问大人们,让他们给我解答。解答什么呢?事实就是,我说道,在美洲女人的胸罩之所以那么大是因为人们到处滥用抗生素,连蔬菜和谷物中都会有抗生素。这家酒吧的天花板上挂着很多胸罩,传闻中这些都是近些年里女顾客们留下来让人膜拜的,而且那些顾客大部分都是外国女人。他还说了很多他对于其他事情的想法,但我都没有明白,因为我脑子里在想着高中时候的一件事,那个时候我专门刻录CD卖给同学,然后去买配盐和柠檬的龙舌兰酒(价格2.1欧)。现在我一闻到这龙舌兰酒的气味就会想吐,我至今仍不明白为什么会这样,但是每一次都很灵。我使劲想着这是为什么,因为眼前这个觉得我太爱开玩笑的人,居然正在跟我一起笑着。吧台上多了一杯玛格丽特,我故作幽默地端起来。轻轻嘬一口,为了不闻到酒香我都不敢呼吸,我用手指擦掉杯口的盐,直接把手往衣服上擦,都忘了此刻我还在与人交谈。在这间天花板上挂满胸罩的酒吧里,我手里端着一杯玛格丽特,然后讲了件很有趣的事情,又或者是很尖锐,刻薄的事情?还是其他什么故作自在的事情。

床上一堆乱糟糟黏糊糊,我不知道那是什么,内心生出疑问。门关紧了。如果没有光照进来,天花板就是黑乎乎一片,房子里的一些角落也会一直隐没在黑暗之中。现在借着这光,我才看到屋子里深灰色的柜子和书桌、地板,地板上一摊污渍,不知是何物,还有摊在地上的平底锅。

眼前的这一切真的很考验人的思考能力。走到厨房,还好地上就只有平底锅,我对克洛里斯说道,发生什么了?

克洛里斯转着花茶里的勺子(或者是在吃沙拉,写笔记,看书,又或者是在卷烟),她回答道,亲爱的,如果你都不知道的话。

不管是在干什么,克洛里斯总是会非常肃穆庄严地完成,过程中岿然不为其他琐事所动,尽管我也不知道她在专注些什么。厨房的桌上放着几包打开的意大利面,锅到处乱放,鲜奶酪还放在离冰箱很远的地方。我一时不知道说些什么,径直走到灶台前,那里还散着一堆斜切通心粉,现在都已经吸水膨胀还坏掉了,另一头还有一口锅里盛了满满一锅冷水。

克洛里斯一边往牛奶里泡星星巧克力饼干(又或者是一边玩着填字游戏,喝掉最后一滴咖啡,又或者是一个人玩着塔罗牌),一边说道,这次还行,至少你这次没有火上还煮着东西就自己睡着了。

我对克洛里斯说,我觉得我闻到的头发上的味道应该是呕吐物,床脚那里还有一摊。我们走到卧室,然后一起打扫了一下(原来地上那一摊,之前我不知道是什么东西),那一摊是火红的玫瑰色。

所以你看,现在我们之间的交流方式就是这样的,一段时间不联系,然后我写给你,你不回复,然后又过一段时间,我们又相互不联系,然后你写给我但是我不回复,然后又过了一段时间彼此不联系,然后我写给你,你不回复,之后又一段时间不联系,然后你写给我,但我不回复。我想我永远也不会知道你过得怎样。我自己过得还不错。但是不管怎样,我只是想跟你说,有时候我还是会停下来,想起你,想起你那么爱吃甜点,想起你很会做甜点,然后又把做好的丢给别人,想起那些饼干,它们真是三生有幸,你像对待伦巴第奶酪乳一样对待它们,而这些奶酪乳也没什么可抱怨的,因为你处理它们的时候,像是手里拿的是桃子一样小心,但是这些桃子,作为桃子,同时又是一种不那么精致的食材,也许它们确实可以抱怨一下,因为你对待它们就像对待我一样(只要想想它们被切片和剥皮的时候,就可以知道它们有多痛苦了)。它们真的早就应该反抗了,也让你明白那痛苦是什么滋味。求求你想象一下低血糖昏迷是什么滋味,去问问专家吧。

当时我和克洛里斯两个人站在一个小得过分的房间里,思虑重重,而前一大摊呕吐物。我当时吓到了,问她,在她看来那摊红色是不是因为里面有血。克洛里斯说道,亲爱的,我觉得不是,你昨天吃什么了?可能是菊苣,或者是甜菜?我回答道,我印象中我一整天什么都没有吃,但是如果是空腹的话,那呕吐物应该不是这样的,应该是那种黄绿色的胆汁。不过我记得我喝过一杯草莓味的鸡尾酒,好像最后喝的就是这个,一杯加冰的,里面有很多食用色素。添加色素来美化,我们不是早就习惯通过这样或者其他的方式来美化一下,掩盖肮脏吗?

从你最后给我发的消息来看,我不否认,我肯定是同意你说的。从你发的那些消息看来,你当时好像总想着用紫色的亚麻线捆着我。个人而言,我真的没有勇气告诉你,紫色在我这里就是代表恶心和不适的颜色。也许有一天我会告诉你,如果实在是要用亚麻线什么的,我还是选择青苔绿吧。

在很大程度上,当时的我更需要一部手机,而不是男人。
我周围的人都有智能手机,我就只是想要随便一部什么样的手机都行。我当时用的是一个老版诺基亚,红色的,也没有手机盖,用得太久,树胶的按键中间都拱起来了。我甚至都觉得不能把那称为手机,那就只是个电话,仅此而已。那个手机充一次电可以用整整一个星期,有时候总是在使用中,但更多的时候，它就在一旁沉默不语，黑白色的屏幕让人捉摸不透。

我记得一个冷冽的晚上我发觉我好像把它弄丢了。那天晚上我很晚才结束工作，走到存包处去拿包，穿上我那件新买的沙皇时期哥萨克风格的外套，然后下班回家。跟平常一样，我叹着气在一堆揉得皱巴巴的小票中想要找到我的手机，我把手在包里转了转，期待着像往常一样摸到那个冰凉的手机。但是那天晚上我找了很久没有找到，然后我看了看地上，我趴在地上一寸一寸地仔细搜索，还是没有找到，也没有人见到过它。

我记得我当时很着急地跑到最近的服务中心，值班的员工听到我绝望的敲门声，一边回答我一边拿着钥匙开锁。我用蓝色的墨水在一张纸条上大概写着"手机被盗，停掉SIM卡"之类的信息，然后贴在橱窗上给他看，但是当时值班的员工很累，冷漠地在橱窗另一边贴了一张粉红色的纸条给我看，上面写着通信公司的24小时热线电话。

第二天我有点迟疑地去了分公司负责人的办公室，含糊地跟他说，虽然看上去很不可能，但是我真的怀疑有人猜到了我的那部手机不可估量的价值，所以把它偷走了，虽然它初看上去不那么起眼。负责人问我那部手机是什么样子的？我迟疑地回答道，是红色的。他又问道，是部很破的手机吗？我抬着头说，是的。

他对我的回答很满意，然后把手机交到了我手里。他跟我说其实手机是掉在靠在墙边的那些画框后面了。我在心里责备自己，都怪自己没有把地上每一寸都翻过来找找。

我之前不是说过我那部手机更多的时候都是安静地暗着屏，我只是有时候会用到它吗。就是他，会在手机另一端跟我交流，甚至是质问我。他曾经问我，你知道在墨西哥的地铁里每年都会有两万八千个小孩子失踪吗？

你知道巴格达20%的人是光脚走路吗？

你知道在美洲女人们的胸那么大是因为她们到处滥用抗生素吗？

你知道植物会呼喊吗？

就算是问这些奇怪的问题，他仍然是一个很可爱的人，我既没有回答是，也没有回答不是。我大概计算了一下一百万人中间大概会有多少人有可能会回答这样的问题，然后继续讨论下去。突然我的注意力就被其他东西吸引了，不知道是谁也不知道是为了什么从路上扔了颗石头把家里的玻璃砸碎了。正好把我的意识唤回来了，因为继续深思下去一般都不是什么好主意。百万分之零的概率，一百万人中不会有任何一个人想要回答这样的问题。电话那头的他继续说着，在跟我解释介绍一款解码植物语言的机器，有一些图形可以展示植物在被刺刻，被拔起或者切断时的痛苦。之后他就从我人生的那一幕退场了，去做我们之外的其他角色下场之后都会做的事情，不过做多做少、做或不做都不重要了，反正他已经退场了。

当最后我们只能通过手机偶尔联系的时候，我有试图去找些其他的嗜好来转移我的注意力。有一段时间我特别关注我的牙齿。如果不注意口腔卫生，可能会造成腹膜炎，中风，局部缺血，心脏停搏。每年洗牙两次可以显著减少患这些疾病的风险，你的牙医能挽救你的生命。每次餐后都得刷牙，但是要餐后一小时才能刷牙，这样可以不损害牙釉质。每天至少要使用两次牙线。建议使用漱口水，但是不能过度使用，否则也会损害牙釉质。你的牙医是可以拯救你的生命，但是那也必须是一个非常认真专业的牙医，这样才能避免损害你的牙釉质。如果过度咀嚼的话也会加速牙齿的损耗，还有夜间磨牙也会。使用夜间护齿套可以防止夜间磨牙。如果白天磨牙的话，可以考虑药物治疗和心理治疗。

像对牙齿护理着迷一样，后来我也尝试着去关注粪便，有部分也是因为我碰到了一个在这方面很专业，知道得很多的女生。我们是在一次聚会上认识的。当时有一个年轻女生，身材健美，特别喜欢现代舞。但是她说来说去都是谈论着关于大便和肠胃胀气的事情。她多年来都试图调整自己的饮食，希望她的粪便可以变得绝对正常，同时治好自己的肠胃胀气，不过那些努力都是徒劳。就这样我开始知道，大便不应该太软，但是也不能太硬，导致拉不出来，正常的大便应该是顺畅地滑出来，每天排便次数至少是两次，但是最多不能超过三次，而且每次排出来的大便颜色要一样，不能太臭，也不能有奇怪的臭味，而且用来擦拭的卫生纸上不应该有大便的残留。结实的大便让人感觉舒适，同时也是我们对这个世界的馈赠，是我们完成得很好的一件工作。有好几周我感觉都还不错，但后来吃太多花椰菜导致我日常的生理机能紊乱。追求均衡饮食就必须保证食物中有足够多的抗氧化成分，这也让我每天很大一部分的时间都不得不在厕所里度过，看能不能用我的馈赠埋住整个世界。馈赠得太多也是一个问题。坐在马桶上的时候我总是会忍不住想，对于花椰菜而言到底是蒸煮更难受，还是在平底锅里炒更痛苦。

像关注大便一样，我也尝试着去喜欢跟现实生活中的人在一些风格比较强烈独特的地方进行健康且无害的约会。我把头发上的粉红色呕吐物弄掉，在这么多尝试之后，最终得出了结论，我做不到，除了手机，除了那些关于植物的乱七八糟的事情，我没办法对任何其他东西着迷。

我写了一个故事，女主人公终日待在自己的房间里，吃的食物就是停在窗户对面的屋顶上休息的海鸥。有一次她看到一只海鸥嘴里咀嚼着一只燕子。有一次她看到一只海鸥嘴里咀嚼着一只它的同类。有一次她出门了，看到一只海鸥漂浮在水面上，嘴里衔着一只老鼠的头，那老鼠很大，还在呻吟。她手里没有石头，她也没有勇气把钱包丢出去，大自然就是如此残忍，她感慨着走开，但是当时旁边有一个男生却跟他的女朋友解释道，那不过是自然界的食物链而已。在这之后，我们的女主人公再也不出门了。有时候她会仔细地盯着一个宗教宣传册的封面看，上面画着一群熊猫跟狮子在草地上玩耍，各种肤色的孩子牵着手在一群猛兽和食草动物之间开心地转圈，虽然这一切她都没有亲眼见过，但是她看着这封面的时候却满心怀念。她开始想到，食物确实是一个问题，海鸥是一群可怕的，对食物贪得无厌的畜生。有一次她看到一群海鸥啄着街上行人们的眼睛,它们数量太多了,根本拦不住。当时人群里也有那个曾经给女朋友解读这个世界的男生,他尖叫着,脸上都是血。我们的女主人公站在窗前对他说道,不要担心,这不过是食物链而已,但是好像那个男生并没有听到。

有一次她在白日做梦的时候,有人叫她一起去吃晚餐,她说一点也不想去。她扔了一块变硬的面包壳到对面的屋顶上,然后又向人要另一个变硬的放久了的面包。

从故事中出来,我们再回到手机这件事情上,我其实就是想跟你说,我给你发了这么多各种各样的信息(都是乱着发的,没什么顺序,你得自己好好拼凑,排排序。),由于某些我自己也无法说清楚的原因,我又开始找你了,我又开始期待当你说过来的时候你是真的会过来,但是你再也没有过来了,老实说,我觉得你真的再也不会过来了。虽然我明白的事情不是很多,但是这一次我觉得我明白了:你是不存在的。我终于懂得,有些事情是不存在的,是没有意义的。就像有时候我梦到你正在发消息给我,但是实际上你从来没有回复过我,又或者是有时候我梦到你在跟某个人说话,我梦到那个人是你母亲,但实际上你却是在跟你的狗说话。

不管怎样,我最想告诉你,我找到了一件非常漂亮的外套,一件沙皇时期哥萨克风格的外套,金色的扣子,黑白条纹的内衬。我并不相信沙皇时期的哥萨克人会穿内衬是黑白条纹的衣服,但这不是重点。克洛里斯也说这件外套很美。我理顺了头发,想跟她解释为什么只有手机是不够的。她跟我说你找到了你自己的那件外套,可是找到它之后你就再也不能奢望自己

玛格丽特

还能获得幸福了。我笑着,想着很多年以前,当时手机只是一个玩具,他们给我解释俄国文学里果戈理的外套(Il cappotto)。我知道的东西不多,但是我想告诉你,在那之后我就明白意大利语译本的题目可能就只能那么翻译了,虽然不管怎么样多少都有点不准确。因为俄语里的šinjel'(外套)是一个阴性名词,这是一种很有必要的暗示,让读者在无意识中领会到,公务员阿卡基病态地眷恋着他所能拥有的一切,来来回回地研究,甚至连睡觉的时候都会琢磨。就算最后一切都消失了,也要在那虚空之中继续受着折磨。

浣 熊

| 葛 亮

> You were just another sideshow
> in a back street carnival
> I was walking the high wire
> and trying not to fall
> Just another way of getting through
> anyone would do, but it was you
> You were just another sideshow
> and I was trying not to fall
>
> ——Allan Taylor《Color to the moon》

一

她站在地铁站的出口,有些无措。

路人已经走得缺乏章法,有的终于奔跑起来。眼前一只麦当劳纸袋随风滚动,跟在行人身后亦步亦趋,最后在雨的击打下疲软,停在了街道尽头的斑马线上。雨似乎比刚才更大了一些。

她所在的地方,远远还眺得见时代广场的巨型荧屏。曾姓政府长官在接受采访,就奥运圣火遇袭的事情发表声明。镜头忽然一转,面目严正的女主播出现,屏幕左上角是个巨大的"T3"。

   热带风暴"浣熊"带来恶劣天气,天文台发出今年首个红色暴雨警报。澳门下午挂出八号风球。港澳喷射船停航。预计"浣熊"下午在阳江附近登陆。傍晚集结在香港以西约150公里,预料向东北移动,时速约18公里。进入广东内陆,天文台预测,间中仍有狂风雷暴。

她身旁的中年男人蹲下来,一只帆布包搁在地上。包带上烫着殷红的三角,这是本港著名快递公司的标识。中年男人将制服上的扣子解开。汗馊味灼热地氤出来。她侧过身子,避了一避。听到男人小声地叹了一口气,说,黐线天文台。澳门挂咗八号,唔使返工。我们就挂三号。同人不同命,扑街得喇。

这时候天上无端响过一声雷。雨如帷幕遮挡下来,铺天盖地。身旁的阿伯情绪失控,放大声量继续谩骂。她站在这幕后,心情却由焦躁突然安静。外面的世界,终于可以视而不见。

这是这份工作的第十五天,一无所获。她开始盘算月底如何利用五千五的底薪度日。想一想,又有些庆幸,终于没有淹没在大学毕业生的失业潮里。许是她做人的好处,永远有一道值得安慰的底线。这底线令她退守了二十三年。

所有的景物都渐渐模糊,成为流动的色块。只有一种风混着液体回旋的声响。她闭了眼睛,听这声音放大,再放大。

风突然间改了向,鼓荡了一下,灌进来。有人在慌乱间打开了雨伞,雨点溅到她的小腿上,一阵凉。她在失神间一个激灵,同时发现手里的传单掉落在地。一些在一瞬间被打得半湿。有一张,向地铁站的方向飘浮了一下,她去追。在快要捉住的时候,传单却给人仓促地踩上一脚。那脚怯怯地往后缩了一下。她捡起来,纸张滴着水,浓墨重彩成了肮脏的颜色。

对不起。她听到厚实的男人的声音。略略侧了一下脸,看到了一只茂盛的黑色鬓角。

她没有说话,站起身,将这张传单扔进了近旁的垃圾桶里。然后慢慢向地铁出口的地方走回去。

她把手里的单张用纸巾使劲擦了擦,又重新整理了一下,取出塑料封套裹上,码码紧,放回包里去。包被她捧在胸前,过于大。令她的身形,显得更小了些。

这时候,她看到一只手伸过来,手里捏着一张传单。

这张是干净的。

她听到。然后看到刚才的黑色鬓角,停顿了一下,看清楚了一张脸。是一张黧黑的男人的脸。

这样肤色的脸在这城市里并不少见。这城市有很多东南亚裔的人。印度,斯里兰卡,巴基斯坦,菲律宾。他们早已与这里水乳交融,同生共气。

但这张脸有些不同。她回一回神,终于发觉原因。问题出在细节。

通常,拥有这样肤色的人,面目往往是热烈的。他们的深目高鼻,微突的颧骨和下颌,都在将这种热烈的表情变得更为具体。而这张脸,具备所有的这些特征,却都略略收敛了一些。感染力由此欠奉,并且和缓了下去。粗豪因而蜕变,走向了精致一路。

好在棱角留了下来。她心里想。

嗨,你还好吗?发现这张脸俯下来,有些忧心忡忡地看她。

她接过传单,顺便说了声,谢谢。

对方说"不客气",用不太标准的广东话。

雨没有要停的迹象,甚至在已经黯淡的天色里面,有些变本加厉的意思。地铁站出口处的人,逐渐多了。大都是躲雨的,其实都知道等得有些无望。天文台虽然不太可信,但叫作"浣熊"的台风,来势汹汹,已没有人会怀疑。人们抱怨了一下,还是等。等着等着继续抱怨,却没有去意。人声开始嘈杂,在她耳里成为低频的嗡嘤。

她有些头痛,却不能走。地铁站的意义之于她,是工作的阵地。

她错过眼,去看地铁近旁的一棵木槿,在雨里十分招摇。这种植物,在南方花期极早,原本已经是一树锦簇。今年却在极盛时遭遇了台风,眼下挣扎得力不从心。终于,听见噗塌一声,一大枝带叶齐茬折断了。

这一断,让她心里"咯噔"一下。有小孩子的声音欢呼起来。她低下头看看表,舒了口气。她想,可以收工了。

她拎起包,回转身。身边有个高大的身形,黧黑的脸庞。她意识到,是刚才那个人。他脸上的表情,有些不耐,正在看一张传单,正是她掉落在地上的一张。她这才看清楚了他,这其实是个青年人。虽然她并不善于判断异族的年龄,但还是看得出他不会超过三十岁。或许因为肤色的暗沉,会遮蔽掉一些年轻。

这时候他抬起头,她对他笑了一下。他也笑一笑,露出洁白的牙齿。然后指着传单对她说,这上面写了什么,我看不懂中文字。

是一个招聘广告。她敷衍地说。这时候,她看见他的Polo衫领口里一闪。那是一根白金项链。上面坠着一个"A"字,用了东欧的某种字体,笔画间浅浅的隔断。这是意大利的金属镶配名家Steve Kane的作品,坚强中有优柔的暗示。一以贯之的风格。她看出来,同时间在心里苦笑了一下。她的专业知识终于派上了用场。世道好的话,原本她有机会成为珠宝鉴定师,或许另有建树。

这是一个刮目相看的开始。

她对他说,我们在招聘一些人才。

她尽量让自己的语气镇静,波澜不兴。

他认真地又看了传单一眼,问道,是,什么样的人才?

她从包里取出一张名片,递给他。

他接过来,看上面的字。Vivian Chan, Material Life CO. LTD.

她微笑了一下,分寸拿捏得宜。可以这么说。我们是一间模特经纪公司。我是特派艺人联络专员。

他的眉毛动一动,眼里似乎泛过兴奋的光芒。这么说,你是一个星探？

我做这行也是刚刚起步。她谦虚地说，但我们公司以发掘具有明星潜质的年轻人为己任。已经有多年的经验。她指着传单上一张照片说，他的第一个电视广告，是由我们接洽的。

照片上，是个在近年风生水起的男明星。

他轻轻地"哦"了一声。

她很认真地端详了他几秒，口气更为诚恳，我不知道你如何看待自己？

他回望了她一眼，显见是茫然的，我？

嗯。其实我们每个人，都未必对自己有充分的认识。特别是自己的优势。你知道么？相较于本港青年，你有一种独特的气质。就是，国际化。你知道这一点很重要。因为我们旗下的艺员，通常只代言国际品牌。太亚洲的面孔，已经饱和了。中田英寿，富永爱……人们有新的期待，还有……审美疲劳。

我不知道你说的这两个人。他摸了一把自己的脸，又挠了挠头。

我只知道乔宝宝。他突如其来地说，同时笑了。这笑容十分松散，令他的表情变得玩世。

她在心里叹了一口气。乔宝宝是这城市里最红的印度裔明星，出生于本地。纯正的香港制造，以插科打诨著称。最近穿上红斗篷，打扮成超人，代言一款壮阳药。

你和他，风格是不一样的。她试图对他这样说。他的眼神开始游离。外面的雨，似乎小了一些。人们开始撑起伞，往外走。

她看出他对她突然间的健谈有些不适应。她意识到了这一点,心里迅速有了一个决定。

她说,这样,我们公司最近接到几个品牌委托。你的外形和一支运动品的广告很适合。当然,应征者竞争很激烈,因为酬劳丰厚。如果你方便,不妨约个时间来敝公司做个 casting(试镜),打我的手提就好。

她指了指他手中的名片。他又看了一眼,说,陈小姐。

叫我 Vivian。她给他一个最 nice 的笑容。然后说,再见。

她打开伞,不动声色地走出地铁口,快步地走。她让自己走得很快,没有回头看。

回到家的时候,夜已经很深。

她住在这城市的边缘。天水围,有着城市没有的安静。

站在窗台前,见远处有水的地方,一只鹳悠然地飞过去。那里是政府拨款兴建的湿地公园。

桌上搁着一煲汤,打开,是粉葛煮鸡脚。广东的女人,都会煲老火汤。母亲的创意,体现在笃信以形补形,说她在外面跑,要好脚力。

她饮了汤,冲了凉。出来的时候,听到隔壁房有粗鲁的男人声音在呵斥,是后父。或许又是因为弟弟不睡觉,半夜三更在打电动。

打开房门。这一间只有母亲细微的鼾声。她脱了鞋,轻手轻脚沿了碌架床的阶梯爬上去。床还是震动了一下。

返来了。汤饮咗未?是母亲的声音。

她轻轻"嗯"了一声。母亲翻了个身,又睡过去。

她缓慢地躺下来。慢是为怕天花撞了头。这是政府十五年前建的公屋,安置新移民。为要容纳更多的人,天花一色都很矮,刚可摆下一张碌架床。

她睡这碌架床也有十几年了。开始是和弟弟睡,弟弟睡下层,她睡上层。姐弟两个的感情,也在这床上建立起来。小时候,弟弟胆细,夜里怕。她就搂着弟弟睡,哄他,给他讲古仔。人们都说,她好像弟弟的半个阿母。

后来,姐弟两个的话,渐渐少了。再后来,眼神都有些躲闪。有一天,她推开门,看见弟弟拿着她的胸罩端详。见她进来,飞快地丢掉了。

她和弟弟分开,是中五的时候。母亲在弟弟的枕头底下,发现了一本 *Play Boy*。有一张被弟弟折了页。打开,是个半裸的亚裔女优。眉眼与她分外像。

母亲没声张。只是让弟弟搬去了大房间,和后父睡。自己睡到了碌架床上。

小时候,母亲问她将来的心愿。

她说,我长大了不要睡碌架床。

母亲苦笑,傻女,我们这样的人家,不睡碌架床,难道去瞓街?

于是长大了,还是要睡。这四百呎的屋,四个人,处处要将就。

她其实心里知道,家里人都想她嫁出去。

母亲原不想,母亲疼惜她。她曾觉自己长得不好看,担心自己嫁不掉。母亲便笑,你若嫁不出,阿母养你一世。

她也疼惜母亲。家里是母亲在撑持。母亲在海鲜楼做侍应。后父做什么都做不长,不想做,领政府综援。

现在,母亲也想她嫁出去了。半个月前,她在房里换衣服。一回身,看见虚掩的门缝后面,贴着一双眼睛。

那是一双狭长的男人的眼睛。这个家里有两个男人有这样的眼睛,一老一少。

半夜里头,是母亲压低了声量的争吵。还有呜咽。

她深深吸了一口气。

这时候,她听到了外面大风旋动的声音。雨花扑打在窗户上,瞬间绽放,然后变成黏稠的水流,颓唐地流淌下来。

风越来越大。窗子上贴了厚厚的胶带。风进不来,不甘心,鼓得玻璃有些响动。突兀地响了一下,安静了。忽而又响起来。像是沙哑的人声,窃窃地说话。

她突然间想到他。

二

清早,她回到公司,就听见阿荣在抱怨。

搞清洁的锦姐走得匆忙,昨天忘记关窗户。茶水间没有人打扫。一地的雨水。还有些树叶,在水里泡成了湿黑色。

锦姐请假回了老家。台风太猛,讨海人便遭了殃。阳江有三艘渔船在西沙海域附近沉没,几十个渔民失踪。锦姐家里人没事,房子却被泥石流淹了一半。那是她一年的薪水盖起来的,说起来也是阴功。

与"浣熊"相关的雨带为华南地区带来狂风大雨,为香港大部分地区带来超过70毫米雨量。在大雨影响下,天文台分别于下午6时54分及下午7时10分发出新界北部水浸特别报告及山泥倾泻警告。在三号强风信号下,西区摩星岭道50号对开有大树倒塌,无人受伤。

她听着新闻,一边啃一个腿蛋三明治。手提突然响起来。她接了。是个男人的声音,找陈小姐。她立即认了出来。

他的声音,有些黏滞。停顿间,言不尽意。

他说,他想来试镜。

她心头一热。然后用很冷静的声音说,来应征的人很多。今天的试镜时间已经排满了。

他有些失望地"哦"了一声,问她要排到什么时候。

她说,可能要到下个星期了。不过,明天上午好像有个人取消了预约。我需要查一下,看能不能帮你插进去。请稍等。

她手持听筒,面无表情地发了半分钟的呆。然后告诉他,已经查过了。十点半到十一点有一个空当。她可以帮他安排。

她问他,可以请他提供一些简单的资料么?姓名,身份证号码。

Anish Singh。他说。她听出他的声音里,有些感激。

她重复了一下这个有些拗口的名字。他说,辛赫是他的族姓。

好吧,辛赫先生。那我们明天见。

啧啧啧。阿荣在身后发出奇怪的声音。

Vivian,你真是天生吃这碗饭的,讲大话不打草稿。

她冷笑了一下,说,比起您来。差太远了。

阿荣是他们的业务部经理,至少每个星期能做成一单生意,背后被人叫作"千王之王"。

同事Lulu走过来,把一粒金莎朱古力放在她桌上。

阿荣哈哈大笑,说,值得恭喜。这是Vivian入职来的第一位客。一大早打来公司要casting,"水鱼"①做成这样,还真是有够专业。

他出现的时候,她还是有些意外。

他站在门口,看着她。没有要走过来的意思。

他的头发涂了厚厚的发蜡,朝后梳起。好像《教父》里的马龙·白兰度。连同他黑色的西装,以及黧黑的,略有些阴沉的脸色。

内线响起,她接了,是Lulu。Lulu轻声说,Vivian,好好把握。他身上的Armani,是四月在米兰发布的新款。

她也看出了这件西装十分地合体。这是个挺拔好看的男人。然而他的眼神里,有一些拘谨和木讷,还是原来的样子。

她愣了一愣,在调整一个合适的表情。

这时候,阿荣却已站起来,笑容可掬地走过去,握住了他的手。

---

① 水鱼:粤语中称容易上当的人。

他躲闪了一下,手随着阿荣的动作剧烈而僵硬地摇动。他的眼睛还是看着她,求助一样。

她走过去,迎他落座。

她打开抽屉,取出一份表格。递给他一支笔。

其实是例行公事的登记。他填得很认真。姓名,电话,银行户头。笔迹稚拙,中规中矩。在填"地址"一项的时候,他犹豫了一下,写下了一个地址。在九龙塘的剑桥道。

他说,我不知道三围填什么。

她微笑了,说,没关系。我们的造型师会给你量身。我回头替你填上。

她站起身去影印。他一抬手,手指恰碰到她的腰际。两个人停顿了一下,才如触电般倏然分开。他并没有对她说抱歉,只是嘴角微微扬起。

回来的时候。桌上摊着花花绿绿的报章与杂志广告,那是他们旗下的 talents 所谓的业绩。

阿荣以业务经理的身份,正在向他解释一份广告文案。这份文案,他们已经用了九个月。用在不同的人身上。

她冲了一杯咖啡,倚着影印室的玻璃门,冷眼旁观。

他在镁光灯底下,发着虚汗。

身后的白幕,将他的身形勾勒得有些突兀。眼神因为茫然,无端地肃穆,又有些焦灼。像个随时待命的追悼会司仪。

摄像师说,伙计,放松些。

她知道,眼前这些拍摄器材,在这阔大的空间里,足以对初入摄影棚的人造成震慑。

当她对这间公司的性质有所认识,也曾觉得这样一个studio作为过程中的一个道具,太过pro。有喧宾夺主之嫌。

阿荣说,你懂不懂,做戏要做全套。

当他结巴着,对着镜头做完了自我介绍。黧黑的脸色竟然变得有些惨白。发蜡在温度下融化,卷曲的头发耷拉下来,盖在了额角上。

没有了肤色的掩护。下颌上的棱角也被灯光稀释。

他的样子有些脆弱了。

需要表演一个短剧。是《麦克白》。老王被深爱的女儿离弃,一段独白。

他小心翼翼地念着台词。情绪无所用心。没有应有的记恨,也没有绝望。但在他鲁钝的声音里,她却听出隐隐的恐惧。

他的眼神又开始游离,四下张望。摄像师皱起了眉头。当他捉住了她的眼睛,终于安定下来。她攥起拳头,对他做了一个"加油"的姿势。

最后环节是摆一组平面照的pose。

她开始走神,在想如何以别的方式将他留住。她改变了对东南亚人的"成见"。那种与生俱来的表演的天分,他是没有的。他的自信心,或许也已经被自己的表现摧垮了。他随时都会放弃。她需要设计新的说辞。

背景换成了椰林树影,近处是私家游艇的轮廓。他要表达的,是在海边的徜徉与享受。然后是一句台词。

这时候。

他将西装脱下来,搭在了肩上。他没有更多的动作,只是默然立着。

她吃惊的是,他的神色,仍然是单调的。而此时,却被一种平和置换,变得自然与静美起来。似乎他天生属于这虚拟的环境。

Life, as it ought to be.他念出了最后的台词。

他的嘴唇翕动,轻描淡写。

这一刻,她想,他是个性感的男人。

她将他的数据输进计算机。

她感觉出了他的目光,侧过脸去。他的眼睛躲开了。

他轻轻地问,你们会录用我么?

她在心里笑了一下,然后对他说,保持联络,有消息我们会尽快通知的。

她回家的时候,天上堆满了霾,却没有下雨。

风时断时续,并没有想象中的大。今年的风球挂得早,去得也快。只是,城市的面目究竟惨淡了些。

小巴车行到元朗,突然前面设了路障,因为山体滑坡要整修。司机看着前面的车稳稳开了过去,自己却要绕行,心里很不爽,当下在车上骂起来。

你老母,边个不赶去屋企食饭。死扑街,早不设晚不设。有乘客劝他,算了,今天机场有二百多航班延误走唔甩,我们算好彩啦。

三

"浣熊"于昨日下午6时与7时之间与本港地区最为接近,在本港以西150公里左右,同时,香港天文台录得的最低气压为1003.9百帕斯卡。风势减弱,天文台于今日凌晨1时30分取消所有热带气旋警告。随着浣熊转化为温带气旋,本港气温由21度急升至25度,带暖性的锋面曾一度为本港带来强劲的偏南气流和较温暖空气。

这一天早上,居然有了阳光。她决定打电话给他。
电话关机,是留言。是他的声音。又不像,声音仍然鲁钝,但是流畅清晰,就有些刚硬。她告诉他通过了面试,今天可以谈谈签约的细节。
她挂了电话,居然又打了过去。鬼使神差,是想要听一听他的声音。

他这一天来,只穿了白颜色的棉布衬衫,挽起袖子。牛仔裤。
头发并没有梳理,微微蓬起。整个人看上去,竟放松了很多。
她说,辛赫先生,你这才是年轻人的样子。
他不好意思地笑了。

公司里的其他人对他,也宛如老朋友的态度。

在这种时候,他们都很清楚各自扮演的角色与策略。越是严阵以待,越是举重若轻。

阿荣拍拍他的肩膀,恭喜他。说难得第一次试镜照就已经被广告商看中,小伙子前途无量。将来我们公司也以你为荣。

阿荣告诉他,此次请他代言的会是欧洲一个新兴的运动服装品牌,将来很可能成为亚洲青少年的时尚主打。到那时,他的面孔就会家喻户晓。

他渐渐有些心不在焉。阿荣心里没底,说,你要相信我们打造你的诚意。

Vivian在哪里?他问。

她恰好听见了。快步走过来。

阿荣就大笑,辛赫先生只信得过我们Vivian。那就交给你了。

她坐下,从阿荣手里接过很厚的一摞文件。

她说,辛赫先生,下面由我来逐项给你解释签约的细节。如果有任何问题,可随时问我。

这自然是一份布满陷阱的合约。机锋暗藏。为了锻炼解释时避重就轻的技巧,她曾用去了许多时间。现在已游刃有余。

然而,她发现,在接下来与他交谈的二十分钟里,并未有成就感可言。因为,说到任何的条款,他只是一味地点头。有时候,为了表现诚意,她不得不特意停下来,等着他问问题。他的鼻翼耸动了一下,似乎想说什么。然而,也终究没有说,仍然是点了点头。

终于到了关键的时候。当充分强调了未来的广告代言工作会给他带来优厚的报酬后,她说,签约后,我们会在合约期限内担任你的经纪人之责。因此,在他的工作运转初期,需要缴付一些行政费用,以便公司为他做宣传与接洽工作之用。她拿出一份表格,向他解释费用细项。包括拍摄造型照和Com-Card,用以send给广告客户拣选接拍广告之艺人;提升演艺技巧的Training Course;度身定做的宣传网页;经理人费用、保姆费用……

她将声调调整得最为轻柔。表面上,风平水静。心里还是忐忑的。往往这时候就可能成了和客人的争拗所在。火候拿捏不好,甚至一拍两散。这样就前功尽弃。

有时候面对质疑,他们也有对策。阿荣会表现得比客人更强硬,甚至利用威胁的手段。不过这是下策了。

他咳嗽了一声。她心里一惊,停住了。

他捏起这张表格,扫了一眼,问,总共要多少钱?

视乎想要的宣传力度。不同的宣传力度收效也是不一样的。如果您想要短期内有成果。她拿出了另一份表格:我会推荐这个组合是最有效率的。虽然价格稍高,我们会为您争取多些的折扣,原价是十二万,然后……

就这个吧。他再次打断了她,同时拿出了信用卡。

她松弛下来,发现手心里一阵黏腻,已经浸满了汗。

远远地,阿荣向她打了个OK的手势。

这一切,未免太过顺利了。

拍宣传照需要换三套衣服。

因为都是准备给亚洲人的款型,于他则不尽适合。外衣合身的大概有一件卡其色的猎装。

运动look则是一身Y3的网球服。加大码,他穿上还是紧绷的,胸肌鼓突,看上去十分壮硕。扣子是扣不住的。她又看到了小小的白金A字和一丛浅浅的胸毛。她想,这丛胸毛,让他看上去不那么洁净了。外国人,到底还是兽性的。

他的神情仍然直愣愣的。

摄影师说,先生,眼神温柔一点好吗,想想母亲,你母亲的眼睛。

这时候,他突然间一把将网球衫脱了下来。一瞬间,她看到了他臂膀上有一个刺青,是一把拉满的弓。

他将衣服甩在摄影师脚底下。然后用冰冷的声音说,我没有母亲,她早就死了。

他一言不发,开始穿自己的衣服。她走过去,好言好语地劝他。说还欠一套正装就拍好了。摄影师虽是无心,但她为刚才唐突的话道歉。

他的脸色缓和了一些。她拿来正装的板型相簿,一页页地翻给他看。

他终于指着其中一张说,我要拍这个。

她笑了。她说,先生,这是婚纱。一个人是拍不了的。我们今天,没有预约女模特。

所以,我要和你拍。他很慢地说。

空气凝固了。都在看着她。

几秒钟后,她合上了相簿,然后说,好。

她抚摸着这张照片。自己都觉得惊异。

她没有想到,会在这种情形下穿上婚纱。

一股夏枯草的味道飘过来。Lulu最近上火,喝了太多的凉茶。

Lulu站在她背后看了一会儿:Vivian,你别说,还真挺有夫妻相的。

是的,她自己都惊异。这照片上的两个人,竟然是和谐的。都有些许的紧张。他攥紧了她的手。用的力,是真的。

而眼睛里,居然也都有一丝温柔。这,也是真的。

她对阿荣说,还是给他安排一些广告。一两个也好。

阿荣说,呵呵,妇人之仁。

她说,收了人家这么多钱,也要想着善后。

阿荣这回笑得不知底里,我当然要给他安排,而且要安排个大的。我已经给Anita打过电话了。

听到了Anita的名字,她立刻警醒。阿荣,适可而止。

阿荣又笑了,是和解的表情。Vivian,何必这么认真。难得你第一单做到这么大。我知道,你一直想在外面租个单位住出去。现在机会来了。

是的,如果自己在外面有个小单位,就不再需要睡碌架床了。

她也不置可否地笑了一下。

这一切,都需要钱。

她给他打了电话,告诉他,为他安排的第一支广告,会在这个周末投拍。

他们租借了"海牙城会所"的楼顶游泳池。日租金两万。

阿荣用蹩脚的普通话说,舍不得孩子套不到狼。

Anita依时出现,妖娆万状。

Anita是他们长期合作的女模特。只负责大case。中意混血的Anita,面孔出现在本港大小的成人杂志上,让老少男人流尽了鼻血。偶尔和尖沙咀的豪客做做皮肉生意。业务少而精,并不为生活奔忙。但是,阿荣她是会帮的,因为是相逢于微时的朋友。阿荣是她第一个皮条客。

阿荣在这女人臀上拍了一下,咬着她的耳朵说,今天全看你的了。

天气架势,阳光普照。

她依靠着池边的雕花栏杆。城中的景色尽收眼底。远处是海,海里有船,海上是影影绰绰的青马大桥,都分外小,模型似的。这城市楼宇参差,大体上是齐整洁净的。偶尔也有污浊的角落,一错眼,都可以忽略不计了。

她用手撩了一下泳池里的水,到底还未进六月,水有一点凉。

Anita换了衣服,款款地走出来。

她不禁也惊叹。这混血的女人,真是异乎寻常的美。

有的女人,天生是为了男人而生。

是的,东西方的优点在她身上集合得恰如其分。凹凸有致,皮肤瓷白,头发如汹涌的黑瀑布激荡而下。衣服或许只为在她的身体上点睛。火红色的bra中间以铜环相扣,双乳无法束缚,便有一多半都冲突出来。下装的连接处,则是同样的处理。所以从侧面看,几乎是全裸的。

真像个女神。她想。

然而,"女神"回过头,不经意地对他们望一眼,眼神里的轻浮与炽烈是一贯的。这终于暴露了职业的立场。迎合与撩动男人,对这女人已犹如本能。

年轻的摄影师Benny是新来的。没见过世面,对眼前的景致未免有些瞠目,以至于忘形到忘记开机。阿荣不动声色,随手操起一本杂志,狠狠地打在他的裤裆上,说,臭小子,收收心,底下硬着可怎么干活。

Anita径直走到他跟前。

阿荣拍了拍他的肩膀,说,伙计,这是我们最好的模特。瞧,又是鬼妹,和你多般配。

接着,又用耳语一般的声音对他说,今天是你的搭档,你小子有福了。

我不想拍泳装。他的声音不大,但是很清晰。

所有人的表情都凝固了一下,包括搔首弄姿的Anita。

我们的协议里,写明了"拍摄尺度不拘"。阿荣说,辛赫先生,你该明白,职业模特必备的专业素质之一,就是将自己身体最美的部分呈现出来,是每一部分。另外,这个运动品牌的格调十分健康,你大可不必担心。

如果我拒绝拍呢?他说。

阿荣耸了耸肩,摆出一个遗憾的姿势,说,那就是违约了。根据协议,您需要缴交拍摄成本一百倍的赔偿金。

他沉默了一下,似乎妥协了。

阿荣拍拍掌,示意助理去帮他换衣服。同时使了一个眼色,Anita跟在他身后走进了游泳池后面的行政套房。

她表情漠然地望着套房的方向。

她知道,里面正在上演一出色情剧。在Anita那里,男人没有正人君子。实在不行,美女硬上弓。不是普通人可以抵挡得了的。

布局万无一失。他换衣服的房间里,藏着针孔摄像头,实时尽责生产春宫带。这会成为将来要挟他的佐证。如果他表现得过分主动,那么更好,Anita自会审时度势,在适当的时候大叫非礼。此刻,助理会立即变身目击证人。

在报警与私了之间,大多数人会选择后者。何况"男素人强暴知名情色女模特"是本港媒体趋之若鹜的好题材。

人们都在心中窃笑,同时焦灼等待。

突然,房里发出一声女人的尖叫。阿荣掩饰不住得意,但仍然压抑着声音说,搞定。

Anita从房间里冲出来。bra已经散开了。肥白的乳在胸前弹跳,有些刺眼。

Benny张大了嘴巴。

阿荣微笑了一下,美女,玩得越来越过火了。够high。

这女人脸上愤怒与痛苦的表情,让在场的男人都兴奋莫名。

阿荣说,宝贝儿,你的演技越来越逼真了。

"放屁。"Anita凶狠地说。同时放下了捂在胳膊上的手。小臂上,是非常整齐的两排牙印,往外洇着瘀紫的血。

Anita叹了口气,狗娘养的,事实上,是我接近不了他。你们另请高明吧。

这时候,他走出来。几乎是气定神闲。

我不想和这个婊子拍。他说。

阿荣已不知如何做反应。几秒后,回过神来。对他说,那,我们改期。Anita……阿荣咽了一下口水,Anita的职业操守,真让我意外。

他说,不,我要拍。

可是,我们只请了一个女模。您要知道,我们必须考虑成本。

他眯了一下眼睛,目光落在她身上。

我要她和我拍。他说,Miss Chan。

她在心里震颤了一下。

这是行不通的。这不是拍普通的造型照。Vivian没有经过任何的专业训练,这是行不通……

她阻止了阿荣继续说下去,同时在桌子上轻轻地画了一道圆弧。

Plan C,今天最后的机会。

她说,好吧,辛赫先生。现在,我们去换衣服。

她换上了一件白色的比基尼。尽管已做好迎接目光的思想准备,但还是觉得万分拘谨。

她抱着胳膊,走了出来。

看不出来。Benny两只手端在胸前,冲助理做了个手势。看不出来,原来我们Vivian也那么有料。

她先看到的是他的背影。并不十分宽阔。一道褐色的卷曲的汗毛,由颈贯穿了背,延伸进了青蓝色的泳裤里。

他转过身,目光正与她的眼睛碰上,便没有离开。

她终于放下手臂。解开下身的浴巾。

他走过来,对她说,Vivian,你很美。

他们换着不同的泳装,穿梭于游泳池的周边。

他出其不意地放松。无顾忌地摆出各种姿势。突然跳进了泳池,深深憋了一口气,才浮出水面。

阳光猛烈了一些。他身上的浅浅毛发变成了淡金色,上面布满了细密的水珠。

然而,他们站在一起,若即若离。摄像机在任何角度都无法迁就。

阿荣也不得不说。我想,你们应该看上去亲密一些。

她侧过眼睛看一眼,向他靠了一靠。他站在她身后,很自然地将手搭在了她的腰上。

看似完美的情侣造型。

突然间,她觉出,他在背后坚硬地顶着自己。并且有灼热的气息,在她的耳郭里游荡。她惊惧地回过头,愤怒却被他的眼睛融化了。黧黑脸庞,孩子一样纯净的微笑。

她还是挣扎了一下。她的胳膊被紧紧地捉住,动弹不得。

你为什么要躲着我。他温柔地喘息着,对她说。

她屏住了呼吸,同时感觉到一阵晕眩。

四

Well done! Mr. Singh.阿荣对人的恭维,永远是那么真诚。我相信,广告代理会十分满意您的表现。Natural born shining star.你说是吗？Vivian。

她勉强地笑了一下。

为了我们更好地为您尽犬马之劳。我们制订了一个整体形象营造计划。您的外形基础很好,这有目共睹。不过,需要进一步的专业提升。比方,您的浓重毛发,当然,非常man,这对凸显您的个性是很有优势的。只是,作为一名专业模特,还需要一些打理,令您的整体外形更为清洁与健康。您看,不妨试试Laser hair Removal……

你想说什么？他的口气有些不耐烦。

我是说,我们有一些适合您的Facial Course疗程,会进一步改善您的外形条件。我们会为您负担一部分费用。

我要出多少钱？他问。

我们会为您打八折,总共是十四万。

没问题,他看着她说。

结果令所有人都觉得前面的铺陈显得多余。

晚上,他们去了兰桂坊一间酒吧庆贺。为公司开业以来最大的一笔生意。他们成功地在法律与一个印度"二世祖"之间找到了平衡。或许是个二世祖,管他是什么人,总之,一切都是可遇不可求。

她一杯接一杯地喝酒,没有说更多的话。

Be happy, Vivian。你是大功臣。阿荣向她举杯。

她笑着回敬,然后将酒杯掷在了地上。

一个星期后,她按照计划,转了五千块到他的账户里。

又发了一则简讯给他。告诉他,这是上次拍广告的工作酬劳。

又半个月后,她接到了他的电话。告诉她,他已经上完了他们的课程,有没有安排新的工作给他。

她告诉他,暂时没有。很遗憾,他们在竞标中失利,那个运动品牌的经销商最终没有采用他们的广告。他们以广告预稿价格的双倍付酬给他,是仁至义尽。

他问她,什么时候会有新的工作。

她说,这很难说,不过我们会尽量为你留意和争取。一有消息会尽快通知你。

他停顿了一下,终于问道:Vivian,我可以见你吗?

她用冷静的声音回答他:对不起,辛赫先生。我想,我们最好只保持工作上的关系。

五

他们最后的见面,是在六月底。

审讯室的灯光突然亮起,她阖了一下眼睛。再睁开,看到面前穿了警服的男人,有张熟悉的脸孔。

他的目光严峻。没有任何内容。

但是,始终是他先开了口。他说,我说过,我们会再见面。你说的也没有错,是工作上的关系。

她看着他的脸,感到陌生。他在她印象中,是有些懵懂的。

他说,十六个受害人,加上我,算是第十七个。这回,恐怕你们难辞其咎。你有什么要说的吗?

她没有什么要说的。她只是在想,他将领口扣得太严。看不到白金项链,和那枚 A 字。

六

多年以后,她再谈起那个台风肆虐的夏天,仍然留恋。为那种毫无预警的累积,没有人能力挽狂澜。

因为那个夏天,他可以与她走过出狱后的三十年。

她将那枚 A 字握一握,又吻了一下,挂在他的墓碑上。

然后,转身离去。

化宝盆里未有烧尽的报纸,已经泛黄,一则新闻标题依稀可以辨认:

热带风暴"浣熊",今日登陆香港。

庚寅年六月夏,香港

鸡 蛋

劳拉·普尼奥　文铮 译

客人们晚上七点到,现在已经是六月底了。阳光还这么充足啊,卡蒂看着外面想。他们将在花园里吃晚餐,安德烈将要做BBQ。这次有五个人,丹尼尔开着他的面包车去集合地点接他们了,这样他们可以一起过来。家收拾好了,很干净,鲜花插在咖啡桌上的一只花瓶里。和安德烈一起的还有马蒂亚,和往常一样他总是在花园里:他启动了喷灌机,空气一下子被水浸湿了,卡蒂深吸了一口气,然后又是一口。

和每次一样,安德烈在炭火上烤着肉和蔬菜。卡蒂有一个月没吃肉了,她突然一下子瘦了下来,已经是非常瘦了,几乎弱不禁风。她女儿爱丽丝穿过房间,一只手轻放在她的脊背上,很明显地感受到了她的脊椎。

去玛拉那儿睡吧,卡蒂说。爱丽丝点点头。

你美极了,卡蒂拥抱着女儿说,你从没有像现在这样美丽过。

这不是真的,爱丽丝回答说,我懂。她转身走了,出了家门。

是真的,卡蒂低声说,但这时女儿已经在马路上了。女儿身上的香水味留在了她身上,那是一种青春期的味道:太过浓烈,太过甜蜜。她用力摩擦皮肤,想把这股味儿蹭掉,不过她知道,这一直会留在她身上。烤架上的肉味从外面飘进来,与香水味儿混合在一起,让她一阵恶心。她坐在白色的沙发上,脱下拖鞋,闭上眼睛,虽然刚刚冲过凉,但已有一丝酸汗沿着她的脖子和后背流淌了,客人到来之前她总是这样。她穿了件露肩的花衣服,同样的衣服她也给爱丽丝买了一件,但孩子拒绝穿。

她看着窗外,安德烈正在用扇子扇着肉,同时也微笑地看着她。马上到来的客人将会看到这一幕。丹尼尔的车已经到了街的尽头,客人们就在这里。我们准备好了,卡蒂心想。她看着客人们从面包车里下来,一个接着一个。经历了那么多个夜晚之后,她已经可以瞬间分辨出他们的面容、体态和动作,知道谁会带来变化,事态将会如何发展。今晚一切都会顺利,一切都会顺利,卡蒂慢慢地重复着这句话。她站起身,光着脚走出房门,来到花园里。安德烈在她身边,一只胳膊揽着她的腰。你们终于来了,他说。

人类目睹了数千年的残尸败蜕,爱丽丝走在路上想。她在去上击剑课的路上。冬天她总是事先穿好服装去上课,大衣里套着白色的击剑服,剑和面具放在包里。她穿黑色高筒靴,在体育馆里她会脱掉靴子换上击剑鞋。如果是夏天,像现在这样,她会在击剑中心的更衣室里换装,把空调开到最大。

爱丽丝今年十三岁。她从七岁起练习击剑,练过花剑、佩剑,现在是重剑。"残尸败蜕"这个成语她是从电视上听来的,也许是从网上看到的。就在这天的下午,她读到一篇用猴子做实

鸡 蛋

验的科幻故事。有一群科学家以一种假象训练一只刚出生的猴子,如果猴子用盘子盖住一只鸡蛋,那么鸡蛋会消失接着重新出现在猴妈妈的身边;如果它用手遮住眼睛,那么鸡蛋消失后就不会再出现。过了十八个月,度过镜像阶段。猴子已经学会识别自己的镜像。于是科学家们决定恢复真相,也就是回到我们现实的情况。现在,被盘子盖住的鸡蛋留在了原地。于是猴子用手遮住眼睛,一次,两次,三次。那么鸡蛋呢?消失了。

爱丽丝走入击剑厅,踏上击剑台,教练迟到了。她开始闭着眼睛乱刺,直到听见有人来。教练到了,上了击剑台,爱丽丝的剑碰到了他的剑。但爱丽斯仍然闭着眼睛,直到教练缴了她的械。

教练走到爱丽丝身边,让她摘下面具。爱丽丝照做了,教练托起她的下巴。你很棒,他说,但还可以再提高。明天别闭眼了。我们试试。爱丽丝点头表示同意。但她还是会闭眼的。

客人们都走了。像晚宴开始之前一样,卡蒂又倒在沙发上,她还光着脚。只有他们走了才是最好的时刻,她说。

我发现你真的入戏了,丹尼尔说着从酒架车上给自己倒了两指宽高的波尔图酒。在我看来你是这样的,在这么一所房子里,和一个像安德烈这样的男人在一起。

你会看到我背叛卡蒂,安德烈说,他把烤肉重新放在烤架上,然后进屋了。

我没有,卡蒂说,我看我在这儿不会入戏。

她迫不及待地希望赶紧完工,她是由衷的。虽然她知道这是一个绝佳的机会,到处都在谈论这个节目,但问题是她极难参与到他们之中——每晚的客人都是五位,不会多——这是一个极佳的广告策划。

显然,这个片子就叫《客人》,台本是安德烈写的,他也是导演。奇怪的是,社会上对这个节目的评论非常正面,安德烈和丹尼尔很棒。卡蒂也很棒,简直棒极了。客人们渴望爱情或性爱,他们要设法满足客人。至少安德烈不会有问题,丹尼尔和马蒂亚一般也不会出问题。这哪是戏剧表演,完全是肥皂剧,卡蒂仍然这么认为,一场不值钱的真人秀,还好有安德烈扮演搅局的角色,否则我才不会每晚都和一个陌生人上床呢,每个人都可以用手机拍下眼前的一切,无论是开着门的时候,还是关上门的时候。然而,正是由于这样,这个节目才会火,卡蒂仍然这么认为,她一面想,一面双目微合地躺在沙发上,双手抚摸着自己的脚踝。

实际上——而不是在安德烈的片子里——她四十五岁,马蒂亚和丹尼尔三十岁。还有一周这个节目就结束了,明年夏天他们还会重新开始,今年冬天,也许他们还会做些电视节目。都说这是一个很好的机会,卡蒂想着,顺手在沙发扶手上的烟灰缸里掐灭了一支刚刚点燃的香烟,烟几乎还是完整的,所以这次机会不能浪费。

第二天晚上,客人和往常一样还是五个。一对四十来岁的情侣,两个二十五岁的朋友,还有一个女孩看上去连十六岁都不到,但她已经成年了,丹尼尔总是要看客人证件的。她是澳大利亚人,红头发,金黄色皮肤,似乎是爱尔兰裔。她叫西尔维娅。安德烈会盯上她的,这点可以肯定。

你要小心点,卡蒂笑着对他低声说。她怎么会来这里?这女孩是谁?

西尔维娅只会一点点意大利语,她金黄色的皮肤上长满了雀斑。我不想让爱丽丝看见她,卡蒂想,今晚爱丽丝会在她朋友玛拉家里住,就像昨晚一样。

玛拉原本和爱丽丝一起去上击剑课,但很快就放弃了。爱丽丝喜欢教练,卡蒂认为。几乎看不见爱丽丝和她的同学们在一起,她嫌她们傻,有些倒是很漂亮,但还是傻,只有玛拉精明,很有意思。

卡蒂不能再想她的女儿了,她要集中精力考虑眼前的事,就是现在:西尔维娅的一举一动都带着些野性。当一切都结束的时候,客人们正往出走,和安德烈一起从房间里出来的西尔维娅一下抱住了卡蒂,她亲吻了卡蒂的面颊,离嘴很近很近。谢谢,西尔维娅说,但卡蒂一动没动。

还要再这样重复五天,卡蒂一面想一面用手擦拭着面颊,还摸了摸自己的嘴唇,然后一切都将结束,但他们还会在这所房子里再待一个星期,甚至是十天,直到月底。收拾行李会非常迅速,里面都是道具。她和爱丽丝要搬去的房子九月底才会腾出来,在那之前她们要先去别的地方暂住,但卡蒂还不知能去哪儿?她不愿再想,应该行动了。

最后一晚天气爽朗,卡蒂笑个不停,她挑逗丹尼尔和马蒂亚:你们想对我怎样就怎样吧,反正完工了。但他们知道不能把她的话当真。

安德烈非常安静。他猛然抱住卡蒂。很抱歉,他说,我知道这对你很不容易。

没什么,反正已经这样了,卡蒂回答道。她挣脱了安德烈。

我没问题,卡蒂违心地说。我只希望爱丽丝别生事,这个年纪的小姑娘你是知道的。

我和爱丽丝很谈得来,安德烈笑着回答说,你知道我很有女人缘儿。

卡蒂笑了笑。她真想看着安德烈在眼前消失。她走进厨房,一口气喝了一杯水。她和安德烈无法相处,根本无法相处。

在节目场景中,他们是一对刚刚度假回来的情侣,邀请一群朋友来吃晚餐。就在那一晚,安德烈背叛了她,就在一道菜和另一道菜之间的间隙,她感觉到背叛,当然,她还是冷静地承受了这一切。

我们之间,卡蒂想,也会是这样吧。

她和安德烈的故事没什么好说的。两年前他们曾经好过几个月,直到安德烈找到某人愿意为他投资上演他的剧本——是在剧场,只是在剧场演出,他一直在抱怨。他们和谐相处了仅仅一个夏天:我们在一起直到九月,然后很明显,在夏天的结尾——那年夏天和今年的一样,美极了——卡蒂感觉到风向变了。他们有一段时间没有见面,然后安德烈又叫她来做节目,她答应了。

那个夏天爱丽丝在她爸爸那里。八月她来了第一次月经。她不喜欢安德烈,她从未因为妈妈的关系而喜欢过他。我不喜欢他的味儿,她曾这样说过。在卡蒂看来,爱丽丝就是一只小野兽。

当一切结束的时候,西尔维娅回来了。

卡蒂、丹尼尔和马蒂亚在花园里。现在是晚上七点,直到昨天,这还是节目开始的时候。很奇怪,一个人都不来了,西尔维娅出现的时候,丹尼尔正在说着。

卡蒂首先想到的是:爱丽丝没在,她和玛拉去了奥特莱斯,她感到一丝欣慰,但马上又焦虑起来:但爱丽丝迟早要回来。

西尔维娅已经到了花园的大门口。她背了一个很轻便的双肩包。安德烈过去迎她,把包从她肩上拿了下来。卡蒂就跟在他身后。

西尔维娅和大家坐在一起喝着凉茶。

这房子是制片的,卡蒂说。

安德烈回复她说,他们没有必要知道这房子是制片的。反正过一个星期他们都得走。西尔维娅可以住爱丽丝房间旁边那间空房。

卡蒂没有作声。

安德烈带着西尔维娅去了房间,在二层有几间卧室。这间空房很宽敞,床有一个半广场那么大,还有一个衣柜和一个小洗手间。

安德烈帮助西尔维娅收拾好她的东西。房间的落地窗朝向一个阳台,爱丽丝的房间也朝向这个阳台,但她的房间现在没人,百叶窗紧闭。

我走了,安德烈说,你休息吧。

西尔维娅走进洗手间,把化妆盒放在洗面池上,然后开始剪指甲,全身上下脱毛,在镜子里观察自己。

当玛拉和爱丽丝手里提着购物袋走出奥特莱斯时,玛拉对爱丽丝说,今晚来和我一起睡吧。

爱丽丝走到家门口,看见卡蒂和丹尼尔还在花园里坐着,尽管外面很黑,他们也没打开院灯,就连避蚊用的柠檬草蜡烛都没有点。爱丽丝透过窗子看见安德烈正在洗面池边洗手。马蒂亚走了,去找一个朋友,晚些时候会回来。

爱丽丝走上楼,似乎感到家里有什么地方怪怪的,但她不知究竟是哪里。她进了房间,打开落地窗,看见隔壁房间有光透出来,于是她来到阳台上一看究竟。

在隔壁房间的床上,西尔维娅一丝不挂地躺着,耳朵里塞着耳机,闭着眼睛。爱丽丝急忙退了回来。她知道这个女孩是谁,她在马蒂亚几天前拍的晚会的片子里见过她,当然是偷着看的。

晚上,趁一起准备晚餐的时候,爱丽丝问卡蒂二楼空房间里的那个女孩是谁,她也是演员吗?

某种意义上算是吧,卡蒂回答道。西尔维娅是学戏剧的,她是这么和安德烈说的。

西尔维娅一连几天没有走出房门,她关着门,但没有反锁。就连吃饭她也不下来,或许她会在夜里没人看见的时候吃。也许她会看到卡蒂把晚饭吐掉。

白天,西尔维娅总是一丝不挂地在房间门前晒太阳,躺在一张白色躺椅上。她在躺椅的架子上搭了一件天蓝色的针织泳衣,地上放着一瓶防晒霜。她的身体似乎不会腐坏,爱丽丝想。她的身体将不会腐烂,像我们大家的一样,爱丽丝很坚定,不,西尔维娅将会燃烧。

一天下午,爱丽丝在阳台上帮卡蒂晾衣服。没过几分钟,衣服已经快被袭人的热浪烘干了,她蹲在窗帘后面的阴影里,就在那张充满阳光的白色躺椅前面。

西尔维娅一动不动,就连她脖子上的头发都纹丝不动,这头发让她多热啊,受不了太阳炙烤的爱丽丝心想。汗水让她的身体晶莹闪亮。躺椅边上有一个塑料瓶子,里面的矿泉水已经热了。

当西尔维娅睁开眼起身喝水的时候,爱丽丝已经消失在屋中了。西尔维娅盯着她看了一会儿,然后又闭上了眼睛,等爱丽丝拿着另外一个晾衣架回来时,她似乎已经睡着了。

稍晚,丹尼尔和马蒂亚在厨房里一瓶接着一瓶地清空小推车上烈酒的瓶子,爱丽丝在沙发上玩手机。她能听见厨房里丹尼尔和马蒂亚说的话,尽管他们压低了声音:昨天晚上,马蒂亚进了西尔维娅的房间。门是开着的,马蒂亚对丹尼尔说,她一丝不挂,我坐在她床边,她一动不动。她一直在装睡,即便是当我离开的时候。

突然,爱丽丝发现她上击剑课迟到了。今天,教练安装了一个能显示有效刺中的电子装置,爱丽丝要比平时更刻苦才对。

西尔维娅一整天都没有走出房间。

卡蒂出去买这几天的菜。刚一进门,安德烈就迎了过去,帮她把塑料袋里的东西放进冰箱,跟着她挨着房间地转,帮她浇花,帮她洗她们娘儿俩的衣服。

家里来了个女孩,给你添麻烦了,安德烈说道。

卡蒂没有回答。当她弯腰从装脏衣服的篮子里取出爱丽丝最近几天要洗的衣服时，安德烈拦住了她，把她扶了起来，拽着她的一只胳膊来到了隔壁的房间：这是爱丽丝的房间。

卡蒂本想拒绝说这里不行，但她没开口。爱丽丝去练击剑了，他们有一个多小时的时间。他们快速地做爱，但默不作声。

我可以邀请你一起吃午餐，安德烈说。

他们下楼走进厨房，洗菜，吃饭，仍然默不作声。爱丽丝给卡蒂打手机，说她今天下了击剑课还是去玛拉那里住。

西尔维娅总是在隔壁的房间里，或许正在睡着。她的几本英文书散落在床边的地板上。

吃完午饭，卡蒂像往常一样去吐了。

她在洗手间里听到走廊里有人说话，她本想把水龙头打开掩盖住呕吐的声音，但却停住了，洗手间的门反锁了，没人能看到她。尽管说话声音很小，她还是能听出是丹尼尔和安德烈，他们在谈论西尔维娅。

她房间的门总是开着，丹尼尔说。

卡蒂没有听清安德烈说了些什么。当听到他们走远了，她开始呕吐，她感到胃里轻松了，而食道在灼烧，把自己清空是一种幸福。

房间暗了下来，只有依稀的月光。西尔维娅耳朵里仍塞着耳机。丹尼尔试图为她摘掉，但动作有些拙笨，西尔维娅制止了他，但仍未睁眼。在继续下去之前，丹尼尔起身反锁了房门，过了一会儿，只见门把手向下动了一下。

马蒂亚在门外听到了丹尼尔和西尔维娅两人的身体发出

鸡　蛋

窸窸窣窣的声音,家中几乎一片寂静,一只狗突然叫了起来,犬吠声让他全身的肌肉猛然颤动了一下。他回到了自己的房间,但睡得很不踏实,醒来时出了一身汗。

第二天,丹尼尔一边往杯子里倒着咖啡一边说,爱丽丝看见我们了。大概是三点,我和西尔维娅在一起,我隐隐约约觉得有人从外面窥视我们,我转过身,发现爱丽丝在那里,就在窗子旁边,她应该都看到了。西尔维娅也发觉了,这一点我肯定,但她什么也没说。当我再一次转身的时候,爱丽丝已经不见了。

丹尼尔说着又转了一下身,仿佛是重复昨晚的动作,但却看见卡蒂正走进厨房。他又给自己倒了杯咖啡,他知道卡蒂或许早就在那里了,她听到了他们的谈话。

你得阻止他,卡蒂对安德烈说,片刻,安德烈反问道,他就在她房门口,一副若无其事的样子,有什么可阻止的?

明知故问。

你是指马蒂亚、丹尼尔和西尔维娅的事?

爱丽丝会发现的,卡蒂说。

爱丽丝已经全都知道了,安德烈笑着说,丹尼尔告诉我昨天夜里她偷窥他们来的。

安德烈抓住卡蒂的双臂,这个亲昵的动作已经重复过很多次了。我知道,他说,自从我们搬到这里你就又开始吐了。

中午刚过。爱丽丝在玛拉的房间里,穿着内裤平躺在床上。她的胸太小,还戴不了胸罩。而玛拉的胸却很丰满。

床很宽大,两个人睡很舒服。玛拉把一根手指探进爱丽丝的肚脐,她移开手指,看着里面,然后用舌头去舔。爱丽丝感到一股刺痒,但没有动,玛拉对她说,你要随心所欲。爱丽丝没有作声。玛拉开始亲吻爱丽丝。让我试试,她说。

你是我的最爱,玛拉完事后对爱丽丝说,你与众不同。

爱丽丝没有立即回应,她看着玛拉,随后近乎无声地慢慢说:骗人。

玛拉突然把爱丽丝从床上拉起来,把她抱在怀里,带她飞快地旋转,爱丽丝叫了起来,玛拉也随声附和。她们喊叫着,爱丽丝仿佛觉得玛拉的身体、她的身体、她们的身体都在分裂,繁殖出十个、一千个、一万个完全相同的身体,而且都是地球上年轻的女人。

玛拉放手让爱丽丝的身体倒在床上,她们俩都筋疲力尽。爱丽丝闭上眼睛,想象着在自己身体里藏着一只鸡蛋,而玛拉就是那只猴子,她正在找这只鸡蛋。玛拉找到鸡蛋后,从她的身体里拿出来,看到鸡蛋很干净,蛋壳还是镀金的,甚至这就是一只完完全全的金蛋。

第二天,卡蒂又去了超市,爱丽丝让她买些鸡蛋。她除了鸡蛋别的什么也不吃。其实卡蒂什么都不用买,她知道,无论买什么都会被吐出去,这些食物就是为了吐而生的。爱丽丝格外喜欢的鸡蛋比其他任何食物更会令她呕吐,它们甜甜的、黏黏的,简直就是一种令人作呕的活物。蛋黄里经常会有一些红色血点,或是黑色颗粒。

她飞快走向收银台,把一盒鸡蛋放在传送带上。收银员是一个陌生的小伙子,向她笑了笑,称赞她的花衣服好看。她没有回应,用现金付了钱就出了超市,这时那个常见的收银员正好过来换班。

卡蒂已经出了超市,片刻后那个小伙子也跟了出来。他看见卡蒂走路心不在焉,突然一辆汽车冲过来阻断了她的道路。小伙子抓住她的肩膀,把她拉了回来,赶得正是时候。

他们都摔倒在地,卡蒂的膝盖受伤了,瘫软无力。超市的小伙子碰了碰她的伤口,慷慨提出送她回家,但卡蒂拒绝了。袋子里的鸡蛋奇迹般地完好无损,爱丽丝大概已经回家了。

爱丽丝在沙发上看见妈妈回来了。

卡蒂进了一下厨房就迅速上楼回到了自己的房间,就像平时不希望被打搅时一样。爱丽丝等了一下,然后径直去冰箱那儿取出鸡蛋。她把鸡蛋捧在手心里转着观察,用一根手指触摸着蛋壳上变化的颜色,还尝试将一只鸡蛋整个放进嘴里。

她从冰箱里取出整盒的鸡蛋,带回自己的房间,然后脱掉衣服,平躺在床上,把一只鸡蛋放在肚脐上。

她想象那只猴子在她的身体里寻找鸡蛋,然后猴子变成了另外一个人,一个有透明皮肤的陌生人。她用手指捏碎鸡蛋,红色和白色的蛋液流了她一身。床边有一杯昨晚就放在那里的水和一包舒洁纸巾。

爱丽丝忽然渴了,她喝了口水,抽出两张纸巾擦拭身体。然后她慢慢起身,拿起盒子和里面剩余的鸡蛋,从落地窗走出自己的房间。她走了两步,在西尔维娅的房间前停住脚步。

西尔维娅一丝不挂地躺在床上,耳朵里塞着耳机,嘴里哼唱着一支不知名的歌。

西尔维娅是从金蛋里出生的,爱丽丝想,她是一个鸡蛋女孩。猴子们正在找她,要把她带回它们的星球,为的是从她身体里取出所有的金子。她要保护西尔维娅,只有一种方法可行。她要代替西尔维娅。

她走进房间。西尔维娅没有反应,当爱丽丝上床躺在她身边时,她也一动没动。她的皮肤散发着一丝热量。看见了吧,爱丽丝心想,她正在散失力量。

她从发间拔下一枚发卡,在一只鸡蛋的壳上扎了一个洞,递给西尔维娅。西尔维娅贪婪地将蛋液全部喝光。吃鸡蛋就能恢复能量了,爱丽丝想。

第二只鸡蛋是爱丽丝喝的。现在我和西尔维娅的能量一样多了,她想。

夜幕降临的时候,爱丽丝躲在西尔维娅房间的一个角落里,等待着。她等待房间中的黑暗变得更加黏密浓稠,直到变成一种可以用手触及、用刀割刈的黑暗物质。她在西尔维娅的床头柜抽屉里藏了一只极白的鸡蛋,用来保护这个女孩。

丹尼尔和马蒂亚两个人都出去了,很晚才会回来。卡蒂在她的房间里,读书或是睡觉,一丝暖光从她门下的缝隙里透出来。也许她已经开着灯睡着了。

几个小时过去了,夜幕的黑色也发生着细微的变化,卡蒂完全看在眼里。和西尔维娅在一起的是爱丽丝,一个鲜活但静止的身体。

安德烈只在午夜之后才会进西尔维娅的房间。满月的光洒在他和那个女孩身上。假如安德烈发现了爱丽丝的存在,卡蒂将不知该说什么,她也不会告诉任何人。

鸡 蛋

安德烈走了以后,爱丽丝抱着西尔维娅睡下,直到黎明。

深夜,爱丽丝睁开眼,在床边的抽屉里胡乱翻找了一阵,取出那只鸡蛋。明天早上,还有以后的日子,直到永远,她发誓,这只鸡蛋看上去将永远闪闪发光。

一大清早,大家还在熟睡,爱丽丝已经背着击剑包走出家门。她照例在击剑中心门前的那家酒吧吃早饭。这是放假前最后一次课了。

到击剑中心后她发现教练没来。教练不辞而别了,或许再不会回来。替代他的是大师班的一个男孩,爱丽丝明年也会上那个班。

爱丽丝很累,但她仍然努力紧闭双眼。爱丽丝不了解这个陌生男孩的节奏,他一次又一次地让爱丽丝束手无策。几近愤怒的爱丽丝紧逼上去,攻其下路,冒着受伤的危险。快下课的时候,男孩再一次击败了爱丽丝。爱丽丝手腕酸痛,双臂发抖。

你很棒,男孩临走时对爱丽丝说。

明年,爱丽丝回应他说,我会打败你。

那是我的荣幸,男孩笑着说,也就是说我还会见到你。

快到午饭的时候,卡蒂又去了超市,她知道收银员快换班了。她飞快地向收银台的那个小伙子走去。几乎用不着说话。小伙子把她带回自己家,捆绑她,并用一只黑袜子蒙住了她的眼睛。他看出卡蒂没有经验,这很危险。

如果你要昏倒的话……他想要说下去,但卡蒂打断了他的话。她只是点了点头表示同意。

她白皙的皮肤一点一点地覆盖上了青黑的颜色。

她走的时候答应很快就会再来,她是一个守信的女人。她一直走回家,疼痛慢慢扩散到了全身,那晚她将不会再吐了。

那晚,丹尼尔要走,进一个电影剧组。卡蒂显得心不在焉,魂不守舍,仿佛是迫不及待地要回到自己的房间。

睡前,她已经穿上睡衣,把普拉提垫子摊开,躺卧在镜子前。

她开始做普拉提,同时看着镜子中的自己。那些瘀青显得美极了,呈现出一种暗紫的颜色,她的身体很强健。

现在她知道该做什么了,最简单的办法就是和爱丽丝一起去海边。她们将去希腊露营两个月。这简直简单到难以想象。

做完身体练习,她去冲了个澡,往身上涂了油。然后美美地睡了一觉,直到第二天。

对卡蒂而言,还将会有第二次,和那个超市的小伙子。

他耐心地捆绑她,总是小心翼翼的。然后,也许是她自己希望的,吃上一块面包。他把面包喂到卡蒂嘴里,卡蒂咽下面包,一口接着一口。他为卡蒂擦拭了嘴唇。卡蒂觉得面包变成了她身体的一部分。她真想高声叫喊,但却已筋疲力尽。

她一下子睡着了,一个小时,两个小时。当她再次睁开眼睛,绑绳已经松开了,只剩她一个人在家。他已经走了。

卡蒂从背后把门关上,沿着道路款款地往家走,面对一片灼烧的天空。她还会第三次、第四次回来找这个超市的小伙子,还会发生同样的事。

行将结束的时间结束了。

西尔维娅将要离去。她会守口如瓶,大家会看到她干净、空寂的房间,床单已叠放整齐,一张纸条上只写了"谢谢"。

　　爱丽丝也许知道些什么,但即便她知道,也不会告诉别人,包括卡蒂在内。那晚,爱丽丝会睡在西尔维娅的床上,寻找她的味道。黎明时分,她仿佛看到门把手向下动了一下,但那不会是真的。

　　第二天上午,卡蒂和爱丽丝还在睡觉,马蒂亚和安德烈就要走了。

　　母女俩醒来时,房子里将空无一人,但极其明亮。为了遮蔽身上的瘀青,卡蒂在睡衣外面套了一件长袖套头衫,但爱丽丝将不会问及此事。

　　卡蒂会从容地煮着咖啡,就像星期天的早上一样。她知道,一切都结束了,但一切还会周而复始。她会走向冰箱,取出一盒鸡蛋。

　　爱丽丝会从头发上取下发卡,扎破两只鸡蛋。

　　卡蒂会喝掉她自己的那一只,生的蛋黄和蛋清,不动声色,完全喝光。在门边,去海边的行李已经放在了那里。

一千零一个夜晚

张悦然

一

去年七月,在郊外废弃的厂房里,我第一次看到杜仲。他正蹲在堆满古董家具的屋子当中,用卷尺测量一只黄花梨条案的长宽。一张树根色的窄脸,穿着难看的条纹短袖衬衫,宽大的袖管中飘散出汗液的臭味。黑乎乎的脚指头从廉价的沙滩凉鞋中伸出来,趾甲里塞满污垢。他看起来很失败,事实上也的确如此。当他站起来的时候,我发现他很矮,却沉实犹如一枚秤砣。

"你是来取紫檀桌的吗?右边第一间,里面有人。"他头也不抬地说。后来我知道,他眼睛的余光瞥见一双穿着黑色细带凉鞋的女孩的脚,涂着血红的蔻丹,完全无法想象这个年轻的女人能够与自己产生什么关联。他已经过了喜欢看女人的年龄,大半辈子的生活教会他一个道理:不要总是盯着不属于自己的东西看,那样只会越看越眼红。

我告诉他,我不是来取家具的。他没有再说什么。

那个时候,我父亲正在靠近门口的房间里向他的朋友展示最近买下的几件家具。由于年代久远,缺损在所难免,所以先搬到这里让工人修补。他得意地谈着收藏古董的心得,十万块买的官帽椅现在可以卖二百万,我已经听得生厌,就丢开他们,一个人悄悄地走出来。

我沿着幽深的回廊向深处走。两旁是一个个方格形状的房间。不知道为什么,这座厂房让我想起梦里出现的那只中药房里放药材的柜子,上面密密麻麻的都是抽屉,一个个贴着神秘的字牌。在梦里,我好像和什么人在玩捉迷藏,爬上药柜,拉开一只抽屉钻进去。那些抽屉里装着不同的故事,或是别人做的梦。我躲在里面,扮演某个不重要的角色。我渐渐入戏,忘了是在别人的梦里,也忘了自己在做梦。就在一切无比接近真实,我几乎觉得自己是快乐的时候,一个人忽然从身后跳出来:"啊哈,终于捉住你了!"

从小到大,那个梦至少做过十几次,每次醒来都哭,却好像怎么做也做不厌。

在回廊尽头的那个房间里,我看到了杜仲。夏日响亮的蝉声包围了四周,午后毒辣的太阳堵在门口,半空中涌动着飞蛾与尘埃。

我走出来的时候,父亲和他的朋友已经站在院子当中。

"这么一会儿的工夫,你又不见了。"父亲担心地说。

"我还能去哪里呢?不过是随便走走。"

他们还要赶往另外一个地方,我显得很累,表示不想再走。父亲终于答应让我留下来,说晚一些回来接我。

"你就待在这里,不要乱跑。"父亲叮嘱道。

"哈哈,她都二十岁了,你怎么还像对待小孩子一样……"

往门口走的时候,他的朋友感慨道。

"你不懂。"父亲欲言又止,回过头来又看了我一眼,才钻进汽车。

那天中午,我和杜仲他们一起吃饭。工人们不好意思再裸着上身,都套上了汗衫,说话也格外小心翼翼。有人告诉他,我是我父亲的女儿,他才抬起头正式看了我一眼。我的目光早就等候在那里,令他微微一怔。他从前应当是个很解风情的男人,随着衰老渐渐荒废了那些心思。吃过饭,他从书包里掏出一包骆驼,点了一根被揉搓得皱皱巴巴的香烟,叼在油津津的紫色双唇中间。

我想起父亲提起的那套很稀有的签具,就让一个工人取来给我看一看。雕刻精细的签筒里,盛着一把乌木制成的木签,细薄狭长的一小片,写着沉甸甸的命运。我捧着它轻轻地摇着,木签发出一阵齐刷刷的声音。

"你相信算命这回事吗?"我停下来,转过头去问他。

"我没怎么算过,"他连忙说,"有一次,倒是给一个相面的看过,都说他看得准,结果对着我上上下下打量了半天,什么都没说,转身走了。看来,我的命把他吓到了。"他干干地笑起来。因为缺了两颗门牙,他的笑走了样,看上去还以为很痛苦。

"我会算命,"我紧紧地盯住他的眼睛,"能说出发生在你身上的每一件事。"

"用这个算?"他指着我手上的竹筒。

"不是,用别的。"

"哦?"他做出一副很感兴趣的样子,"那你能帮我算一算吗?"

"可以,不过今天不行。"我说。

二

杜仲原本并不是做木工的。很难说清楚他原本到底是做什么的,他什么都做,可又好像都不是原本就应该做的。他就是那么一个不恰当的人,来到世上几十年,还没有找到一个合适的位置,却已经太老了,只好仰靠一些施舍过活。这方面的运气倒是很不错,山穷水尽的时候,竟然神奇地与一位故人重逢了。那天倘若不是因为下暴雨,司机小勇在去机场的路上撞了车,我父亲几乎没可能搭出租车,然而在这座城市数以万计的出租车中,我父亲拦下的却正是他开的这一辆。他先认出了我父亲,但没有作声,在非常漫长的红灯路口,他忍不住转过头来,对着我父亲笑了一下,露出漏风的口腔,我父亲认出他来,并为这么多年他都没有镶上假牙而感到惊异。

杜仲与我父亲从记事起就已经认识对方,少年时代的杜仲,在围棋方面表现出来的天赋,足以证明他的聪明才智,令我父亲自愧弗如。不过这位近乎天才的童年好友,好像没有交过一天的好运,相反我父亲却顺风顺水,是时代机遇的出色捕手。三十年后的重逢,看着眼前落魄的杜仲,我父亲大概感到很欣慰。不管怎么说,那是他极为罕见的一个错误决定。

一路上他们谈得很愉快,说起许多往事,两个人感慨万千。开到目的地,父亲付过车资,然后问他,你愿意来我这里做事吗?杜仲说愿意。既没有千恩万谢,也没有假意推托,这些年他不断接纳施舍,练就一副不卑不亢的态度,知道怎么让施主们施舍得高兴。但他表示自己不想继续做司机。"我的年龄大了,前列腺总是出毛病,没办法憋一泡很长时间的尿。"

父亲答应下来,但他的初衷的确是让他来公司开车,除此之外,似乎也没什么合适他的岗位。最终,父亲想到这个古董家具厂。近年来,他花了很多时间在收藏古董上,索性做起与之相关的生意,修复和仿制古董家具,规模日渐扩大,前些日子买下这片废弃厂房,将工人们迁了过来。于是,杜仲被安置在这里做个小头目。我父亲来看过他一次,到附近的餐馆吃了顿饭,还下了两局围棋。问他在这里还习惯吗,他说很好。显然,这不是心里话,有点忍辱负重的意味。他也不知道自己为什么要留下,似乎在等待微茫的机会。

三

隔了几日我又来,替父亲取一只修好的插屏。走的时候,杜仲送我出来,将东西搬上车。那是一天里最热的时候,阳光像煮沸的油一样泼溅在车子上。我没有立刻走,他也没有马上回去。我们站在一个暧昧的僵局里。我想起前日他提到附近有个水库,就说想去看一看。我们朝着浓密的树林深处走去。穿过树林就是水库,但我们只走到一半。

我们坐下。然后躺下。他剥开了我。

我也剥开了他。剥开那层被岁月腌渍成酱菜色的皮肤,走进他的记忆。

我会算命,用身体。他的海马回,有点像一座中世纪的古城,建造在半山腰上,地势险要,道路崎岖,天气也很恶劣。

最开始的一段路,渺无人烟,泥土硬得像铠甲,连一根草也不长。虽说人到了中年之后,记忆会变得比较荒凉,可是冷落到如此地步,的确很少见。我无精打采地向前走,沿途没有任何风景,像一卷空白录像带。他哪怕能做一个梦也好,至少能让我停下来歇歇脚。

就在濒于绝望的时候,前方终于出现了一幢小房子。水泥裸墙,闪着一点温存的红光。我赶过去,推开了门。屋子很小,几块镜子挂在墙上面面相觑。前方有一扇厚实的布帘,声音从里面传出来。我踩着满地的碎头发走过去。

里面只有一张床,杜仲和一个女人。天花板上垂下一只赤裸的灯泡,气喘吁吁地摇摆着。我正要退出布帘,忽然听到那个女人小声说:"小姑娘,你来啦。"

我站住,看着她。她也看着我,看起来很友善。我走出布帘,却没有立刻离开。我太累了,拉过一把理发的转椅坐下。

隔了一会儿,杜仲走出来,从我的身旁经过,隔着我的头顶从镜子里看了一看自己。

女人随后走出来,将他送到门外。她仿佛知道我很渴,倒了一杯水给我。我低头看见水面漂着一只挣扎的蛾。

"你认识我吗?"我喝了一口水,迷惘地问。

"你怎么了啊?不是都来过好几次了吗?"她亲昵地拍了一下我的头。

"我没有来过。"

"哦,是吗?"女人有一点失望,"我不可能认错。"她掏出一根发簪衔在嘴里,将蓬乱的卷发拢起来,绞了几圈,绾在头顶。我看着她,沉吟了一下,问:"你说我来过,我来这里做什么呢?"

"我怎么知道啊,你每次都站在门口东张西望的,也不知道有什么可看的。"

"是没什么。"我低头把蛾子从水中捞出来,一饮而尽。

"喂,我说,"她坐下来,有些怜惜地轻声问,"难道这么看着真的比做更快活吗?"

我想说不是,却又无法解释自己为什么会在这里,只好回答:

"有时候,也许吧。"

她摇了摇头,表现出一种忧虑。隔了一会儿,她忽然说:"从自己身上得不到的东西,也不要想从别人那里得到。"

我离开的时候,她正在削一个苹果。我没有打招呼,推开门走出去。隔着玻璃窗,她伤感地看着我,然后低头,将切下的一小块苹果送进嘴里,默默地咀嚼着。

我正要回到那条路上,有股力量拉住了我。一阵痉挛,我定神看去,面前是杜仲的脸,他从我的身上爬下来,一脸的汗。我拂去两腿间的液体,觉得很渴。

他坐起来,随着那根阴茎一起萎缩,干瘪下去。他烦躁地点了一根烟:

"你爸要是知道了,还不宰了我?我本来还打算待在他这里养老呢。"

"我有一些钱。"我想了想说。

"压岁钱吗?"他苦笑了一下,"你不是还在念大学吗?"

"我可以再从他那里骗一些钱。"

"说得轻巧,你爸可是老奸巨猾。"

"没错,可是他很宠我。"

杜仲暂时相信了我,放松了紧绷的神经,他疲倦地躺下来,很快陷入了睡眠。

我在想,倘若真的要我父亲拿昂贵的官帽椅来换我片刻的欢乐,他一定也会愿意。但他永远无法理解为什么要用这样的方式寻找欢乐。至少,应该在美好的东西上寻找,他会说,他也是这样做的,他的情人一个比一个年轻貌美。不过,他好像并没有因此变得更加欢乐。不过别人认为他很快乐,这样就够了,他因此也就快乐起来。

杜仲躺在我的旁边,像一条肮脏的河流,散发出腥臭的气味。记得我很小的时候,父亲还什么都没有,只有大把的时间,他总是喜欢带着我到近郊的水库钓鱼。水很脏,积满了淤泥。父亲告诉我,那些最肥美的鱼,总是生在这样的地方。这话父亲自己现在肯定忘了,但我一直记得。

我转过脸去看着杜仲。先前消失殆尽的欲望好像又回来了。

四

在短短几分钟的冥想时间里,我睡着了。还做了一个梦。梦里一片荒凉,我在赶路。快醒来的那一刻,我以为不是在做梦,而是在和杜仲做爱。睁开眼睛,面前没有人,高悬的天花板像天空一样遥远。我忧伤地坐起来。

"你睡着了。"瑜伽老师对我笑了笑。她拎着录音机走了出去。

原来四面镜子中的人都是我自己。其他的人早就走光了。

我放好瑜伽垫,走出来。瑜伽老师递给我一杯水。

"要多喝水,你看你的嘴唇多干啊。"

我喝下一整杯水。

"感觉怎么样?"她已经换好衣服,遮起身上漂亮的骨骼,她立刻变得很平庸。

"还不错。"

"嗯,身体已经适应了。"

"练到某种程度,真的可以感觉不到身体的存在吗?"

"当然。"她走过去关掉练功房的灯。

"那么,那时候我在哪里?"

她想了想回答:"你在身体之外,你在别的地方。"

"那是怎么样的一种感觉呢?"

"到时候你就知道了。"她笑着敷衍我。笑容暴露了深深的法令纹,那张脸看起来就像风干的标本。我忽然很可怜她,心想她大概必须要脱去衣服,才能让男人爱上她。

她见我不再说话,就又说:"为什么非要离开身体呢?多么好的身体啊,"她抚摸着我的背,打量着比她年轻十几岁的身体,不无羡慕地说,"你要学会爱它。"上课的时候她总是会说,让我们去感受爱,爱自然,爱万物,爱自己,现在想起来,头皮一阵发麻。

"我们走吧。"我说。

我们在楼下告别。我看着她混入黄昏时的人潮,步伐像所有的人一样沉重。我想她一刻也不会离开这具身体的,那样她就什么都没有了。

五

我续了瑜伽课程,但再也没有去上过课。那些下午和黄昏,我在别处。我的身体也在别处。

我和杜仲,我们在古老的柜子、椅子、桌案之间穿梭,在结满蛛丝网的角落里交合。他有意延长了序曲的时间,卖力地亲吻着我的脖颈和耳垂,留下一道热烘烘的口水。他肯定以为我爱上他了。

我上路了,继续前行。我又遇到几个妓女。她们要么看不到我,倘若看到了就要大叫。也没有人会给我一杯水喝。

至于第一次遇见的那个妓女,我后来又碰到过一次。那时她还没有蓄起长发,要更年轻一点,会认真地涂上口红。我很高兴,对她微笑了一下。她却也像其他人那样大声尖叫,推开杜仲,从床上坐起来:"你是谁啊?"

我飞快地逃走了。

我回到那条路上,我向前走,哭了起来。或许是为那个妓女感到难过。她知道吗,许多年以后,她依然在这里出售肉体?那狭小的房间就像一台自动贩卖机。可是这难过是不必要的,因为我们从来都没有认识过。或许我难过正是因为我们不曾认识。她待我好的时候,我感到莫名其妙,当她使我觉得亲切的时候,我却是她眼中的陌生人了。我们的感情互相抵消,从未发生。我对自己说,不付出感情是对的,世间根本没有感情这种东西，它被写下，再被抹掉，剩下的是一张白纸空空。说完，我愣在了那里。世界像眼皮一般乱跳。似乎触碰到了某个隐秘的真理，我有些兴奋，又觉得忐忑，不敢继续往下想。

杜仲那张油津津的脸忽然跳了出来。他伸出手指，拂去我脸颊上的泪：

"你哭了。"

我不说话，捡起衣服，一件件地穿上。他从背后抱住了我。倘若再有一点力气和勇气，我应该挣脱。然而我没有。我低下头，看着那双粗陋的手臂圈成一个圆。我的身体在当中。为了确定自己是存在的，我没有将他推开。

六

漫长的夏天，像一池碧蓝的死水，弥漫着漂白粉的气味。为了对抗这种不真实，我只有重新潜入肮脏的河流。

再往前走，他的记忆里渐渐有了人烟，变得热闹起来。那些景象令我感觉很亲切，好像就是小时候眼中的世界。然而，我只是远远地看着，不再走近。自从为那个妓女哭过一次之后，我决定再也不与路上遇到的人搭腔。我不能留下任何印记，因为我是根本不存在的。我变得很孤独，和在自己的生活中一样。可是不知道为什么，这种孤独现在令我觉得很安全。

后来，惠玲出现了，面目非常清晰，无疑是个重要的角色。她与杜仲同岁，已经褪掉了仅有的一点姿色，看起来很憔悴而哀愁。她和杜仲最后一次见面，是一个黄昏，在某个住宅区的花园里。杜仲很生气，指着她破口大骂。她面无表情，自始至终一句话也不说。他用力抓住她,像是要把她捏成一把灰。可怜的女人忍着疼,不敢叫出声。直到他的力气耗尽了,才渐渐松开手。她怔了一下,撒腿就跑。那对垂耷的乳房慌张地蹿跳着,她头也不回地喊着:

"你放过我吧……"

杜仲没有去追,他站在原地。在记忆中,这段时间被无限拉长,好像要将他的余生都填满似的。我想要抛下他继续向前走,然而黏稠的时间裹在身上,简直寸步难行。我只好坐下来,陪他一起忍受煎熬。那种感觉,像是参加追悼会,在一种浓密的死亡气氛中,不可避免地变得伤感起来。

我在心里不断提醒自己,这与我并不相干。

七

我继续向前走,他和惠玲的故事渐渐显露出来。他们二十多年前已经认识,四十三岁的时候重新遇见。从前似乎有些颇为纠葛的往事,两个人虽然很沉重,却都绝口不提。

惠玲见他境遇可怜,时常接济他。他勾引她,并且终于得手。从此惠玲常常背着丈夫与他偷情。在床上,他们很热烈。

他逼迫惠玲离婚,惠玲不肯。他独自去见惠玲的丈夫,说了私通的事。惠玲一家被搅得鸡飞狗跳,再无安宁。最终惠玲离婚,前来投奔他。

那个夜晚的记忆也是黏稠的。惠玲拎着一只坏了轮子的旅行箱,爬上六楼,敲响了门。他打开门,惠玲扑在他的怀里,大声地哭着:

"我现在什么都没有,只有你了。"

他无动于衷地站在那里,手中夹着一根烟,闪烁着冷漠的火光。

"我早就什么都没有了。"他将她推开,抬手吸了一口烟。

惠玲怔在那里。

"而这一切都是因为你。"他冷冷一笑,"所以啊,你想想,我怎么会真的要你呢?"

女人痛苦地摇着头:

"我知道你受了很多苦……可是我,我当时真的吓坏了……"

"吓坏了?所以就诬赖我?"

"诬赖你?我没有诬赖你……"

"说我强奸你还不是诬赖吗?"

"这难道不是事实吗!"惠玲听到那两个字,身体痉挛了一下。

"于惠玲,你装什么傻,那天可是你约我的!你情我愿,你敢做怎么不敢当呢?"

"天哪!你怎么能颠倒黑白呢?难道你真的这样认为吗?"

"什么我这样认为?这是事实!"杜仲咆哮道,"到现在了你怎么还不敢承认?怕我去告你诬陷吗?"

女人气得浑身发抖,连连后退了几步:

"你何苦这样捏造事实来骗自己呢?"

"太可笑了,究竟谁在骗啊?怎么还有你这样不要脸的骗子呢?"杜仲吼叫着,连走廊的窗户都在发颤。

惠玲说:"你已经疯了,杜仲。"

她悲伤地拎起箱子,走下楼梯。

"滚!"杜仲猛然跺了一下脚,在她的身后大喊。

他们就这样决裂了。可是杜仲没有想到,不久惠玲竟然与丈夫复婚了。他又去纠缠,也就是我先前看到的那一幕,在惠玲家楼下的花园里。然而惠玲已经收回了感情,视他作灾难和魔鬼。他终于决定放弃,同时,他的人生好像轰然倒塌了。

八

从那段记忆里出来之后,我头痛了好几天。什么事情也做不了,只有躺在床上睡觉。在断断续续的睡眠之间,我不断回想着他们争吵的情景。两个人都言之凿凿,似乎谁也没有说谎。但真实只可能有一种……也许真的有两种,我想起惠玲的话,捏造事实骗自己,事实被悄悄地篡改了,然而自己却全然不知道,我更愿意相信惠玲的话,不过倘若如此,杜仲未免也自欺得太可怕了。他引诱惠玲,逼她离婚,而后再抛弃她,这一切都是为了报复她当年的诬陷,可是事实上那不是诬陷,而是确凿的指证。他的仇恨那么真切,实在无法相信那是假的。我迫切希望抵达当年的那段记忆看个究竟。

四十二岁那年,和一个寡妇同居,三个月后,寡妇卷着他微不足道的积蓄跑掉了。

三十八岁那年,他学会驾驶,开一辆小面包车帮海鲜酒楼运送水产品。小赚一点钱,勉强够抽烟,喝酒,嫖廉价的妓女。

三十六岁那年,他从监狱里出来。在朋友开的小饭馆里帮忙。后来因为调戏老板娘被赶走。

三十三岁那年,小莉去监狱里探望他,递上离婚协议书。她很快带着小雷改嫁。

三十二岁那年,他与合伙的朋友发生内讧。几个朋友一起打压他,让他专门负责最危险的运送环节。半年后,运送的卡车在途中被警察拦截。他被逮捕入狱。

二十八岁那年,他南下,跟着几个朋友走私香烟,赚到第一笔钱。接下来,生意做得风生水起。他买了彩电、冰箱、摩托车。生平第一次穿上西装。

二十七岁那年,儿子小雷出世。

二十六岁那年,他结婚了。女方家里好容易攒起一点钱,打了几件水曲柳的家具。

二十三岁那年,街道工厂关了,他整天游逛着,间或接一点散活。住在同一幢楼上的小莉从乡下返城。这是离他最近的姑娘,他于是与她谈恋爱。

二十二岁那年,他进了街道上的麻袋加工厂,每天缝麻袋,然后拉着板车将它们送到棉花仓库。

二十一岁那年,他在监狱里得了肝炎,因此获得提前释放。大队不愿意再接收他,他就回到城里。祖父的房子被姑母一家占了,他就在院子里搭了一间简易的木棚。

十八岁那年,他因强奸罪而入狱。

再早一些,他在下乡的那个村子里遇到惠玲。他鼓起勇气写了一封信,约她晚上在麦秸地见面……经过一番长途跋涉,我终于走到了那个夜晚,记忆的现场。

那个夜晚的记忆,散发着神秘的香气。天空特别高,明亮的星星有很多颗。露水似乎悄悄地将自己酿成了酒,只是用力呼吸几下，人就觉得醉了。

他们在麦秸地里见面。甚至来不及看清对方的面，身体已经绞缠到一起，挣扎着倒陷在地上。一段身体裸露出来，也并不觉得赤白刺眼，倒好像是本来应该的样子，融化在周围的自然里。他们呻吟着，呻吟很快转变成一种哀叫。这一切是不是真实的？它太强烈了，让人失去了判断的能力。

我从未见过那么饿的身体，简直要将彼此生吞下去，非得如此，才能填满那个欲望黑洞。不，即便如此，也无法填满。所以他们一遍一遍地吞食着彼此，吸吮血液，咬碎骨头，彻底消灭对方的存在。

那完全不像做爱，倒像在进行一场同归于尽的搏斗。倘若此时有人将他们分开，他们一定会死。我感到一阵悲伤，几近窒息，拼命地张开嘴巴，大口地呼吸。然而我不是在呼吸，而是在哀叫，与他们无异。同时，我发现身体正在剧烈地扭摆，好像要将自己绞碎。

我简直要窒息了，倚靠在一棵槐树上，张开嘴大口地呼吸。我知道自己是在快乐着，似乎从来都没有那么快乐过，可是这快乐又是那么地孤独。

远处有一团光，不安地跳跃着。雨点般密集的脚步声在迫近。我看到一群人拥过来，手电的光束像机枪一样扫过麦秸地。他们愤怒地叫嚷着，可是他们其实很快乐。他们快乐因为他们要来消灭这更大的快乐。

然而那两个人看不见，也听不到。他们沉在彼此的身体里，很深很深，仿佛是在海底。我呼喊着，告诉他们正在迫近的危险。

"停下来！有人来了！"然而,我也沉在很深的地方,那声音被关在身体里,连我自己都听不到。我的身体还像电鳗一般扭动,并且越来越快。

我已经无法看清那些人。眼前的世界正在不停地翻跟头。天上的星星像陨石一样砸下来。一切都疯了。

我感觉到人们像潮水一般漫过来。他们两个却还在一起,无法分开,倘若分开,他们一定会死。

忽然,"砰"的一声,脑后一阵发烫,我的身体戛然停住。一个巨大的箩筐扣下来。手电筒的光束袭击着我的脸。快乐的人们黑压压地围在我的四周。我从藤条的缝隙里看出去,只见一个黑影手执一根木棍,得意地咧嘴一笑：

"啊哈,终于捉住你了！"

情人节的自白

米尔克·萨巴汀　梁爽 译

　　说出来不怕你们笑话：我就是2月14日那天即使天塌下来也要过节的那种人。特别要强调的是：我并不是为了应景才过节的，相反，我会为了庆祝节日而精心准备。我会在节日来临前很久就买好礼物，安排好晚宴，选好背景音乐，准备好花朵和蜡烛。这样的做法会让大多数人嗤之以鼻。

　　然后那件事就发生了。那是整整一年前——2017年的情人节。需要澄清的是，那件事并非现在仍然折磨着我，毕竟我只是按照自己的意愿选择了生活方式。不过它还是造成了一些根本无法弥补的后果，让我备受困扰。

　　确实是我出的主意，不过最终可不是我一个人做的决定——我和乔瓦尼共同做出了这个决定。我们俩在一起已经十三年了，我们就是人们口中的模范情侣，也是所有不管单身还是非单身朋友们的榜样。在大家眼里，我们十分般配。每年，在那个对所有情侣而言都十分神圣的一天，我们总是会一起为爱庆祝。我们会享用烛光晚餐，交换礼物，在晚餐结束后做爱。

　　2017年2月12日，米莉亚给我打了个电话。她一直在抱怨生活的诸事不顺——她这次的男朋友叫里卡尔多，他又让她失望了。总之,她非常萎靡不振。再过两天就是情人节了,想到要一个人过节,她简直心如死灰。米莉亚是我那时最好的闺蜜,就在一个月前她失去了母亲。总之,旧愁又添新恨,我根本不忍心让她独自伤心。

我跟乔瓦尼讲了这件事,最终我们一致认为情人节是一个十分商业的节日,非得要在那一天庆祝一段长达十三年的爱情就掉入了商人们的陷阱,只有容易被洗脑的蠢人才会这样做。洗脑这个词是他经常提到的,对他而言这个词非常具有说服力。

说到做到。最后是他出的主意:"今年情人节我们分开过。我和保罗一起,你去陪米莉亚。就这样吧。""你确定吗?"我问他,之所以这样问,是因为我知道他是多么看重这项传统——对他而言,情人节本身就是一项传统,它既不是一个宗教节日,也不是那些数不胜数的由市场经济推动的假节日。"乔瓦尼,你确定你没问题?""我确定,我确定。"

我还能做什么呢?米莉亚当时心情不佳。再说,一直以来我们都太完美了,给这份完美带来一点小插曲也许对双方都好。

2月14日晚,我开车去接米莉亚。当她用手指关节敲车窗的时候,我几乎没认出来。我从没见过她这个样子:她……她并不庸俗,这个我确定,不过她……有点太引人注目了。她非常美丽。一件紫罗兰色的连衣裙长得恰到好处,或者说短得恰到好处——恰好露出她穿着黑丝袜的腿。我替她打开车门,她走了进来。

"你看这儿。"她刚一坐稳就说道。同时慢慢掀起裙角——

就像电影《大白鲨》里的鲨鱼一样，动作虽然缓慢但极具攻击性，直到露出了法式吊带袜花边时她才停了下来。"今晚让我们去搞定那些男人。"她一边说，一边盯着我，我立刻觉得对不起乔瓦尼。但是，我必须承认，自己内心深处确实有一丝抑制不住的冲动，这是一种既自由又充满刺激的亢奋。我想到了乔瓦尼，我很信任他，也很信任保罗，不过我也信任自己。既然这样，为什么还觉得自己很危险呢？仿佛在米莉亚向我展示丝袜的时候，我们就已经被扔在了一条单行道上，继续往前只会走到不该去的地方。

"你在想什么呢？"我把手放在身前。

"茱莉亚，今天晚上我想找点儿乐子。"她说完这句，马上又接着说，"我是说，你难道没发现吗？我们明明就是两个大美女。"

我没有打断她，大家都会同意她说的话。那时我觉得没必要强调自己是一个恋爱中的幸福女人，也没必要强调十三年以来，乔瓦尼一直是我的男朋友。而且想要找乐子的是她而不是我。陪她过情人节没问题，不过也就仅此而已。我和乔瓦尼在一起已经很开心了，也许她已经忘记这个茬了？

我们停好车，然后走了进去。米莉亚决定带我去那里的。那个地方专门为那些不想或者因为客观条件不允许而不能过情人节的人准备了一场派对。"这个地儿也是为那些因为饥渴难耐而临时跑进车里庆祝的人准备的，谁知道呢……"米莉亚一边说，一边狂野地大笑。

我当时略微有些尴尬，我清楚自己只是为了陪她才去了那里，不过其他人并不知道这一点。在别人看来，我和米莉亚在情人节那天单独待在一起。难道在那种情况下我还能跟大家一一解释:我跟这些乱七八糟的事情一点儿关系都没有?我跟我的男朋友已经幸福地在一起十三年了?我只是想稍微放松一下陪陪我最好的闺蜜?

不过我不得不解释——至少得给十五个兴奋不已的男士讲明情况——这些男士一定不是恰好在情人节当天走了霉运,他们肯定一直以来都是单身。其中有一个人尤其过分——他应该有五十来岁,行为举止开始越来越不像话。我一直跟他保持距离,而米莉亚已经有些醉了,他开始对米莉亚动手动脚。米莉亚说:"放开我。"可是说完后立马放声大笑,他认为这是在示意他继续。当他把一只手放在米莉亚双腿之间时,她对他吼了起来:"放开我!放开我!"并试图挣脱。不过那时音乐声实在太过嘈杂,压根没人听见我们的声音。周围的人们都因醉酒而癫狂——有人站在桌子上跳舞,还有人故意在陌生女孩儿身上蹭来蹭去。发觉情况有点儿太过头时,我一把抓住米莉亚的啤酒瓶,做了一件之前根本想都不敢想的事情:我抓住他的脖子,威胁说要用啤酒瓶打烂他的头,说这些话时我全身都在止不住地战栗。男人退后了一步,微笑了一下,松开手,示意自己之前只是在开玩笑。不过我可没心情开玩笑,"我们走吧。"我跟米莉亚说,由于害怕,心脏仍止不住怦怦直跳。我们离开了那个吵闹的地方,决定去米莉亚家吃晚饭,结束那混乱的一天。

我从未和乔瓦尼以外的人在情人节共进晚餐。那会儿,我在吃牛排,而米莉亚正在贪婪地吃着眼前的一大盘混合沙拉。自我认识她起,二十六年了,她一直都是素食主义者。一般而言,人们都是随着年龄增长,在成长的过程中自愿选择成为素食主义者。而米莉亚却不是这样,她一出生就是素食主义者。她狼吞虎咽地往嘴里塞着沙拉,只能用这个词描述她吃饭的方式了。但她看上去依然十分优雅,即使吃相不佳,仍然魅力不减。一直以来,她都看上去干净怡人,即使有此类粗鲁的举止,依然是一个精致的人儿。她十分美丽,美丽的女孩儿不管做什么都会被人原谅。即使格调稍降,人们也都睁一只眼闭一只眼,因为当美丽的女孩儿自降格调时,这一举动本来就自带格调。美丽的米莉亚一直都是这样的,不过那晚,也许由于太过痛苦,她满面愁容,神情中带着一种忧郁的美。

我们喝的是白葡萄酒。其实按理来说,红酒配红肉才最上乘,不过管他呢,已经顾不上那么多了。用来盛酒的高脚杯非常薄——就是那种在清洗时用力稍大就会被捏碎的杯子。几年前,米莉亚就弄碎过一个杯子。至今她右手手心处还有一道当时留下来的小疤痕。她把玩着空杯子,又看了看那道疤痕:"你举起啤酒瓶的时候,有没有看到那个流氓的脸?"说着又开始大笑起来,笑声中充满醉意。我在她身后想:我们那时还是两个姑娘,不不不,应该说是两个已经三十三岁的女人,正处在颜值巅峰,拥有绝对的精神自由,完全有权利嘲笑男人,那时的我觉得无拘无束,不仅浑身轻松,而且完全没有任何精神束缚,就仿佛我们正在泰然自若地向前奔跑,以敞开的怀抱迎接任何可能发生的事情——我希望那些将要发生的事情不论如何都能尽快到来,这样就能泰然应对。

晚饭末尾,我们又聊到高中旧事——谁比谁更会接吻,谁跟谁做爱了等等。米莉亚跟我讲了一个秘密:有一次,只有一次,她吻了一个姑娘。她还说,我永远都猜不到这个姑娘是谁。"你试着猜一下。"她对我说——说出这番话时,她一点儿也不窘迫,就仿佛讲述秘密最初的这份起劲儿转移到了另外一个点上——不是因为她吻的是姑娘而令人兴奋,而是到底是哪个姑娘吻的才让人好奇。

"是莉薇娅。"她马上就说出答案,压根没给我猜测的时间。

"莉薇娅?不是吧,这绝对不可能。"神奇的是,我的回答也表现得好像这个秘密最令人惊奇的不是米莉亚居然吻了一个姑娘(再说还是在高中的时候就发生了这样的事),而是她吻的居然是我的同桌莉薇娅,那个一向害羞谨慎谦卑的莉薇娅。

"跟你说,她吻技一流,比我之前和之后吻过的任何一个男孩儿都更懂得如何亲吻。你知道,我吻过的男孩太多了。"她又一次毫无节制地大笑起来。

我觉得酒有点儿上头了,整个头都很涨。从脖子一直到头上都松弛了下来,仿佛头离开了脖子,像气球一样飘浮在空中。我双腿麻木,整个身子十分放松,但又元气满满,身体仿佛属于我又不属于我,这种舒弛放松的感觉真美妙。我的身体总是不由自主地靠向米莉亚吃剩的沙拉,我握住盘子,然后开始舔她的盘子。虽然当时一点儿也不觉得,不过现在想起来可真是难为情。我不知道当时为什么要这样做。不过后来米莉亚也跟着我一起:她舔了舔我之前舔过的地方。然后抓住我的手,开始舔我的手指。我也开始舔她的手指,一直延伸到手掌,碰到她手心的疤痕时我停留了很久,米莉亚的手非常漂亮。最后我跨坐在她身上,我们俩坐在同一把椅子上,裙子一直掀到体侧,双唇相碰,手在裙子下疯狂地胡乱摸索。

好吧,这种体验确实很不一样。也很美妙。确切地来说是非常美妙。这也许比我第一次和男人做爱的感觉还要美妙。在十七岁那年的八月节夜晚,我把第一次给了一个男孩。这也比我第二次的经历更加美好:那是在十九岁的时候,那时我还没遇到乔瓦尼,在遇到他以后我就一直只忠于他的身体。

这和跟乔瓦尼做爱也不一样。和乔瓦尼一起的感觉也很美妙,不过跟这个还是不一样。不管怎么说,这次体验确实非常奇特。

我当然可以把一切都归咎于酒精,让这个经历只成为自己的秘密。或者也可以跟乔瓦尼讲讲这件事,跟他说都怪我们当时喝了酒,可是不能让酒精背了这个黑锅,乔瓦尼和保罗喝醉酒了以后也不会上床。而我和米莉亚却这样做了。我们上床了,这一切都如此富有激情,如此甜蜜,每当我想起来的时候……每当我想起来时我都不得不克制自己不继续往下想。

我没有再跟米莉亚提起这件事,我们都假装这件事发生在梦里。甚至还不是:我们假装这件事是别人梦到的,也许是一个男人,大家都知道男人的头脑里总有一些挥之不去的念想。

不过就在那天晚上,我还是跟乔瓦尼说了这件事。我必须要跟他说。发生了那样的事,我怎么能还像没事儿人一样继续吻他,并且和他做爱?他肯定会从种种细节中发现端倪,察觉到这个秘密。我跟他讲了。并对他说,这件事是我人生中最正确的错误。

这种感觉就像被人砍掉了双腿。我像一个神经紧张的蠢人,止不住地傻笑:"她是在跟我开玩笑吧?好吧,真的很棒,可是现在让我们严肃些,你们俩那晚到底是怎么过的?"

不过她一直都很严肃,就像一直以来的一样。在给我讲述那些天马行空的故事时,也依然保持严肃,可那明明就是一个情色故事。她略掉细节,不过这些情节可并不难脑补。我无法控制住自己的思绪,只顺着她讲述的内容继续往下想,我不能阻止自己不继续往下想,头脑中浮现出她和米莉亚在一起的场景,然后还是她和米莉亚,我脑海中勾画出的都是一些看起来非常极端,非常令人不适的画面。这一切都是这么荒谬,就像一个噩梦一样。

她很真诚,好吧。不过还是算了吧,在这种事上真诚有用吗?难道我能跟她这么说:"哦,感谢你把真相告诉我了。你和最好的闺蜜上床了。你们缠绵的时候,我和保罗正坐在沙发上看1982年世界杯决赛DVD,就像两个未成年人一样,不不不,应该说像两个屌丝一样。感谢你的真诚,还能怎么样呢,你只是和一个女人发生了关系,一切都没问题,让这件事结束吧,我们继续向前看吧。"

"当然不能这样。相反,我们应该往回看。并立即解决这件事情。"

每到夜深人静时,我都会不由自主地翻来覆去回忆2017那一年。日子一天天过去,我的情绪越来越冷静,脑海中的画面也越来越清楚:我的茱莉亚正在床上和米莉亚搂抱在一起。我并不否认这些画面现在仍然让我扎心,不过这种心痛带着冷漠,除此以外,心底还有一种莫名的困惑,可是我从来都不愿意深究这种情绪。

我努力让生活重新回到正轨。在对一夫一妻制深信不疑了十三年后,我觉得这些对我而言都不重要了。和茱莉亚分手几个月后，我开始和一个女孩儿约会。与此同时，我也和另外一个女孩儿见面。后来我离开了她们俩，我突然发现在路上，在公交车里，在全世界原来有成千上万的姑娘可供挑选。我开始一个一个慢慢地品味。

有时我也会想起茱莉亚。想起我们在一起的日子。不过，我对她所有的情愫都只剩下肉欲。

今天是2018年的情人节。我没有选择和女性待在一起。身边只有保罗一个人。这次我们决定去看电影：这是一个无情单身汉的情人节，我们决定避免与任何女性发生关系。先去看场电影，然后再去我家喝杯啤酒。突然，手机振了一下。一定是保罗的信息。保罗发来的信息内容总是惊人的一致：快点儿过来，我这里现在一团糟——保罗那边的情况总是一团糟——我们在电影院门口见。

但是，这不是保罗的信息。发信息的是一个陌生号码："从我们分手后，我每天都在想你。我想重新开始我们的生活，我想再次拥有你。请我吃晚饭吧，我只有这个要求。"

我盯着手机屏幕足足有十分钟。心脏仿佛停止了跳动，随后又跳得十分激烈。可是那个心脏并不是我的。那是过去乔瓦尼的心脏，而现在乔瓦尼的心已经被一种十分美妙的感觉笼罩着，那是一种毫不在意的胜利感。我很庆幸自己已经置身事外。我想到茱莉亚和米莉亚，又想到了她们一起做的事情，可是一段时间以来，脑海中的那些画面已经不能对我造成伤害，也不让我感到羞辱和气愤了。

我用保罗一贯的口吻给他编辑了一条信息，说今晚不能和他出去了:"保罗,今晚什么都做不成了。我这儿现在一团糟,以后我再跟你细说。"

发完信息后,我又重新点开了未知号码发来的信息。我有一个想法,那个想法侵蚀了整个身体,我已经无法让自己去考虑别的事情了。我知道这是一个疯狂的想法,她永远都不会接受,不过我也没什么可失去的。所以我就回复说:"好的。不过只有一个条件。"

我把烤架重新放在火炉上加热,这可是烤牛排过程中一个十分重要的环节。首先,做得到位牛肉就不会黏;其次,肉质也会更加美味,上下都会烤得酥脆,并且烙下烤架的印记,里面仍会带血,这样吃着才入口即化。她就喜欢吃这样的牛肉。

我布置着桌子,觉得仿佛又回到了过去:所有细节都十分考究——花朵、精致的刀叉、盛在小筐子里的面包片都备齐了。还有葡萄酒。牛肉也切好了盛在盘子里,随时准备上烤架,不过一定要等她按响门铃后才可以这么做。

大瓷碗里已经盛满沙拉,并且加了过量的调料。千万别忘了,米莉亚可是素食主义者。

正义晚餐

| 阿 乙

　　吕伟朝西走的时候,彭磊在朝东走。他们交会时,想的是同一个女人。吕伟想起女人临别时意外的温顺,"晚上想吃点什么?"他回答:"可能不回来吃。"她接着说:"那路上记得小心。"而彭磊看着小区三楼的一间阳台,上边挂着一件绿色丝巾,那是通行证。可以来了,我老公出门了。

　　在郊区有一所讲堂。十年前它是教堂,天顶很高,空间辽阔,长着青苔的墙壁渗出阴气,人进去就像受到提醒,不由自主地肃静。当扇形的座席坐满时,那里像坐满虔诚的饿狼,包围着狭小、孤零零的讲台。天顶总有一道大光照下来,使演讲者格外暴露,包括嘴角细微的抖动——就像被剥光了,吕伟想。有次他仅仅上去领奖,握手、鞠躬、退台,就那么一点时间,便心律不齐,呼吸急促。

　　吕伟反复看演讲稿。谨慎的表扬和批评,自己不失风骨,别人不失面子,没有问题。有问题的是演讲时可能出现的状态。上中学时,他便注意到一位二十五岁的老师容易面红耳赤。当时他想,一个人过三十岁就不会这样了,岁月使人脸皮变厚。但现在他四十多,却仍旧害怕演讲。有几次说着说着结巴了，大脑不受控制，跑出一堆被剁裂的词汇，让大家瞠目结舌。他希望路上出点事，交通工具却毫无商量地将他快速运到——除开在搭乘公交时坐过一站，什么也没耽误。他走进通往讲堂的寂静巷道，心脏跳得怦怦作响。一名担着猪肉的农夫走在旷野，一只饿狼跟着，农夫扔得筐里只剩一根骨头了，狼还跟着。吕伟感觉就是这样，手里没几分钟了。他进公厕小便，出来后紧张地抽烟。

来早了点。紧闭的大门前聚着一伙人，看见他，带着沉默的兴奋围过来。吕伟将手插进裤兜，轻轻踩地上的石头，外表矜持，心里还在祈祷讲座取消（这怎么可能呢）。有个戴鸭舌帽的人说："吕先生您好，我是您的读者。"吕伟点点头，眼睛里是空中细密的树枝，没看见对方伸出的手。那双手便尴尬地搁置在半途，不知该继续搁着，还是收回去。不一会儿，来了位脸长得像板子的凶悍女子。奇迹出现了。

"都回去，讲座取消了。"她说。

吕伟一时舒泰，冻僵的血液全部苏醒，身上冒出热气。怎么形容呢，就像陀思妥耶夫斯基被押上校场，却在士兵举枪前听到沙皇的特赦令。但几乎与此同时，一种被羞辱的愤怒也涌出来。也许厌人更易在危局解除后表现出勇气，他口吃着质问，"那你们通知我来干吗？你知道对一名研究人员来说，时间是多么宝贵吗？你知道你们在干吗么？"

"我不知道，也懒得知道。"

"那你说，是因为什么原因取消了？"

"数目字。"

"什么？"

"不懂就算了。召集来听讲座的数目字不够。"

"你读黄仁宇读坏脑子了吧?"

"你才读坏脑子呢,你这老东西怎么不去死呢?"

吕伟举起手,想起一生不曾打人,僵在半空。她抬头挺胸,说:"打啊打啊,大学者打人了。"他便像蒸汽机嘶嘶冒气。若不是那伙人过来数落,将她骂得落荒而逃,他还不知要气成什么样子。鸭舌帽一直劝慰,他则不停地说:"她以为吃亏的是我吗?他们的钱不是已经打给我了吗?"

这会儿,在他家中,彭磊和女人刚刚见上面。

彭磊敲门时慎重地采用了一个节奏,一二三,一下,间隔,两下,间隔,三下。她打开门,彼此没有拥抱。门被反锁时,他甚至感到恐慌,好像是被非法拘禁,要杀要剐由她。说起来他们并不熟,只在网上聊了几小时。她说:"你瞎站着干吗呢?"他才不像一棵树那样呆站着,坐向沙发边沿。

她沐浴去了,卫生间传出哗哗的响动。想到水流正一遍遍冲过她的身体,他呼吸急促起来,可也感受到另一种压力,想临阵脱逃。屋里长满眼睛呢,那些沉默不语的家具、电视、茶几甚至空气都瞪着仇恨的眼看他,它们由男主人购买、经历,是驯化的结果。他心里涌起一股乡愁,想回到自己破败的寝室。自己这会儿悍然闯入的正是别人的领地。为什么要在这里偷情,这和猎物自投罗网有什么区别?这是一种怎样的过失?

他和她没有商量过地方,仅只是说她老公上午九点走,傍晚回,他便来了。也许对她来说,在危险中背叛还是乐趣的一部分。她走出来时,偏着脑袋,用毛巾擦拭头发,旁若无人地寻找梳子。就像和他没有丝毫关系。寻到茶几时,弯下身。血冲上他的脑袋。但他没有动作。他们像初恋中的男女,在接触前让心灵经历了漫长的过程,直到她的身躯干了,不再有香皂的味道,她才在他粗重的呼吸声中轻轻拉住他。在吉列尔莫·马丁内斯笔下,这种亲密接触会让指尖不断传来强烈的信号,在全身形成炽热的潜流。但他感觉的却是沉没。这是一双像牛皮纸壳的中年妇女的手。他感到后悔,倒不是因为道德,而是为着要和她往下发展关系了,他就要陷于这个泥沼,和朝气蓬勃的姑娘永别了。但他还是努力回捏她的手指,为着完成一种程序。

"我很久没行房了。"

他这么说。

"是吗?"

"有半年没有,都不记得怎么一回事了。"

走出巷了,鸭舌帽还跟着。吕伟说:"有什么事吗?"

"也没什么事。"

走就走吧,走到地铁站,相忘于江湖。他现在很想家,家里有书桌、床铺和女人,每次在外遍体鳞伤,就格外想她。每次写完论文亦如此,衰竭欲死,但只要看眼她熟睡的温热的肉身,心下便涌起永恒的宁静。他想这次回家得长时间搂住她,什么也不说,就是抱着她。上午出门前,她曾抱紧他,颤抖着说温柔的话,好像生离死别了。女人是地震前的一些动物,能准确预感到什么,虽然这次算不得什么灾祸。

就要跨进地铁站时,鸭舌帽轻轻拉住他。"有什么事吗?"吕伟说。那人搓着手,说:"就是想找吕老师看样东西。"

"什么东西?"

"一件启功先生的藏品。"

"不了,我得回家。"

"这样啊。"对方苦苦笑着。

"都是假的。"吕伟判断道,但在对方眼里的光快要熄完时,他想起这人是帮过自己的,因此没有真走。"我花不少钱买的,就想知道它是不是赝品。真要是,也就死心了。"说得这样哀伤,吕伟心软了,去吧,胜造七级浮屠。地方不远。那人走得快,像是怕耽误吕伟的时间,接着又控制不住地欢喜起来,摘下鸭舌帽扇,露出秃顶来,没有发根、毛孔,就像一张光溜溜的鼓皮闷在上边,他真想拿钉子钉进去。就像有人楚楚可怜地找自己借钱,借到手了又忘乎所以,他后悔得要死。心里说不,为什么嘴里说是?为什么不拒对方于千里之外?阿根廷数学家兼文学家吉列尔莫·马丁内斯是这样写的。吕伟想自己在受教养之苦。

他跟着走进一个棚户区,地面泥泞,石块像尖刀,到处飘浮垃圾场才有的味道。鸭舌帽拉了几次才算是拉开破败的木门。"吕老师,我给您泡杯茶。"

"不了。"他说,"不渴。"

鸭舌帽拿出那幅书法,刚一展开,吕伟便轻蔑地判决:毫无价值。对方惊愕不堪。"潘家园这样的东西只卖三十块。"吕伟补充道。即使是无价之宝,他也会这么说,何况本来是赝品。"我得走了。"他说。对方呆站着,像鹅一样晃着失落的脑袋。可刚刚出门,这人便冲出来叫唤:"大家快来啊,文物鉴定专家来了。"吕伟有些惶恐,四周是宁静的,接着便听到各户深处躁动的声音。不一会儿这一片收破烂的蜂拥而出,搂着座钟、铜佛还有老旧的衣服叽叽喳喳围过来,争先恐后,不停说:"你看这个值得多少?"

"我要走了,真得走了。"吕伟心里因为凄苦而抽搐起来。好像情人正看着手表等在去远方的火车站,而自己被乡下的朋友一杯杯地劝酒。

"你坏。"她捶打他,声音是少女才用的假声。他嘿嘿笑着。她摇头晃脑地,又说:"你坏。"

"厉害吧?"他说。

她哧哧地笑起来。他觉得是在耻笑刚才自己的紧张,愤恨地咕哝。她眼如桃花了,迷离地问,"你在说什么呀?"

"贱人。我说,贱人。"

"我喜欢你这样叫,你叫。"

"贱人,贱人,贱人。"

少顷他又说:"我有点累了。"

"不嘛。"

"我真的累了。"

"那就歇一会儿。"她拍打着他的背部,声音苍老、疲倦得像尖声细气的老太婆。后来他抱着她,靠在床头,看墙上挂着的油画,夕阳映照在无边的海面,像有一条金黄色的道路通往沙滩,一对衣着整齐的男女背对着他们,像他们这样搂抱着坐着。室内正飘荡着《Betty et Zorg》,一部法国电影的配乐,稀疏、缓慢、深远。他极其平静地看着她发丛后边数根白丝以及保存完好腐烂在即的身躯,心下生出永恒的寂寞。就像他们孤独地活在荒无人烟的加油站,相依为命已久。这是这天出现的唯一诗意的时刻。

地铁在甬道高速行驶,猛然刹车,齿轮长久地发出撕心裂肺的摩擦声,好像长指甲在黑板一路擦刮。原本仰着脸一动不动挤在一起的人们,个个探出脑袋,紧张地看着车窗外黑黢黢的前方。不知道出什么事了,或者,更可怕的是,不知道要发生什么事了。吕伟心跳加速,想到可能的爆炸物,也许有位穿迷彩服的人正抱着滚烫的包裹争分夺秒地奔向防爆桶,一条健硕的狼犬蹦跳着追随。也许巨大的气浪要将整个地铁站翻过来。他掏出手机拨打女人电话,想说,我爱你,无论如何,你要记得我爱你。

但地铁没有信号。

不久,车灯像日光灯那样忽闪忽闪,一下亮了。一阵毫无感情的青年男子声音通过广播传来:刚刚有人跳轨身亡。哦,他放下心来,嘴里说:"要死,什么时候死不好?死在哪不好,死在这儿。"每个人也都这样埋怨死者。大约十分钟后,地铁重新启动,停靠到站,他走下来,看见的场景和往日任何时刻看见的一样,干净、沉默、规整,有着永远微笑的广告美女和行色匆匆的路人。只是在一处的铁轨和墙壁上有着新鲜水印,它们一定是冲走了喷溅出的血迹。一具躯干就在刚才被齿轮切割得整整齐齐,工作人员仰着脖子,眼望着天,像抬一袋发臭的垃圾那样仓促抬走它。要是有化尸水的话,他们一定愿意将它当场化掉。一个人消失掉了。没有姓名、性别,也没有年龄。对一切没死的人来说,他毫无价值,不值得纪念,只是个耽误人出行的麻烦,就像地铁运营负责人讲的,乘客跳下站台,影响的不仅仅是一列列车的运营,更是大量市民的正常出行。

难道一点悲伤都不应该有?吕伟忽然感到不公平。走出地铁站后,阳光猛烈地照向他这具运转正常、生机勃勃的身躯,使他生出极大的不真实。因此在走过花店后他又折回来,买了束菊花,回到地铁站,将它放在地上,并像真正的默哀者那样看着光溜溜的铁轨。

"你在干吗?"女人说。

彭磊一直望天花板的大顶灯。那是只圆灯,散发着乳白色的光芒,如此安静、沉稳,以致让他心慌。就像它是只得了白内障的巨眼,深处藏着一枚无形而敏锐的小眼。

"你看它干什么?"

"里边是不是有摄像头?"

"神经。"

"总觉得不安全。"

"有什么不安全的,这一天我都属于你。"

"我怕他回来了。说不定那个讲座取消了。"

她笑起来,"讲座取消了,他来去也得两小时。"

"你看现在距离两小时只差十分钟了。"

他指着墙上喊喊喳喳走着的钟,那玩意儿走起来就像铡草。他像处在大雾之外,听见马蹄声渐近,却不知它们在哪里,"外边只要车辆一刹车我就怕,隔音也不好,连电梯门关上的声音我都听得见。"

"他没车。"

吕伟买了一捆蓝色玫瑰。

以前没见过玫瑰还有蓝色的,这次见着,叹为观止。他以为是漂染的,用手指搓捏花瓣,却是辨别出它的货真价实。说起这造物的神奇,即使是世上最好的染匠,也染不出这样的颜色,即便天空与大海,也到达不了它的辉煌。它沉稳严肃,含蓄内敛,却无处不展现灵魂深处的妖艳;说轻佻热闹,招蜂引蝶,又能从骨子里辨别出恒久不渝的忠贞。这就是对她的比喻。诱惑与庄重,矛盾的统一体。

我爱你。他心里想。她从十九岁跟他,经历过吵架、分手、复合和平淡,生活了十三年。现在他感到愧疚,她是将整个青春——那人生最好的几年——付给他,而他这些年来孜孜不倦的不过是狗屁不是的研究。一堆出土的文物,十几篇论文,一些破烂的名声,这些很重要么？在和她好时,他发誓要像奴仆或者爸爸一样呵护她,但仅过三个月,他便从床上跑下来,为着突然出现的灵感挑灯夜战。现在,他还是没有成为欧几里德、达尔文、牛顿、尼采,仍然只是一名微不足道的文物研究员。那些文物是前朝的垃圾,自己不过是垃圾的寄生虫,而她跟着自己老了,不再是那个站着身上就能冒出青气的孩子了。

花店的姑娘气喘吁吁跑过来,拦住他,说:"先生,这钱不好使。"

"怎么不好使？"

"你看,差一根金属线。"

"这里有金属线的么？"

"你看这张,这张就有。"

他们对着阳光分辨,手指像镊子夹着两张人民币。

"这绝对是真钱,你摸摸。"

"我知道是真钱,可是先生,我们好难找得出去。"

"那是你们的事。"

"先生,你说,我只是一个打工的。"

她说着哭起来,虽然没有眼泪,表情的哀伤却是真切的。他心想不是大事,换掉一张。那姑娘便跟他鞠躬,像个小驹子跳走了。他等到公交,这次不会坐过站,他当然清楚自己小区所在的那站,但车辆摇摇晃晃开到一半,轮胎爆炸了。第二辆公交跟上来,命令他们上去,为着不挤坏花朵,他决定等出租车。

说起来今天真是不顺。在吕伟走进小区后,一个哇呀呀叫喊的小孩又骑着自行车冲来。小孩懂什么事?他仓促跳进旁边花坛,皮鞋沾了好些泥。他掰断枝条,耐心刮鞋上的泥,又在地上来回搓,直到差不多了,才走回去。他按了几遍电梯,电梯总是停在十楼。门口有辆搬家公司的车,哦,一定是有人搬家。吕伟出来走楼梯道,他往上走没有声响,人家往下走却是踢踢踏踏,有着解放才有的欢快回响。那是彭磊。十几分钟前他完事,像尸体躺在战场,感觉极为消沉。当她继续触碰他时,他感到厌烦。

她提议给他做顿饭。

"不了,我得回家。"

"才十二点不到,你急什么。"

"真的有事。"想想,他又补充,"我倒想没有那事,我哪里舍得走。"

"什么事比我还重要?"

她的眼神在失望和愤怒之间跌撞。他低着头,不看她的眼神。而她刚一松手,他便像训练有素的军人,跳下床,几秒钟穿好衣服,蹬蹬皮鞋,扭开门溜了。

外边空气真好啊,外边空气是流动的,从遥远的海边和森林飞过来,穿过他的肺。他噔噔噔地下楼。手机猛然响了。一定是她打来的。女人怎么这么烦呢?他压抑着愤怒说:"好,我这就上来。"

在她家门口,她一把抱住他,吻他,她的眼睛闭得死死的。他被迫回吻。她依偎在他胸前,软软地撒娇:"瞧你慌的,也不吻我一下就走。"这时候,一个男人悄悄站在他们身后,捏着一捆玫瑰花,因为手剧烈抖动,那些花瓣像是被狂风吹过,发出窸窸窣窣的声响。

"你们坐着。"

吕伟反锁好门,取出橱柜里的白酒,咕咚喝着,面无表情地说。他们蹲在沙发边。吕伟走进杂物间后,女人凑过来,要握彭磊的手,他偏过头,移开一定距离,女人便摇他膝盖,他掸开它。没必要再掩饰嫌恶了,就是她,在这么久时间内连床也不收拾一下,事情本已过去,偏生又打电话。也许这么想可以缓解内心的忐忑,在转身看见气得险乎中风的吕伟时,他大脑空白,陷入极度恐惧中,像个会执行简单命令的机器人,他命令朝哪走,他便往哪走。进正厅后,他还用眼神请示,是朝卧室走还是应该待在正厅。"你们坐着。"吕伟命令道。

在彭磊的注视下——这会儿他就像被绑缚的牛,看着屠夫准备刀具——吕伟摆好一只长杆台灯,插上插头,按开关,将灯光照到他们脸上。吕伟的手总是颤抖,后来沉稳多了。是盏高瓦数的灯泡,光芒像灼热的银针一根根刺进他们脸庞,使他们分外战栗。

这是要干什么呢?

阿　乙

　　吕伟拖着长鞭,提着一把私藏的民国时期德国造手枪,走向正对他们的藤椅,用枪抹掉椅上的玫瑰花,坐上去,或者说是躺上去。他仰着头,胸腔起伏,大口喘气,不一会儿神情衰竭,眯着眼将枪口抵到下颚处。"别啊!"彭磊展开双手低呼。吕伟像是从久远的睡眠中醒来,睁眼仔细辨认他。枪随后垂下来,在指尖颤动,若有若无地指着彭磊,后者因此跪下去。而女人似乎是第一次认识到有这样一个丈夫,眼神既惊诧又愤怒,既失望又恐怖。她对他没把握了,不能掌控他,不再是相濡以沫的夫妻了,裂痕一打开,永无修补。就像有次在梦中亲热地抓妈妈的手,妈妈说:"你是谁啊,走开。"

　　"脱。"吕伟命令道。

　　"什么?"

　　"脱。"

　　彭磊看了眼女人,觉得不可思议,但女人是理解的,她咬着牙,脸色红透。彭磊又用眼神咨询吕伟,后者阴沉地笑着,将枪口指向他一只眼睛。他试图避开,该死的枪口又总是准确指回眼球,因此他恍惚了,觉得枪口像涵洞,越长越大,大得一切都可以爬进去。不一会儿,他猛醒过来,心急火燎地撕扯衣物,好像晚一秒都要坏事。然后讨好地看吕伟。吕伟给他眼色,他便像家奴焦灼地催女人。女人捉紧浴袍,瑟瑟发抖。"脱啊。"彭磊轻声说。

　　在她也褪下衣服后,吕伟将枪放下,摆动鞭子。彭磊知道要鞭打他们,可能还会用皮鞋踩踏。这一切都是应得的,也是吕伟他应该做的。没什么。英国作家阿兰·德波顿说:触怒之后立刻发火是最为宽宏大量的,因为这样可以使冒犯者不会过于内疚,也不需要生气者息怒。对彭磊来说,判决虽然来得有点晚,但总比一直等待好。判决来了,事情就会收官。打吧,鞭打我吧,度过这一刻,度过这一天,从明天起,砍柴喂马,关心粮食和蔬菜,好好生活,锻炼身体,甚至比以前生活得还要新鲜、茁壮。彭磊想凑上去接受这鞭子。一切惩罚终归是仁慈的,都可以换算为固定的时间,早点开始意味着早点结束。这是倒霉的一天,但不是最糟糕的。

"接吻。"吕伟命令道。

"什么?"

"他叫我们接吻。"女人摇着头说。

"怎么接?"

"就是接。"

她颤抖着凑来。他往后退,听到她喊:"接啊。"他看到这张已完全陌生的脸闪现出极度失望才有的悲哀。她和那个他建立了深刻的仇恨,又觉得这个他不能争半点气。她闭上眼,眼皮形成的褶皱清晰如木刻,脸色蜡黄,像病了很久,病得透明了。彭磊背着双手,哆嗦着嘴凑上去,黏了对方嘴唇一下。

"要搅。"吕伟说,"用舌头搅。"

"不会。"

"刚刚你们不是会吗?"

"不好。"彭磊摇晃着低垂的脑袋。

"你听不听话?我许可你做,为什么不做?"

这时,女人果断捉住他脑袋,用舌头拨他嘴唇。他挣扎着,她抱得更紧。他感受到那动作里不容分说的力量,意识到她才是逃亡途中的指导者,得听她的,便让舌头进来了。让她搅。

她喉腔里有股复杂的霉味。

"你也得搅,不能让她一个人搅。"

彭磊艰难地吐出舌头,它像绑了重石,勉强才进了她口腔。她的牙齿像订书机,死死钉住它。他摇她胳膊,她咬得更厉害,像要连根拔起。他哎呀哎呀叫唤,卑贱死了,她才松口。

"好了,你们可以松开了。"

彭磊松弛下来,心下涌出成就感,好像任务完成了。他听到吕伟评论:"我自己接吻时,觉得真他妈美。在街道上看见别人接吻,闭着眼,又像两个傻×一样吸来吸去,我就感觉是两条狗。"

"是啊。"彭磊说。他还想说,吃方便面也如此,看见别人吃口水横流,自己吃索然无味。可这是错误的比喻,而且以现在的身份也不便多发言。但劲儿是在的,他讨好地看他,想他给出个手势让自己走。

"那个。"吕伟命令道。彭磊闷了。"什么?"女人尖叫起来,"你也太过分了吧?"

"你怎么不说你过分呢?"

"我就是跟他出轨了又怎样?难道你还能把我杀了不成?"

彭磊紧张地看着。也许厮打起来才好,自己可以穿上裤子,悄悄消失。但是,噌,枪口发出八十年代剿匪电视剧里才有的那种声音,子弹射出一道直线,钻进沙发,一路上冒着巨大的青烟。子弹射进去,就像射进鸵鸟巨大的肉身。站起来的女人摇晃着软下去,瑟瑟发抖,眼神惊恐地看着吕伟。彭磊吓得站起来,忽而懂了,扑到地上不停磕头。

"没事。我不会伤害你们,只要你们听话。"

"我听话。"彭磊说。

"那就快。"

彭磊爬过去挨着女人的身体,说:"听话,听话。"女人的脸逐渐木然,身躯像弹簧失去弹力慢慢松开。吕伟兴奋了,提枪走来,扳过台灯,使光芒照射得更清楚。"那个啊。"他鼓励道。

"那个不了。"彭磊说。

"刚才怎么又能那个了呢!"

"刚才是刚才,现在是现在。对不起。"

"那个不了也那个。"吕伟踢他屁股,走回到藤椅上,"做。"

"怎么做?"

"你们平时怎么做就怎么做。"

"我们今天才第一次做。"

"那就按照你们今天做的再做一遍。"

彭磊只能是随便做几个象征性的动作。

"认真点。"吕伟说。

彭磊装着很认真。

"你也认真点。"吕伟对女人说。

"啊,啊,啊。"她便像死鱼一样练嗓子。

"大声一点嘛,大声点。"吕伟说。

于是她大声地喊:"啊,啊,啊。"

像是病人张开嘴让手电筒照射舌苔,遵照指示喊叫。

"喊快点。"

她便像复读机大声而快捷地喊:"啊啊啊啊啊啊。"

在这个下午,吕伟一直像国王坐在藤椅上,撕碎每朵玫瑰花的花瓣,直到手里剩下一根根秃秆。他一次次发出简短的命令。彭磊每模拟完一个姿势,就重新衡量一遍惩罚的长度,觉得结束的时间可以期待。但在吕伟泡了一杯热茶并细心吹拂滚烫的茶叶时,他心间的希望全然熄灭。他意识到这是恒久的任务,不再挣扎,像西西弗那样疲惫地将石头推上山,又麻木不仁地看着它滚下。再把它推上去。周而复始。彭磊甚至觉得很久以前他就在干这份工作,以后也会如此,从早到晚,从春季到冬季,绵延不绝,直至永生。

她也如此。不反抗,不吵闹,一直沉默地模仿着某种姿势。吕伟间隔发出一两声干笑。彭磊和女人身上属于人类的快感,那一部分让人在苦难世界勉强活下去的快感,不可阻止地消失了。"二战"时,德国军官将一对孤男寡女赤身关进一间监室,放冷气,迫使他们拥抱,并进而发生性交。但他们拥抱后并未做出暧昧举动,气温回升后,他们离开彼此,像两块石头默然相处。他们在这意外恩赐的自由空间里没有任何性欲。不是为了不去性交,而是本身就没有性欲。他们的性欲因为摧残被切除了。我也被切除了。彭磊想。吕伟评点道,"真像两条狗,一条白点,一条又黑又瘦。两只狗。"接着,他站起来走动,一切似乎要结束了,却又从抽屉翻出按摩棒,插好电,让它嗡嗡叫着,递给彭磊,"刺激她。"女人像要炸了,全身剧烈颤抖,终究又像没有喷发的火山那样回到静默的状态。因为吕伟跳来跳去,朝着沙发连射数枪,"疯了,疯了,你们还敢不听话。"

彭磊刚刚拿住按摩棒,那嗡嗡叫的电器刚挨上女人的手腕,后者就侧过身,毫无节制地呕吐起来。她早上吃的鸡蛋、面包、苹果酱,昨晚吃的鱼、西红柿、牛肉、辣椒,以及她的胆汁,像潲水一股脑冲出来,落在地上,铺溢,凝固,重新颗粒分明地清晰起来。口水挂在她岩石一般的下唇。彭磊直到这时才知道他和她是可以结盟也是值得结盟的,是可以因为悲惨命运而相伴一生的。

她对吕伟说:"好玩吗?"

吕伟也说:"好玩吗?"

接着吕伟愤怒地补充:"以后还玩吗?"没人回答。吕伟暴躁地挥动手臂,许久才清晰地说:"滚。"彭磊忧心地看着她,吕伟连续喊着滚,他仍然不走,直到女人用一种相隔遥远的眼光看他,说你走吧,他才站起身,缓慢地穿好裤子。一切结束了。失败的战士穿好裤子、上衣,将脚踏进皮鞋,茫然拉开门。

后来,当女人推开窗户,让过堂风吹进来,僵硬站着的吕伟才醒酒。他手里有把擦得锃亮的民国旧枪,枪口残留呛人的味道,但不记得发生过什么。就像柯勒律治说的,一个人梦中去了天堂,醒来后手中捏着玫瑰。我都干些什么了?吕伟茫然失措地看着女人收拾东西。她将阳台晾着的衬衣、裙子取下,就着膝盖一一叠好时,还是个贤妻良母,但在一件牛仔裤怎么也塞不进包裹时,她便变得凶恶了。她伸出旅游鞋猛踩,直到脚和裤子一起踩进去。她将卫生间的牙膏、牙刷、眉笔、唇膏拨进小包,嫌大的,朝墙上扔。

他恍然若失。像财主看着家产一件件搬走。一会儿她就不在了。"干什么?"他说。她走进卧室,他过去捉她,"你到底要干什么?"她喊:"滚开。"声音像钝刀杀进前头的空气。

"你这是怎么了?"

她捉开他的手,走到床边翻枕头、床单,没找到想要的东西,便背上双肩包,提起塑料袋朝外走。她往哪里走,他就堵向哪里。"滚开。"她说。

"好好的为什么要走?"

"滚开。"

"这事情说到底还是先错在你。"

"滚开。"

他想让路,愣着,直到她大叫:"我叫你滚开呢。"才尴尬地闪开。她不做任何停留,笔直走向门外。以前有次她也是这么走的,到门口突然跺脚,大哭大闹:"吕伟我看错你了,我现在知道就是连你也不要我了。"

这次她很快消失不见了。

走吧,走吧走吧,那就走吧。

可十几分钟后他又像条狗跟在她身后。路人停下看,他不好意思,但还是跟着。她翻过护栏,走进环线公路,他还跟着。他躲避着飞驰的车辆,站在马路中央喊,"你要去哪里?"

"你管得着吗?"

他跟着跨过那边护栏,隆重地说:"秦妹,听着,这是我最后一次求你。"

她头也不回地朝水泥坡上走。

"最后一次求你了。"

她爬到顶上的马路。

"最后一次了。"他将枪顶向太阳穴,"最后一次。"

她转过身来,看见他的食指搭在扳机上,嘴角抽动一下,没有说话,只是用力提提鼓起来的塑料袋。然后他扣动扳机,像棵被砍倒的树直通通倒了,她瘫软下去。枪还在他手上,没有枪声和硝烟。子弹早打光了。她开始没完没了地哭,嘴都哭瘪了,"你要我怎么跟你生活,你让我害怕,知道吗？你让我怕得要死。"而他带着歉意爬上来,抱起她,蹭她,说:"我不要你走,不许你走。"她让他蹭着,像石雕的烈士独立寒秋,茫然看着灰暗的天空。

这时,彭磊走到一个小区,一群人仰着头,像乌鸦叽叽喳喳聚在一起。他决定歇息片刻,他已像孤魂野鬼游走两小时了,就像左脚迈出,右脚就必须跟上,就像走是唯一活着的必要。他路过小吃店、摊贩、公交车、骑三轮车的穷苦人,还有贴在电线杆上的性病广告,它们都与这世界有着黏稠的关系,唯独他被丢出来,在街道分外醒目。

光阴黑掉,像腐烂的水果,霉斑若隐若现,让人阴沉得要命。但是聚集在楼下的人抽着烟,兴奋地交谈,像是要赶个早市。在六楼铝合金窗外,有个裸体男子双手扒住窗台的边沿,用脚踩着一只摇摇欲坠的空调。它无法承载一个成年人的重量,他却总是试图让双腿完全落在上边——晃动使他惊恐地收回试探的腿。他又想让一条腿踩住从墙里凸出来的预埋水泥板,可这伸出来的一点太窄,连鞋面也兜不住。他深吸一口气,想翻回到窗台内,空调被踩得晃动,一只螺丝无声地掉下去,他的腿连窗沿都没够上。

接着他又想让腿落在凸出的水泥板上——刚刚明明已试过。他的支撑腿紧绷,像剥过皮的兔子的腿,肌肉隆起,微微发颤。手则抠住窗沿,像要抠进瓷砖里。间或他还会专心呼一口粗气。

"跳啊,你倒是快跳啊。"

人们开始呼喊。不知谁先打起拍子,所有人跟着打起来。

那人一直像老鼠东张西望，不停目测水泥板、空调和窗台，有时还会警惕地望一眼窗台里。人们焕发出更大的激情，像是要唤醒在火灾中熟睡的人，以更大的声音一起喊："跳啊，跳啊。"这来自大地的恢宏力量，像岩浆一层层、一节节，极为有力地向上涌，终于撼动他的耳膜。他猛然抖直身躯，朝下望来，麻木，惊慌，绝望，孤独，哀伤。这眼神就是我，这人就是我。彭磊拨开别人，走了。我就站在这最后的几分钟、几寸地里，我看见的最后天空，像往日一样辽阔，可以凭鱼跃，任鸟飞，却是关起遥远的门。我看见的最后土地，熙熙攘攘，所有人是刽子手。

　　彭磊走着走着，发疯地跑。上牙齿磕下牙齿，喉咙不停咳嗽，汗水和泪水糊了一脸，肉身像是无形了，还是没能躲掉那心底早已出现的一声呼喊。它就像烟花点着火，在空气中极其响烈地飞蹿，追上他，越过他，消隐在远处。啊——，惨绝人寰的，一个人在极度不甘中结束自己性命的声音。那呼号带着他最后的希望、最后的绝望，带着放纵、自嘲、愤怒、烦躁、仇恨、恐惧、忍受、脆弱、可怜、委屈、痛苦、恶心、悲伤、失落以及歇斯底里，带着人类全部的情感。接下来就不关他什么事了。他作为一件物品落在地上，有如一袋水泥从高空扑地，一些灰尘短促地飞起来。人们同时跳向后边。

他是陌生人

加布里埃略·迪·弗龙佐　　高如 译

> 写一夫一妻制就像写性变态一样,其实写的都只是不同的态度而已。
>
> ——亚当·菲利普斯《一夫一妻制》

我丈夫离家的那天晚上我的银屑病发作了。身上的皮肤开始出现病变,我的手肘上、膝盖上都是一些小小的铜色斑块,像很多枚一欧分的硬币。那天夜里,我的身上开始慢慢长丘疹,全身发痒,我在床上翻来覆去无法入睡。第二天一早,我在浴室里看着镜子里的自己,身上的斑块上长满了鳞屑,红色的丘疹已经蔓延到了背上,额头上全是指甲抓挠的伤痕。我从头皮到脚底板都在发炎,就好像周围的空气突然都变成了荨麻刺,刺得我全身发疼。那天下午我丈夫回来取他的衣服,突然我感觉身上的痒痛开始慢慢减轻直到消失。尽管他只是在那里一件一件地整理着他的外套,其间咧着半边嘴角笑着对我说了一句"那只猫最后还是把病传染给你了",但是那几个小时却真真让我愉悦。他刚离开关上门,我身上银屑病的症状又开始发作了,这一次蔓延到了腋下、肚脐里还有手指甲下面,甚至手掌上都长了一块皮癣。我开始刮着身上的癣，因为对于当时的我而言抓挠已经没有任何效果了。我决定预约皮肤科医生。

现在，外面下着雪，房子里的水汽在窗户玻璃上凝成滴，慢慢地画出一张网，沙沙的落雪声穿过玻璃似啜泣又似诉苦。我坐在沙发上织毛衣，就快要织完了，猫在窗台上打盹，他，那个陌生人，端来两个茶杯放在小桌上。他穿着白色凸纹布的衬衫，扣子一直扣到脖子下面最后一颗，下摆收在灯芯绒的长裤里，头发还在滴水，看样子应该没有带伞。看着他的脸，我只注意到了那一双温顺的眼睛。为了不弄脏地板，我让他脱了鞋，然后给了他一双我的拖鞋。这是他第六次来找我，看得出他已经慢慢熟悉我这套公寓了：因为这次他拿的总算是跟杯子配套的茶盘了。他问我是否可以跟我说他很想我。他这么说真的很绅士，可是却并没有让我觉得开心。

我仔细看着皮肤科医生开的诊单，避免触碰病变部位，避免摩擦皮肤，扔掉所有的香皂，不能再穿任何合成纤维制成的衣服，只能穿棉质或者羊毛的衣服，而且我最好不要洗澡，因为水可能会造成细菌感染。在我丈夫逃离我之后，我这身病变的皮肤又给我立了一堆规矩让我不得不遵守：我的人生再也不是我所期待的那样了，这样的人生甚至都不够冷酷僵硬让我可以倚靠片刻。皮肤科医生建议我去咨询一下营养师，而营养师则建议我只吃全麦面食、大米、豆类和菊苣。蔬菜的话，我最好只吃菊苣根和南瓜，远离西红柿、苹果和所有浆果。我把医生的这些建议讲给眼前的这位陌生男人听，这个月以来他经常在我这里，看得出他对我这些老年人的饮食习惯很感兴趣。看着他脸上的表情，我想他应该觉得我的那些初榨橄榄油更有意思，那些油我都用深色的瓶子装着存在冰箱里。此刻他正坐在我旁边，放下茶杯，想要抚摸我。像之前的很多次那样，他都会问我是否可以，我跟他说让他再等等。

这间房子里的暖气并不足。实际上，对于这个病而言，最适合的温度是不应该超过十九度。这是三楼唯一一间远离电梯噪音的房间：至少房屋中介给我看房的时候是这么说的。他站了起来，除去衣裳，也许这样说不恰当，但是我真的觉得他的手臂环抱可以挪动一片森林。我把手上正在加工的衬衫和没有喝完的茶都放到旁边，我相信之后这杯茶应该还会是温的。猫睡得很沉。签住房合同的时候，我脱掉了右手的手套，中介却假装什么也没有看到，商人的唯利是图如此赤裸。当他再一次靠近我的时候，手上和脚上都紧缠着羊毛带子，因为这样的话血液就会因为滞留在带子捆着的地方，而需要更多的时间才能到达身体的其他部位。我早就不是当初的那个小女生了，对于这些必需品，现在的我知道得更多。我住在这个像医院一样的房子里已经两年了，在这里我接待每一个想要来找我的男人。在最开始的时候我还会做些比较，我对自己说这个男人跟星期五来的那个一样高；头发是金色的，我接待过的最年轻的那个小伙子也是金发的；这个男人很瘦，跟星期一来的那个人一样；这个沉默寡言，跟另一个一样，那个人总是很快就结束了。不过后来，我就懒得再比较了，他就是他吧……

他很好奇，想要我给他讲讲以前我是怎么穿衣服的。被抓伤的头藏在帽檐下面；手肘上绑着绷带；大腿上贴着厚厚的膏药像猪皮一样；袜子都是过膝的。我的朋友们知道我的丈夫离开我了，会过来看我，我不想让他们看到我皮肤上的那些病变。但是如果是为了让他们能够接受我当时的境地，我其实应该预先告诉他们我的健康状况的。所以如果可以我一般会在电话中事先告诉他们，或者会在他们到的时候在门禁的对讲电话里跟他们说一下。如果是不速之客，那我就只能戴着手套接待了，尽管已经是六月了，太阳穴上凝结的血液像汞一样，我还是戴着一个网球运动员戴的那种棉质发带。冰箱里除了蓝瓶子装的油之外，还会常备新鲜的全谷类面粉。陌生人他很担心如果我只吃冰箱里的那些东西的话，营养会跟不上，从而给我的健康状况造成很大的风险。他真是很有体贴周到的骑士风度。我劝他不要担心，因为现在我在吃喝上根本没有禁忌，再也没有什么办法能够减轻我的病情了。他双手颤抖地抱着我。现在的我就像是在阳光下熊熊燃烧的一捆柴火，而之前的我不过如一朵栗子花一般惨白枯槁。

光着长满鳞屑的脚走在擦鞋地毯上，那感觉真的非常舒适。这是一天下午我送一个朋友出门时偶然发现的，在那之后我马上把毯子拖进了房间，摆在客厅的中间，就像那种大块的地毯一样，每一次我有生理冲动的时候就会光着脚去上面踩。我跟他说着这些，此时他的手正摸到我的大腿。之前我总看电视，而且会特别留意女主持人的服装。如果一天当电视上出现了年轻漂亮的女人露着大腿，肩膀和胳膊，那就应该是下午了。我深深地迷恋着午后电视直播中女主持人们的光滑的皮肤。而我自己总是忍不住抓挠自己的皮肤,所以我总是会梦到她们柔软的皮肤泡在一碗很大的牛奶里。我梦着想着以至于能够说服自己相信其实我也有着光滑的小腿,我露在裙子和围巾外面的皮肤也像天鹅绒一般,我梦想着终于,这个世界上出现了一种药膏把我治好了,终于,我的脚踝上再也不会结出一片片黑色的皮屑。

  刚到这间公寓的时候我非常害怕。那些男人之所以会想要来找我不过是因为看到过我的照片而已。我总是把门虚掩着,背朝着门口坐在沙发上等他们。从门口到沙发不过六米的地毯,而他,陌生人,不知道究竟花了多长的时间,他的步子迈得很小,看到沙发后面我的后颈之后他突然走得更慢了。我偏好不献殷勤的男人。所以,如果进来的男人不称赞这套毫无装饰的公寓,也不说什么"尽管这套公寓离电梯很近,但是一点也听不到噪音"这样的话,那么我会更加欣赏他们。我从来不关心他们从这里能听到什么,或者不能听到什么:我当时只是想远离我曾经居住的地方,尽管一旦搬到新的公寓,不管是在哪里,我的余生都会关在里面度过。他慢慢地走近,还没有转过沙发走到我的面前,我转身,没有獠牙却皮相可怖。我这样一个让人恐惧的女人能有什么用呢?

  后来整整三天夜里我痒痛难忍,汗如雨下,最后不得不去做鱼疗,用一种淡红墨头鱼来帮助治疗。我先要在淋浴下仔细地将身上每天抹的可的松洗掉,然后才开始真正的盛宴:那天早上我坐在一个水缸边上,将两条腿伸在水中泡了半个小时,不断地有小鱼游来游去,它们的鳞和鳍在我的小腿上划过,轻轻地拂过我的大腿。我接受了六个月的鱼疗,总是那一个温泉水缸,总是那一群鱼,我俨然已经成为它们的食物。我每次到家的时间都刚刚好,身上还会带着小鱼的气味,家里的猫每一次都会被这味道吸引过来,一改平常的懒散,喵喵地叫着走过来迎我。眼前的这个陌生男人正在抚摸我的胸,我对他说,当时对于这样的治疗我本不抱任何奢望,但是结果却让我很高兴,因为治疗结束的时候我终于可以不用穿过膝的袜子了。我当时的病情那么严重,哪里还能幻想一步登天呢?我看着他说,他的眼睛那么大,像洗碗池上晾着的两个碟子。

我居然爱上了这样一个男人,这简直是太不可思议了,我跟他见面也不过是因为我的皮肤问题把我弄到了那样走投无路的境地。之前我的丈夫对我说:"我是爱过你,然后你成了我的妻子,但是现在我心里已经没有你了。"在那之后我就坚信爱情于我,已再无任何可能。但是现在,我和我的陌生人,我们在保守同一个秘密。在他第二次过来之后我就不再接待其他人了,而他是在第四次过来的时候才跟我提出这样的要求。我们说好了再也不用事先约好日期和时间了:他想来的时候就可以过来,直接按门铃就可以了,我会走到公寓门边,收拾好小桌子和沙发上我正在加工的布料,我会把那四个羊毛带子放在旁边,这样之后可以用来绑着他的手脚保持温暖,我会坐着等他,仍然会像往常一样背对着他。我会一丝不挂,关上灯,我们是黑暗中的一夫一妻。

我跟他说，除了去看医生和做鱼疗，之前我都是在家里待着，从头到脚涂满芦荟胶、凡士林、可的松和焦油。头发总是乱糟糟的，像是几百年没有理过发。指甲我也会让它们长长，倒不是因为无心收拾，纯粹是因为长指甲抓挠起来比较有快感。至于身上的气味，完全是油腻腻的药膏混合着汗水的味道，实在太难闻，以至于我会建议每一个来找我的人抽一两根烟，用烟味盖一下。此时我的陌生人，他正在我的肚子上闻着，鼻尖都插到了肚脐里面。他对我说他没有闻到任何他不喜欢的气味。我知道这不过是因为爱而已，这次我想放任自己，眼前的这个男人完全没有激起我的脆弱敏感，他不是在尝试着接受一个已经腐坏了的商品，他是真的喜欢我的气味，我想要大声地说出来："这是因为爱。"可是看到家里的猫一直圈着尾巴在睡觉，我便没有说。

我接着讲我的故事。一天晚上我的前夫来这个家找我，而我突然痒痛发作了。我不停地在额头上抓挠，用大腿在沙发的扶手上磨蹭，这瘙痒像是炭火一样炙烤着我。我坐在抱枕中间，到处想要找能够磨蹭止痒的棱边，结果触手所及一片柔软，我只能将身体在沙发的垫子上不停地摩擦。我其实是禁止自己这样做的。只是当你已经无法阻止自己做某些事情的时候，那就需要另一个人来抓住你的手。我的丈夫之所以回来看我，是因为他想跟我一起过夜，他，突然又想跟我过夜了。但是我却不能让自己在他面前裸着身子；如果他看到了我当时的那个样子，那么他那如微尘般的悔不当初和浪子回头都会消散不见。我的陌生人听到这里，突然双手扣住我的胯，问我那天晚上是否跟我的前夫做了些什么，问我那天晚上我们是不是一起睡了。他这么想知道答案，紧紧地扣着我，我知道除非得到答案，否则他不会松开我。"法国人把那个叫作老练的手淫。"他对我说。然后他松开了，只用一只手控制我。

后来我决定禁食，四天里我只进了一些水，蔬菜汁和蔬菜汤。我也开始接触一些帮助节食的社团，但是后来我就放弃了，因为我没有电视机。我的身体各处开始脱落银屑，红色的结块和脓包。对我而言，护膝，长袜和护肘已经远远不够了。我的耳朵后面和眼睑上也开始出现病变症状。最终极的办法就是穿上一个棉套，足够贴身这样会让我好受一点，但是也不会太紧压到皮肤上的伤口。我不管白天睡觉都穿着它。我并没有回答他那个问题，没有告诉他那天晚上我跟我的丈夫到底做了什么。他开始撞击我的身体，但是始终没有松开控制我的左手，而且，就像平常一样，每次到这个节点，他都会更紧地扣着我，深深地扣进骨肉里。

我看过的每一个医生都跟我说我的病情十分严重，我不可能痊愈。只能放弃别无他法。在那之后，我就搬到这边来住了。房租很低，所以我偶尔接一些裁缝的活就能维持下来。那些男人们都愿意付很多钱给我。住在我同一层的一位太太每周去几次市场，她会帮我买一些东西，然后把小票留在袋子里放在门口；然后我会在下一次要买东西的时候把钱还给她，再给她列一张购物清单，麻烦她下一次出去的时候帮我买。我继续跟他说道,在之前那个家里度过的最后一夜里,发生了一件很奇怪的事情。当时我在擦鞋地毯上走走停停,透过客厅对着公共花园的窗户,我看到一群小孩在一大片荨麻地里玩耍。远远地看着,我辨认出了那些椭圆形的,带有锯齿边的叶子,还有上面看着就让人发痒的刺毛。孩子们在那片荨麻地里跑来跑去,穿着那么短的裤子,他们根本不知道一旦摔倒了,身上的皮肤就会遭殃。我突然就开始紧张起来:他们小小的腿都还那么健康完好,就这样在那些带着尖刺的叶子中间穿梭,很快他们洁白无瑕的皮肤就会被叶子蜇破,沾上荨麻放出来的蚁酸。在那之前我已经好几天没管我的指甲了,任它们长。如果我不像后来那样抓挠自己我的病痛应该不会那么严重。我的皮肤开始脱落,就像布料上掉下来的布头一样,满地都是。混着血色的皮肤像纤维一样从我身上干枯凋落,家具上全是掉落的皮屑,成千上万的淡红墨头鱼冲进了客厅,向我袭来。所有的这些都是我亲眼所见。那些小鱼圈起一个旋涡将我吞噬,我的耳朵和鼻子都被吃掉了,只剩下窟窿,头发散着,像是海带一般被鱼群环绕着,直到最后我的皮肤全被它们吃光了。剔肉现骨,我与这病痛的情谊到此结束。

当他把手从我胸上拿开的时候,我停了下来,没有再说。其实这与我平常自己抓挠没有什么差别:我只需知道我们在一起很好。我的陌生人他还是坐着,从手腕和脚上解开缠着的带子,这些带子延后了他的快感,然后他拿起一根将我擦干。今天的我真的很想跟他一起共进午餐。他咬了咬我的唇,然后站起来,臀部就像香皂一样白。这期间外面街道上的雪让这个世界干净了些许。我想我跟他都不会有孩子,我们所有的不过是一个秘密的博物馆而已。他在浴室里叫我过去,说想跟我一起洗澡。家里的猫终于醒了,它一边看着我一边伸出爪子上的指甲在椅背上抓挠。我摸了摸茶杯,还是热的。我知道他很想看我在淋浴下裸着的身子,我忽然很想恃宠而骄,我就是他的宠儿,我答应了,但是条件是之后他得好好帮我擦干才行。

双食记

殳 俏

还是幼童的时候,他吃惯了母亲的一手清淡小菜。每每到了晚饭时候,坐在餐桌前,就有工笔花鸟一般的三菜一汤:玫瑰红腊肉点缀碧绿生青豆苗,水嫩欲滴莴苣配春竹笋的一抹浅白,翠色葱花散落在橘白相间河虾仁之上,还有水墨一般浓浓淡淡晕开的紫菜汤。

那个时候,自然是以母亲的菜式为最好,爽口、无油、少有人间烟火的味道。他依稀记得母亲也是工笔画一般的美人,在厨房里做菜总不许别人进去插手,唯一可见的是窗户上黏着的白纸后面浅浅映出一个侧影的脸,轻轻有些唏嘘。一直到八九岁,在他看来做菜还是十分宁静细密的家事,直至有天父亲带他去了另一个女人家吃饭,他才惊觉,锅碗瓢盆放在一起竟然会那么大声,牛肉羊肉鸡肉鲑鱼积成一堆会这么腥气,父亲和女人不时眉来眼去,相互递筷子勺子,夹杂着咚咚锵锵激烈的剁肉声,做菜原来可以成为多么热闹的一个景象,这都让他大开眼界。

事到如今,那女人的影子已经模糊了,但却还记得那天的饭桌:红酒汁牛排刀叉一下去便从酱紫色肉体中翻滚出蜿蜒的血水，青咖喱羊肉金绿色糊状液体浇在雪白泰国米饭上，芫荽胡椒椰浆柠檬草的刺鼻香味也顺势铺天盖地纠缠到一起，亮橘色熏鲑鱼匍匐在紫苏叶上，只待黑色橄榄和透明洋葱来将其揽入怀中，而一锅子白色浓稠潜伏着银灰色蘑菇和粉嫩鸡肉的奶油鸡蓉蘑菇汤更是让他对自己没见过什么世面的舌头感到无地自容。记忆中的那些食物还都分别用金黄天蓝的奇形怪状盆碗装载，摆满桌子的一瞬间，他竟然觉得这不是进餐时间而是玩乐时间，每一道菜都如同激动人心的大型游乐器械一般，让人有想要尖叫的快感。

盛宴的最后，是名叫提拉米苏的小小乳酪蛋糕，且被刻意做成令人更加愉悦的草莓口味。当他止不住扑进洋溢着咖啡和酒精味道的粉红色世界中时，父亲只问他一句话："阿姨做的饭好吃还是妈妈做的好吃？"他怔住了，没想到这种事情也能比较。但是对小孩子来说，新鲜的东西具有打败一切的优势，他看似漫不经心地给了父亲一个期许的答案。可后面的每口提拉米苏，他的确都在想心事。那蛋糕吃到接近底部，有很多没有耐心打碎的乳酪颗粒便浮了出来，他专心致志地咬着那些小乳酪渣子，忽然就想起来，母亲在家里拆蟹粉的时候，会用极细的一根银针把蟹脚里的最微型的肉也挑出来，要把深青色的蟹壳琢磨到透、琢磨到空才算完，然后用这些蟹粉去做他最爱吃的扬州蟹粉狮子头，自然也是精心地剁肉，她的力气很小，但她做的狮子头里没有任何一块肉粒是需要咬开才能下肚的。

如果母亲也会做这一道点心，她自然是不会让他吃到那些小渣子的，但母亲是不做任何西菜的。而父亲沉迷了一段牛排以后，仍然回家来吃母亲的三菜一汤。他猜想父亲并不是因为念着这清淡小菜的好才回来的,只是因为买一处米做不了两处饭而已。但他也看不到母亲的改变,饭桌上依然是一个抱怨油料太少,一个坚决不做西菜。只有作为小孩子的他,总结出一个类似名人名言的句子:生活的苍白其实始自饭桌的苍白。

工作之初,他决意不让自己的生活苍白,所以他有两个女人为他做饭。他自以为受过高等教育,平衡感情的技巧便要比父亲略高一筹。他不会轻易地命名其中哪一个为自己的正式女朋友,但他也不会冷落到她们中的任何一个,他不会对哪一个多讲几句"我爱你",但他也不会跟她们中任何一个少做一场爱。所以他的两个女人就像同一家超级市场同一个架子上两堆背靠背的红糖白糖,从来都不知道对方的存在,但从来都见光。

绵绵算是他的一个同事,两人的暧昧始于某个类似偷情的小游戏。他当然知道同一个公司谈恋爱是要出问题的,何况她年纪比他大,从理论上来说还应当是他的上司,所以他很早就对她说清楚,这件事完全要在神不知鬼不觉的情况下进行。而她是从四川过来工作的二十九岁单身女人,烫着一头他认为很像台湾肉松的淡红色卷发,做人和做事都是很棘手的那种,勾引起男人来也绝不心软。对这种关系,她认识得颇为清楚,却有另一种想法。她认为女人到了二十九岁这个年纪,便如同在冷柜里放久了的圣诞蛋糕,要赶快将自己卖出去,否则味道也变质,意义也失去,只剩下一个外壳还是精美的障人眼目,但也透着冰冷的气息。更何况那模子还不停地做出其他新鲜的蛋糕出来,而自己只能眼巴巴地看着自己的樱桃干瘪。所以她看中了他,觉得是个可造之才,婚后也好控制,便觉得自己更不能放手,虽然眼下他还年轻,心不定,但绵绵继承了老一代为男人造胃的风俗,相信为他造出一个胃来,这胃便能一并连着他的心,使他们的关系有所突破。

绵绵确实一手养成了他所有吃辣的习惯。她是味觉上的巧妇和天才,制造出各种让他目眩神迷的味蕾触感,是他过往从来不能想象的。而她的秘密武器则是厨房里那一瓶一瓶密封起来的朝天椒、海椒、花椒、灯笼椒,以及自己亲手做的泡椒。那些或干硬或湿润的红色绿色的小东西,表面无不油光锃亮。它们在瓶子里静静地挤作一团,有如打了蜡的被封存起来的欲望一般,但只要解放一些个,往油锅里一爆,或者在汤里一煮,它们被密封的表情马上生动起来,张牙舞爪地在空气中散布诱惑。而这辣油的诱惑在很长一段时间里确实是令他唯一上瘾的东西,直到他遇见冰冰。

冰冰并不是如绵绵一样可以自如把菜烧到出神入化的人,他刚认识她时她甚至连个炒鸡蛋都不会做。他猜测着她是那种怕油烫到手的女孩子,她微笑不语。在容貌上,她是那种光滑洁白到了极致的人,身体的姿态也总是配合着这种脆弱的姿色,微微含胸,微微抱臂,整个人往里缩的感觉,这极大地满足了他的保护欲。冰冰是自小移民加拿大的本地女孩,洋气,但又不是过分外国化,她的行为举止有时候让他想到母亲,所以就问她:"在温哥华你也吃本帮菜么?"而她会把眉毛低一低,说:"没有,我们大多数时间吃的是广东馆子呢。"这一句话给了他的饮食生活一个分岔,她什么都不会做,不会杀鸡,不会起油锅,但却去买了汤谱给他煲汤喝。想来这是最干净简单安全的烹饪方法,只要有足够的耐心和时间就可以。冰冰还是大学生,常常在没有课的下午,在自己的小公寓里,就这样手拿一本书,看着一锅汤,等到他下班过来就刚好能喝。他常常想着,她的汤,就和她的身体一样,没有技巧,但是够有诚意,所以每次热腾腾地喝着仍然会有一种罪恶感泛上来,不得不承认那也是一种不可替代的快感。

对于两个私人餐馆,他养成很好的习惯,一下班不会先去和绵绵碰头,而是径直去冰冰的小房间喝汤,这样既不会被同事怀疑与上司拍拖,绵绵也不会疑心到他另外还有一个缠绵的对象。并且从他自己的饮食学角度来讲,晚饭前最好是先喝顿汤,这样既有暖和的东西垫胃,又不至于吃得太多,在绵绵提供的大餐面前露出马脚来。而到了八九点钟,他则会对冰冰扮一个规矩的好员工,说要回去加班,并劝她看会儿书就早点睡觉,其实,从冰冰的公寓到绵绵的住所,不过一公里左右的路程,他步行着便能走到另一个热烈的起点,开始新一轮的火辣辣的饕餮。他便是这样周旋于两种迥然的风味之间,有着掌控一切的满足感。并且他的胃也似乎养成了天然良好的习惯——五点半一过即开始渴望一盅好汤的醍醐灌顶,而八点半一过,舌尖又在为了辣椒花椒豆豉豆瓣而骚动着。不同的女人温暖着他身体不同的部分,他觉得快乐,但那完美中似乎又有些类似脱节的不安,后来他安慰自己说,只是她们的味道太不同了,他两种都需要,却完全没办法用一种代替另一种罢了。

这样的关系风平浪静地维持了快要一年的时候,有天他走在路上,忽然发现有什么东西从他额头上窸窸窣窣往下掉,用手指蘸唾沫黏下来一看,却是些浓黑的毛发。他一惊,以为是头发,但显然那东西不是来自头皮。过了几秒钟,他意识到了更可怕的事情：那是他的眉毛。回到家，他对着镜子仔细地看了又看，果然，眉毛在掉，并且一再地在掉，可能前几天就有这样的症状了，但他都没有发现，今天被风一吹，这恐怖的事情便让他立即警醒了。他心里想着，仿佛前一天在冰冰家里喝白茅根雪梨猪肺汤时，已经有细小的毛发掉在汤里的感觉，但是当时没有注意。那汤如此甜美，让他要求着她连做两天，喝进去的时候人的思想意识都已经飞到九霄云外去了，何况还有下一站交错着黑黝黝红晃晃颜色的辣田螺。

他当天下午便请教了一个懂点中医的同事关于眉毛的怪事，同事立即毫不讳言地大声嘲笑他是否最近性生活过度，这当儿，他的眼角却瞄到隔着一道玻璃门的独立办公室里的绵绵在仔细打量他和旁人的对话，不禁心虚地摸了一下额头，心中检讨着，最近几天仿佛是有点纵欲过火的倾向，或者他真的应该节制一下，但那也不是他说了算的。他的闲暇时光至少有三个人有发言权，现在看来那真是麻烦的。

而到了周末的早晨，他发现正在脱落的东西除了眉毛，自己的头发也在一把一把地往下掉。他回忆起亲戚中某些做过化疗的人便是这个样子的。到了最后，眉毛头发全都松松垮垮地耷拉在头皮上，仿佛一阵风就会把他们变成秃子一般。他慌张地找出一顶帽子压在岌岌可危的头顶上，跑去最近的医院看令他觉得羞辱异常的所谓男性毛发再生门诊。在那个医生侃侃而谈三十分钟之后，他的药方上多了三四种稀奇古怪的擦剂和维生素C，最后将近离别的时候，医生豪放爽朗地大笑着安慰他，但眼珠却不停在他额头上滚动着："你放心，这种病只要有勇气跑到我这里来治，我便有办法帮你治好。关键是要节制，要爱惜自己的身体,你要注意近段时间的饮食。"近段时间的饮食?他心里跳起一点小小的惊痛,好像被蚂蚁咬了一下一般。近段时间,他已经不断暗示或者要求两个女人以各自的方式为他补身体,绵绵给他煲了人参灵芝葱姜兔肉,冰冰则做了车前草芹菜汤给他喝。这一瞬间,他竟然觉得自己的脱发于两个女人都是不可饶恕的罪过。

但是事情远远没有他想象的那么简单。周日的上午,他早早去了绵绵家,跟她简要地说了下去医院看脱发的事情。彼时厨房正在烧着一大锅麻婆豆腐,揭开锅盖,香味便上了身,不依不饶地拽着他的肩头和脚跟。前一天晚上冰冰给他做的蜂蜜豆腐羹仍肥嘟嘟晕乎乎地在他的胃袋中你推我搡着,加上因为脱发的事没睡好,他说了几句便不说了,只是由着甜味和辣味在自己的喉头和鼻腔处捉迷藏。那边绵绵又娇嗔他不做事,只顾吃,一定要他帮忙切洋葱。他晕头转向地拿了个椅子在桌旁坐下,开始觉得自己的意识被辛辣的洋葱汁所蛊惑,已经随着一圈一圈的洋葱钻进那个透明的无限中去了。而一旁的绵绵则一边把他切好的洋葱挂上蛋糊,蘸上面包粉,一个一个丢进油锅里炸,一边大声发表着维生素C治脱发果然有效之类的言论,他所能听到的也只是到此为止了。而下午四点左右,他走去冰冰家,继续感到头昏眼花,所幸的是冰冰熬了他最喜欢的冬阴功虾汤,继而还有前一天剩下的蜂蜜豆腐羹。他有点负气地一碗接一碗喝着汤,还把豆腐羹也吃完了,冰冰则神色忧郁地在一旁帮他剥着虾,有问题想问而不敢问的样子,但终于是开了口:"你最近是不是有点脱发?"他张口想回答,却渐渐地感到体力不支,眼前一片模糊,耳际也隆隆作响,最后听到的是冰冰的"多吃点维生素C"之类的话,以及看到了她夸张的C口型,仿佛是龇牙冷笑一般。

他苏醒过来的时候是在病房,冰冰正在他身旁,但并没有垂泪。她一如平时地整个人往里缩着,医生歪头示意她能否离开,因为有话要问抢救回来一条命的病人,他这才明白过来自己之前是食物中毒了。"现在清醒了没有?"医生问,"如果清醒了,要劳烦病人回忆一下这一两个星期以来你的菜单。"他用微弱的声音一个一个详细地报上来,那些至够美味至够经典的菜式,医生却皱起眉头:"这便是发疯了,你倒是可以去告发你们家做饭的那个人。她把猪肺和田螺、兔肉和芹菜、豆腐和蜂蜜、豆腐和洋葱给你一起吃,以致你毛发脱落,耳聋眼花。但这还不是这次食物中毒的关键,你是不是有吃维生素C来挽回过你近期的脱发?但同一个时间你又吃下那么多虾,这两样东西在你的肚子里变成了砒霜。"医生还想往下说,这当下门却开了,绵绵神色严峻地走进来站住望着他,而他也望向她。

医生顿了一顿说:"所以你被诊断为砒霜中毒……幸好发现得早,救回来。"说完抬头看两个人神色都不对,便拿着病历书无声地消失了。而绵绵站在那里,简单地问:"你还好吧?"他答:"还好。"正在想不出什么对话说辞的时候,冰冰却推门进来,绵绵立刻露出满不在乎的神情,大踏步地转身走掉了。轮到冰冰扑到他床前,一边握他的手,一边狐疑地问:"刚才那个是谁?"他顺口答道:"可能是走错病房的。"于是顺势装睡。但在他心里,他几乎完全可以咬定,绵绵和冰冰,在很早的时候,不知因为什么机缘,她们一定是认识了。她们联手做了这样一场恶毒的闹剧,令他无话可说。从前他不知道最毒妇人心是什么意思,现在却知道了,也许应该矫正为最毒炊妇心。

事情过去很久以后,他仍然拒绝相信这是完全的巧合,尽管那两个女人仍然表现出毫不知道彼此存在的迹象,尽管他已经跟她俩都分手,尽管他也不会向两人坦陈对质,但他相信那天在医院自己绝对看到,在绵绵和冰冰错身而过的一刹那两人相对的眼神,那满足到几乎要笑出来的眼神。他只是在看到食物的时候才会有这种眼神,而那一刻,他明白他自己也只不过是种食物而已。

结婚三年半的时候,他的妻子想要开家餐馆。因为年轻时候得过教训,他终究有些畏惧女人,虽然他一直厌食,也讨厌和厨房有关的地方,但仍然不反对妻子的决定。并且他料定开餐馆这件事对妻子来说是三分钟热度的事情,情绪一过马上就会放弃,所以不如干脆做个好人,连声赞同,让妻子多少高兴一阵子。

妻子本来就是那种懒于做菜且厨艺平平的人,恰好碰到他这样马虎于吃食的丈夫,所以经常会炒一锅咸菜肉丝,分成一个一个保鲜袋这么装着,塞到冰箱的冷冻室里冻起来,他要吃的时候便拿出一袋来用微波炉加了热,便配了饭不死不活地吃。但这次,妻子倒是真的铆足了劲,四处找店铺,办执照,并且发誓要找最好的厨师来,是以搞得日日夜夜都只在外面奔忙。

有天下午他提前下班,忽然想要去看看妻子的餐馆怎么样了,已经有三四个星期与妻子日夜交错地过着,倒是很担心她的卖力近况。餐馆选在一条小马路的幽静一角,两层的微型洋房,他探头进去,原来里面都装修完毕,已经开始在置办各种器具了。想起刚来看的时候还是空白一片的老房子,现在已经有人进进出出,搬了各种各样的桌椅来。

他拦住了一个工头模样的人问他老板娘在不在,那人显然不认识他,冷漠地摇头不语。他又问厨师长在哪里,那人上下打量他一下,向里面大叫了一声某个名字,有个高高的身影便轻佻地走出来。

他看了他一眼,心想着妻子夸赞过无数遍的厨师长竟然是这样一个年轻漂亮的人,便说了些类似久仰之类的客套话,引起了那双浓眉毛的一点骚动:"你是哪位?"他向他自我介绍了一番,而那浓眉毛下面的五官却忽然紧绷起来,露出一点不自然的谄媚的表情:"噢噢,她刚刚出去了……那么她还是经常跟我们提到你的……她这人风趣得很,对我们员工都很好,还亲手做点心给我们吃。"说完便找了个理由躲闪过去了。

他却忽然觉得不舒服起来,一个人走到厨房,那是装修好了的现代化的银灰色的大厨房。那里似乎是禁地,进进出出的人没有一个会走动到这里来的,但桌上却有两把勺子,一个方形的饭盒子。他把脸凑近,一股咖啡和酒的香味冲鼻而来。提拉米苏并不是他陌生的点心,却以如此不寻常的方式出现。他忽然一阵紧张,但只消一会儿,他便换成了高高在上的姿态瞭望着这盒暧昧的提拉米苏,他怎么也想不到,他的妻子默默地装了那么久,却竟然是会做提拉米苏的女人。又或者,女人不精通厨艺,那都是装的。只有想不想,没有会不会。

他默默地离开,到家已经快七点,上楼,洗手,盛饭,继而从冰箱里拿出那又一小袋的咸菜炒肉丝,用微波炉转了,拿出来,看到稀少的肉丝在黑压压的咸菜堆中艰难地挺起了胸,并且除了肉丝以外，还有一根显眼的异物，想来是烧菜时从妻子头上掉下来的头发。

他忽然想起八九岁的时候，还是幼童的他被父亲带去见识过何等华丽热闹的饭局，但在他的小份牛排上面，却夹带着一根女主人的头发。当时的他心中只想着，若换作是自己的母亲，纵使做的菜再不合胃口，那菜里也不会掉进半根头发的。这便是爱和不爱的区别。

想到这里，他决意为那碗咸菜肉丝，为自己吃过的所有食物大哭。

作家、译者、插画师介绍

1.阿乙　1976年出生于江西省瑞昌市,当过警察、体育编辑、文学编辑,曾任《天南》文学双月刊(Chutzpah)执行主编。在《人民文学》《收获》《十月》《当代》《今天》GRANTA 等刊发表作品,出版有《灰故事》《鸟看见我了》《下面,我该干些什么》《早上九点叫醒我》等多部小说、小说集、随笔集。在人民文学出版社等的代理下,《下面,我该干些什么》《早上九点叫醒我》及一些短篇集被翻译为英语、意大利语、法语、瑞典语、西班牙语、阿拉伯语、韩语等语种出版。

2.冯唐　男,1971年生于北京,诗人、作家、古器物爱好者。1998年获协和医科大学临床医学博士。2000年获美国Emory大学MBA学位。前麦肯锡公司全球董事合伙人。华润医疗集团创始CEO。现医疗投资,业余写作。代表作:长篇小说《十八岁给我一个姑娘》《万物生长》《北京北京》《欢喜》《不二》《素女经》、短篇小说集《天下卵》《搜神记》,散文集《活着活着就老了》《三十六大》《在宇宙间不易被风吹散》、诗集《冯唐诗百首》《不三》、翻译诗集《飞鸟集》等。

3.葛亮　原籍南京,现居香港,在高校担任教席。著有小说《北鸢》《朱雀》《七声》《戏年》《谜鸦》《浣熊》,文化随笔《绘色》

《小山河》等,部分作品译为英、法、俄、日、韩等国文字。长篇小说《朱雀》获选"《亚洲周刊》全球华文十大小说",2016年以新作《北鸢》斩获包括2016年度"中国好书"、2016年"华文好书"评委会特别大奖等多项大奖。作者获颁《南方人物周刊》"2016年度中国人物",《GQ》中国"2017年度作家"。

4.鲁敏　七十年代生于江苏,现居南京。18岁开始工作,历经营业员、企宣、记者、秘书、公务员等职。已出版《六人晚餐》《荷尔蒙夜谈》《九种忧伤》《跟陌生人说话》《取景器》《纸醉》《此情无法投递》《伴宴》《惹尘埃》等作品十九部。曾获鲁迅文学奖、郁达夫小说奖等;有作品译为英、德、法、俄、日、西班牙、阿拉伯等文字。

5.殳俏　作家、史学硕士,著有短篇小说集《料理小说俱乐部》、杂文集《人和食物是平等的》《吃,吃的笑》《贪食纪》《胖子之城》等。曾翻译意大利作家安伯托·艾柯随笔集《带着鲑鱼去旅行》。2008年其小说《双食记》被改编成同名电影。

6.文珍　1982年出生于湖南,中山大学金融本科,北京大学中文系硕士。历获第五届老舍文学奖、第十一届上海文学奖、第十三届华语文学传媒最具潜力新人奖等,在《人民文学》《十月》《当代》《上海文学》等杂志发表小说若干,并为《南方人物周刊》《野草》《中国时报·人间副刊》(台湾)《单读》等报刊撰写文化随笔。出版小说集《柒》《我们夜里在美术馆谈恋爱》《十一味爱》、散文集《三四越界》、台版自选集《气味之城》。部分小说、诗歌被译成英、法、阿拉伯文等,即将有西班牙和意大利等语种译介至海外。

7.张楚　1974年生。在《人民文学》《收获》《十月》等杂志发表过小说,出版小说集《樱桃记》《七根孔雀羽毛》《夜是怎样黑下来的》《野象小姐》《在云落》《梵高的火柴》等。曾获鲁迅文学奖、郁达夫小说奖、《人民文学》短篇小说奖、《中国作家》"大红鹰文学奖"、《北京文学》奖、《十月》青年作家奖、《十月》文学奖、第十六届和第十七届《小说月报》百花奖、《作家》金短篇奖、《小说选刊》奖、孙犁文学奖、林斤澜短篇小说奖、茅盾文学新人奖、华语青年作家奖。被《人民文学》和《南方文坛》评为2013"年度青年作家"。

8. 张悦然 作家,中国人民大学文学院讲师,知名艺文主题书系《鲤》的创办者及主编。著有长篇小说《茧》《誓鸟》《水仙已乘鲤鱼去》《樱桃之远》,短篇小说集《十爱》《葵花走失在1890》。作品已被翻译成英、法、德、西、意、日、韩等多国文字,曾获得"华语文学传媒大奖"年度小说家等奖项,也是入围"弗兰克·奥康纳"国际短篇小说奖的华语作家。

9. 阿里桑德罗·贝尔旦德 1969年生,现居米兰。曾屡次获得重要文学奖项,2008年,发表小说《恶魔》(马尔西里欧出版社,2008),并获得基亚恩蒂文学奖;2011年,凭借小说《妮娜和狼群》(马尔西里欧出版社,2011)获得列蒂文学奖;2013年,发表小说《残酷的夏日》(里佐利出版社,2013),并获得玛格丽特·海克文学奖;2016年,凭借小说《世纪之末的年轻人》(朱恩蒂出版社,2016)获得坎皮埃罗文学奖。

10. 保罗·克拉格兰德 1960年生于皮亚琴察,2007年以第一本小说《肝》(阿勒特出版社,2007)获得坎皮耶洛处女作奖。他最近的书有《室内剧》(阿勒特出版社,2008)和《蓝色上帝》(里佐利出版社,2010)。2015年由夜间出版社出版《听蛙》,并提名2015年坎皮耶洛奖。

11.吉内薇拉·兰贝尔蒂　1985年生,现居威尼斯,毕业于威尼斯大学欧亚大陆与地中海语言文化专业。现任Flat文化协会的文案,同时也是一名幼儿看护,并在一家呼叫中心工作。2015年由夜间出版社出版其小说《其实》。

12.加布里埃略·迪·弗龙佐　1984年生于都灵,目前与《每月读书推荐》杂志合作。曾在《新主题》和《莱纳斯》杂志上发表过短篇小说。2016年由夜间出版社出版其作品《伟大的动物》。

13.劳拉·普尼奥　出版有散文体小说《野蛮女孩》(马尔西里欧出版社,2016),《狩猎》(恩宠桥出版社,2012),《南极》和《当你到来时》(minimum fax出版社,2009和2011);《塞壬》(埃诺迪出版社,2007),而诗歌则有《白》(夜间出版社,2016),《万日,1991—2016诗歌选》(费尔特利内力出版社,2016),并且在西班牙出版了双语版《珍珠母》(Huerga y Fierro出版社,2016)。亦有诗歌和散文发表,另外她在网站"我脑海中有一本书"上负责诗歌专栏"笔记本"。

14.米莱娜·阿古斯　1955年生于热那亚,代表作:《当鲨鱼在睡觉》(2005)、《石之痛》(2006)、《父亲的翅膀》(2008)、《奶酪伯爵夫人》(2009)、《混乱》(2012)、《乐土》(2017)。所有小说都在意大利夜间出版社出版,并翻译成二十多种语言。她曾获得许多文学奖项,其中包括在纽约极负盛名的泽里利-马里莫奖。2007年出版了《为何而写》,2014年同卢西亚娜·卡斯特里那共同出版了《当心我的饥饿》。

15.乔治·吉奥蒂　1994年出生于罗马,于2013年出版第一部叙事文《上帝在踢球》(夜间出版社,2013),两年后,出版诗歌处女作《老小孩的灭亡》(佩罗内出版社,2015)。此外,他还在《Mesdemoiselles》杂志上发表了针对著名意大利女作家和女诗人的采访集。2016年,出版《新文学女性》(佩罗内出版社,2016)。他曾多次在《意大利联合日报》上发表文章。同年,乔治·吉奥蒂和夜间出版社合作,出版了小说处女作《燕和蚁》,此外,还和博皮亚尼出版社合作,与安吉拉·布芭联合出版《天使之路》。

16.高如　1991年出生,2013年毕业于北京外国语大学,获文学学士学位,2016年毕业于北京外国语大学,获欧洲语言文学硕士学位,现就读于意大利帕多瓦大学哲学、社会学、心理学、应用教育学跨专业博士学院。2011年(本科),2014年(硕士),2016年(博士)获国家留学基金委员会奖学金赴意大利学习。已与其他译者合作翻译出版了《米兰波尔迪·佩佐利博物馆》,北京语言大学出版社《意大利语分级阅读》丛书,曾多次参与中意两国政治、经济以及文化交流活动的口译工作,有丰富的翻译经验。目前主要从事劳动社会学、性别研究,以及国际移民相关的多学科交叉研究,已参加并组织多场相关学科领域的国际学术会议并发表文章。

17.梁爽　1990年出生,2013年毕业于西安外国语大学,获文学学士学位,2016年毕业于北京外国语大学,获欧洲语言文学硕士学位。2015年获中意政府互换奖学金赴意大利交换学习,2018年获国家留学基金委员会奖学金赴意大利攻读文学博士学位。熟练掌握意大利语、英语、西班牙语等外语,具有丰富的中意政治、经济、文化领域的口笔译经验。已翻译出版《点亮夜空的星星》《世界之王——铁王冠失窃案》《来自大海的英雄》

等书籍。与其他译者合作翻译出版了《米兰波尔迪·佩佐利博物馆》,并参与了《思维的竞赛:里皮自述》的翻译工作。长期与《环球科学》(《科学美国人》中文版)合作,翻译发表了《人类演化在这里加速》《用中微子窥探地球深处》等文章。目前主要从事意大利现当代文学研究工作,研究方向为意大利隐逸派文学作品在中国的译介。

18.文铮　罗马大学文学博士,北京外国语大学欧洲语言文化学院意大利语言文学副教授,意大利语教研室主任,北外意大利研究中心主任。中国意大利研究会副会长,中国译协对外传播委员会意大利语翻译研究会秘书长。从事意大利语言文学教学和翻译工作20余年,荣获北京市"师德模范先锋"称号。编著意大利语言教材20余部,被国内高校和教育机构广泛使用。出版各类译著30余部,代表作品有《质数的孤独》(2009)、《耶稣会与天主教进入中国史》(2014)、《七堂极简物理课》(2016)、《利玛窦书信集》(2018)等。学术和教学成果屡次获奖。2012年,荣获意大利总统授予的"意大利之星"骑士勋章。

19.杨逸　1991年出生,2013年毕业于北京外国语大学,获文学学士学位,2016年毕业于北京外国语大学,获欧洲语言文学硕士学位,其间分别于2011年和2014年两次获得国家留学基金委员会全额奖学金赴意大利大学研修深造。2016年至今任教于北京第二外国语学院,意大利语教研室主任,意大利语专业负责人。在文学、教育、艺术等领域有较为丰富的翻译经验。翻译出版《默克尔传:创造德国奇迹的女人》,合作译有《米兰波尔迪·佩佐利博物馆》《思维的竞赛:里皮自述》等。

20.李书轶　资源平面设计、插画师。作品互获中国动漫金龙奖，入选2009年首届中国动漫艺术大展。2015年中国首届插图艺术展。作品散见于《漫友》《新蕾》《画匣子》。出版个人画集《罔怠集》《未满集》。2016年举办个展《糖是甜的，你也是》（中国人民美术馆）。